―取材写真より―

鯛生金山にて

て

写真提供
浅見光彦記念館

光文社文庫

長編推理小説

姫島殺人事件
新装版

内田康夫

光 文 社

目次

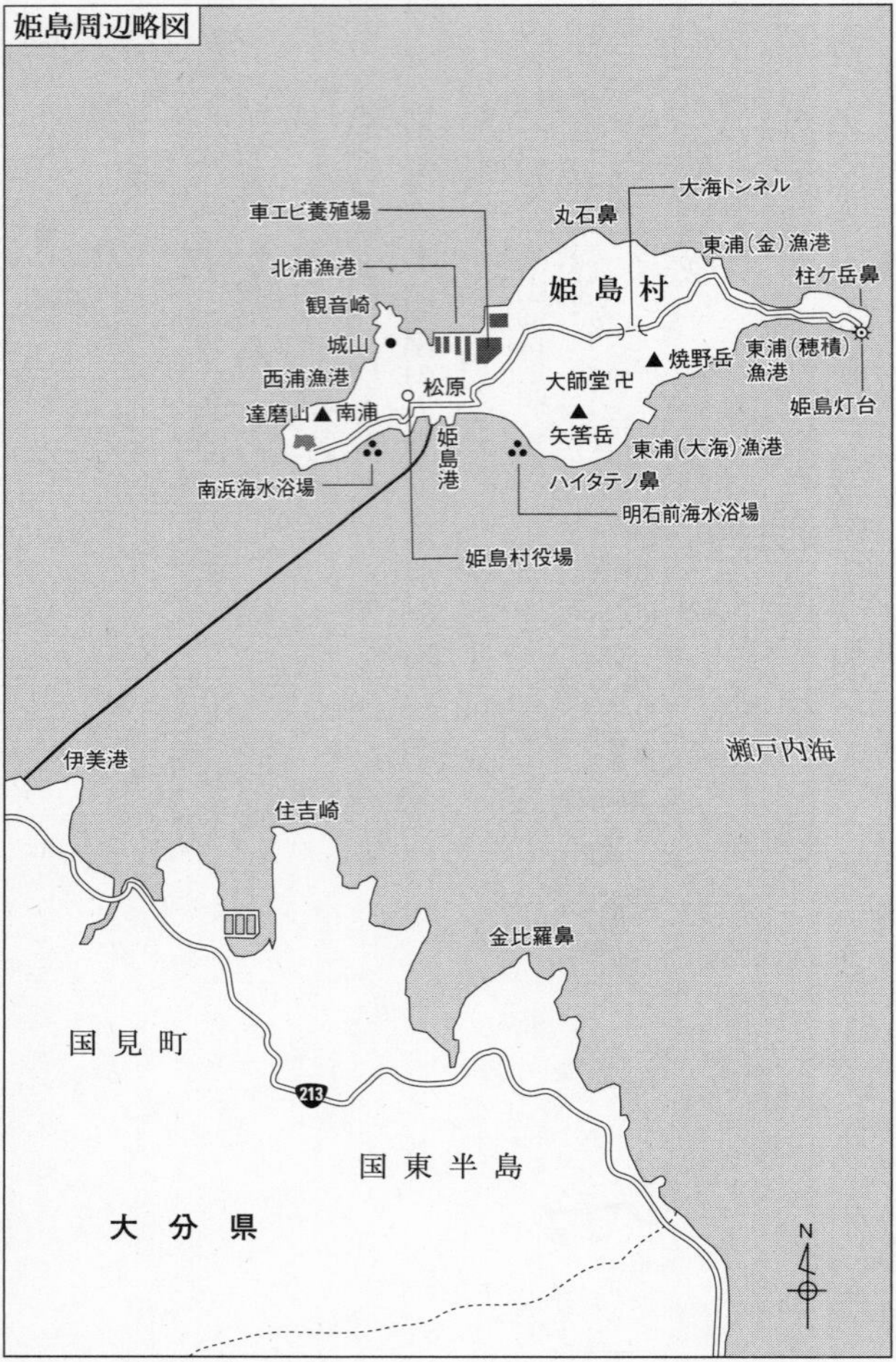
姫島周辺略図
大海トンネル
車エビ養殖場
丸石鼻
東浦(金)漁港
北浦漁港
柱ケ岳鼻
姫島村
観音崎
城山
東浦(穂積)漁港
焼野岳
大師堂
西浦漁港
松原
姫島灯台
達磨山
南浦
矢筈岳
姫島港
東浦(大海)漁港
ハイタテノ鼻
南浜海水浴場
明石前海水浴場
姫島村役場
瀬戸内海
伊美港
住吉崎
金比羅鼻
国見町
213
国東半島
大分県
N

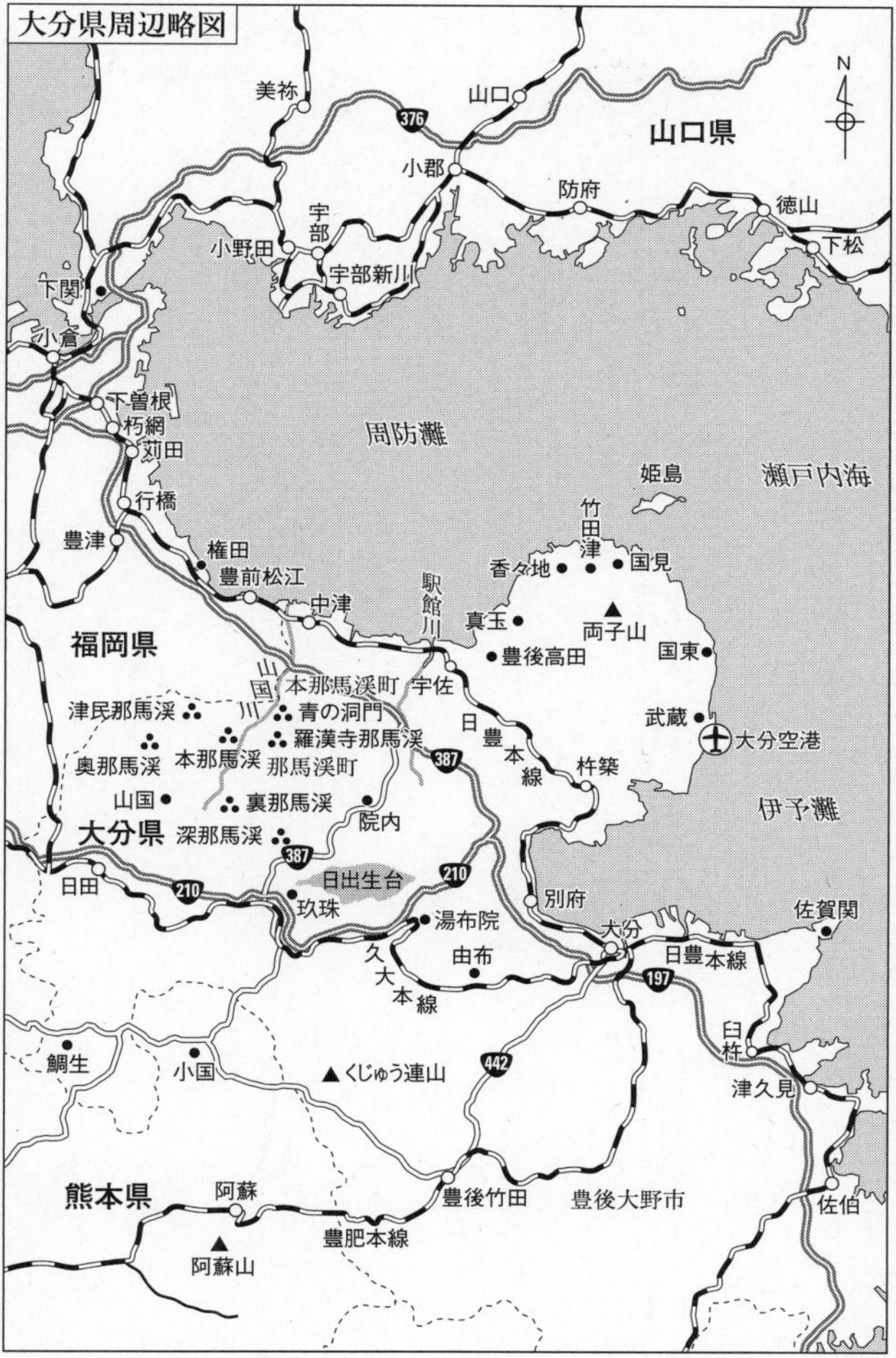
大分県周辺略図
N
美祢
山口
376
山口県
小郡
防府
徳山
下松
宇部
小野田
宇部新川
下関
小倉
下曽根
朽網
苅田
行橋
豊津
権田
豊前松江
中津
駅館川
周防灘
姫島
瀬戸内海
竹田津
香々地
国見
真玉
両子山
豊後高田
国東
福岡県
山国川
本耶馬渓町
宇佐
津民耶馬渓
青の洞門
武蔵
大分空港
羅漢寺耶馬渓
日豊本線
387
奥耶馬渓
本耶馬渓
耶馬渓町
杵築
山国
裏耶馬渓
院内
伊予灘
大分県
深耶馬渓
387
日出生台
210
日田
210
玖珠
別府
湯布院
佐賀関
大分
久大本線
由布
日豊本線
197
臼杵
鯛生
小国
くじゅう連山
442
津久見
熊本県
阿蘇
豊後竹田
豊後大野市
佐伯
豊肥本線
阿蘇山

プロローグ

オレンジ色のパラソルを、雲ひとつない空に真っ直ぐにさして、若い女が足早に通りすぎる。海はおだやかに銀色の光を浮かべ、南浦《みなみうら》の砂浜は、きょうも焼けつくようだ。

サルスベリが花をいっぱいにつけ、乾いた庭に黒々と影を落としている。

水玉模様のワンピースを着た少女が、半分に割ったスイカを抱《かか》えて歩く。虫かごを下げた弟が泣きながら、少女のあとを追う。

積み上げたタコ壺《つぼ》の中から、コオロギが髭《ひげ》を出した。その上に架《か》かる干し竿《ざお》に、頭も足も思いきり広げられたタコが十連、二十連と、海風に揺れている。

新仏の出た家の軒先に提灯《ちょうちん》が下がった。

ステテコ姿の男が二人、二十本入りのビールケースを下げて路地《ろじ》をやって来る。

酒の肴《さかな》にと、干しダコを竿《さお》のまま下げた男もやって来る。

どこの家でも、どこの路地でも、子供たちは顔を白く塗りたくり、化粧に余念がない。

赤い髭と、はね上げるような目張りを入れた男の子はキツネ、目のふちと額《ひたい》を黒く塗りつぶしたのはタヌキである。

少女たちは舞妓《まいこ》のような髪飾りをつける。襟元《えりもと》まで白粉《おしろい》をはたき、頬にも唇にも紅《べに》をさす。そうして日が傾くまでじっと待つ。日が落ちて気温が下がったころ、ひとえの派手な模様の着物をつけ、琉球踊《りゅうきゅうおど》りのような紫の鉢巻《はちまき》と、胸高《むなだか》の帯を締め、白足袋《しろたび》に赤い鼻緒《はなお》の草履《ぞうり》を履《は》いて外に出る。

トウトウトウトウと太鼓《たいこ》が鳴りだす。港ではいくつも花火が上がった。

新仏の家から、しのびやかな読経《どきょう》の声が流れてくる。

盆踊り会場では、汚ならしい勧進坊主《かんじんぼうず》の扮装《ふんそう》を凝らした男たちの、供養《くよう》踊りが始まった。誘い出されるように、子供たちが踊りの列に入って行く。

渦巻き模様を染めた日傘に、提灯二つと金の御幣《ごへい》をいくつも下げて、キツネ踊りの少年たちが踊りだす。白装束《しろしょうぞく》に白塗りのキツネ面が、暗い空の下でユラユラと踊るのは、少し不気味でもある。

タヌキは茶色のぬいぐるみに、菅笠《すげがさ》をかぶり、大福帳《だいふくちょう》と徳利《とくり》を揺らして登場する。小坊主踊りは鉦《かね》と木魚《もくぎょ》で賑《にぎ》やかだ。ひょうきんなどじょう掬《すく》いの子の群れも通る。鳥追《とりお》い笠《がさ》をかぶった娘たちのおけさ踊りも行く。腰蓑《こしみの》つけた大漁《たいりょう》踊りは勇ましい。

島じゅうの家々から、一人残らず繰り出したような踊りの列である。踊りは通りを練り歩き、港の広場で盛り上がる。観光客のカメラが、さかんにフラッシュを焚《た》く。四日つづきの盆踊りの今夜は二日目。三日前に台風の影響で豪雨が降ったが、それからはずっと晴天に恵まれた。ことしの人出は三万人近いという。ピストン輸送でも、積み残しや乗り遅れの客が出ることがある。港の職員は帰りの混雑を予想して、浮かぬ顔だ。

北浦《きたうら》から西浦《にしうら》、南浦と回り、松原《まつばら》の集落を巡《めぐ》りおえるころになると、そろそろ踊り手たちも疲れてくる。酒の入った仮装《かそう》の男たちだけが、妙に威勢《いせい》がいい。大げさな身振りで踊り、走り、立ち止まり、若い娘たちに卑猥《ひわい》な言葉を投げる。

踊りから遠い南浦の浜辺では、恋人たちの密《ひそ》やかな祭りが始まる。潮の流れが緩《ゆる》み、よく凪《な》いだ海は足元で静かに波音を奏《かな》でる。

月のない暗い夜である。遠い沖から、ゆっくりと近づいてくる物体に、まだ誰も気がついていない。

物体はほとんど水中にある。水面に浮き上がるたびに、ブヨブヨと寒天状《かんてんじょう》にふやけた皮膚が、防波堤《ぼうはてい》の灯台の光をテラッと映す。もはや暗い穴と化した眼は、遠い宇宙を睨《にら》んでいる。

第一章　伝説の島

1

全日空《ぜんにつくう》大分行きのカウンターの前で、浅見光彦《あさみみつひこ》は珍しい男と出会った。浦本智文《うらもとともふみ》というフリーのカメラマンで、以前、二度ほど旅行雑誌の取材で同行したことがある。浅見よりはたしか十歳以上は年上で、カメラの腕前のほうは、浅見の目から見ても、単なる商業カメラマンというより、芸術写真といってもよさそうな作品を撮《と》る。

しかし、編集者の話によると、浦本は人付き合いが下手《へた》なのか、仕事には恵まれていないらしい。というよりも、仕事を選びすぎるのが難で、編集者側からいうと、使いにくいタイプなのだそうだ。

浅見はよほどのことでもないかぎり、政治家の提灯持ちネタでも引き受けるほうだが、浦本は原則として政治家のポートレートは撮らない主義だという。「あんなものを撮るくらいなら、野仏《のぼとけ》でも撮って歩いていたほうがいい」と言っていた。事実、浅見との仕事のときも、そういうさり気ない野山の風景写真が多かった。その写真がじつにいい。さり気ないが、決して凡庸《ぼんよう》ではない。撮影者の心の優しさや温かさが、そのまま被写体に乗り移ったような、しみじみとした情感の漂《ただよ》う写真ばかりだった。

政治家を撮らないのは、何かイデオロギー上の理由かと思ったが、そういうわけではないようだ。「しいて言えば、政治家からお呼びがかからないんだな」と、照れたように笑って言っていた。

「おたくも大分ですか」

浅見の顔を見ると、浦本は真っ黒に日焼けした顔の中で、目と歯だけを白く見せて、嬉《うれ》しそうに言った。

「ええ、浦本さんもそうですか」

「ああ、日出生台《ひじゅうだい》へ行きます」

「日出生台というと、射爆場問題ですか」

日出生台は大分県玖珠町《くすまち》、九重町《ここのえまち》、湯布院町《ゆふいんちょう》の北側にある台地で、耶馬渓《やばけい》溶岩台地の南東部にあたる。明治《めいじ》期に陸軍演習場になって以来、戦後も在日米軍、つづいて陸上自衛隊の演習地として使用されてきた。沖縄の米軍射爆演習場を移転させる先の候補地として、日出生台付近に白羽《しらは》の矢《や》が立《た》ったことは、浅見も知っている。

「そう……じゃあ、浅見さんも日出生台ですか？」

「いえ、僕は違いますが、そうですか。浦本さん、相変わらずいい仕事をしているんですねえ」

「さあ、いいかどうか……とにかく金にはなりませんがね」

浦本は頬を歪《ゆが》めて笑った。

沖縄に在日米軍基地の七割以上が存在する不条理は、国民の大多数が認めていることだが、さりとて、沖縄から撤去した基地が自分の住む土地や、その近くにやって来るのは願い下げにしてもらいたい——というのも、偽《いつわ》らざる気持ちだ。

とりわけ湯布院は、米軍演習場のあった戦後から朝鮮動乱《ちようせんどうらん》のころまで、さまざまな不利益を被《こうむ》った。たとえば、七百人を超す売春婦やドル買いの商人が流れ込むなど、教育、文化、環境面で多大な悪影響を受けている。その中から、長い年月をかけて静謐《せいひつ》な雰囲気《ふんいき》の漂う温泉郷を作り上げてきた。それが元《もと》の木阿弥《もくあみ》になりかねないという危機感は、地元住民の総意であった。

それをいちがいに地域エゴとのみは言えない。そもそも、原発と基地の問題は、それを必要とするかそうでないかという根本のところから、日本と日本人が直面し、等しく考えなければならない大問題なのだ。とくに、基地の問題は安保《あんぽ》を保持するかいなかに関わっている。

浦本は飛行機に乗るまでのあいだ、安保無用論を熱心に語った。

「政治家がそうなのはしようがないが、マスコミも、国民までもが、沖縄の基地をどこかに移転するのかしないのかということばかり話題にして、それ以前の、基地そのものを減らすことに関しては、いっこうに論議しようとしないのだから、情けなくなる。なぜ最初に安保ありきを前提にするんです？　東西冷戦が終わって、安保条約もその役目を終えたと思ったが、いっこうに変化する気配がない。少なくとも現在より、在日米軍の基地を縮小してはならない理由はないはずだ。そういうことを言うと、すぐ、おまえは共産党《きょうさんとう》かとくる。社民党《しゃみんとう》の連中までがそう言いかねない。こんな問題に共産党もへったくれもないでしょう。だいいち、ただでさえ狭い日本の土地を、日本人が固有のものとして使えない状況なんて、不条理に決まっている。いったいみんなは何を考えているんだろう」

朝っぱらから硬派の議論を吹っ掛けられて、浅見は面食らった。それに、浦本の言った「みんな」の中に、ひょっとすると自分も入っているかと思うと、シュンとならざるをえない。まったく浦本の言うとおりで、浅見だって沖縄の基地問題は不条理そのものだと思ってはいるが、だからといって、積極的に行動を起こそうという気にはなれないものだ。日本人の大多数が浅見と同じようなスタンスで、傍観者を決め込んでいる。日出生台や岩国《いわくに》、東富士《ひがしふじ》、北海道など、移転候補地に擬《ぎ》せられた地域の人たちにしても、自分たちのところに基地がやって来るかもしれないとなってから、大騒ぎを始めた。

「全日空193便大分行きにご搭乗《とうじょう》のお客さまは82番ゲートに……」というアナウンスが、浦本の饒舌《じょうぜつ》をストップさせた。

浦本は例の照れたような苦笑を浮かべて、「どうも、つまらない話をして……」と歩きだした。それからバスで駐機場へ行き、タラップを上がり、機内に入るまで、ひと言も口をきかなかった。浦本は前方、浅見は後ろのほうの座席で、別《わか》れ際《ぎわ》にはじめて「浅見さんは大分のどこへ?」と訊いた。

「姫島《ひめしま》です、国東《くにさき》半島の沖合《おきあい》の」

「ほう、姫島ですか、あそこはいいが、しかし浅見さんが姫島へ行くとなると……」

何か言いたそうだったが、乗客の列が背後につかえているので、浅見は「じゃあ」と手を上げて遠ざかった。

飛行機嫌いの浅見にも、快適そのもののようなフライトであった。大分空港は快晴の空の下で、滑走路に陽炎《かげろう》が立っていた。まだ七月になったばかりだが、もう梅雨《つゆ》は明けたのか、降り注ぐ陽光は完全に夏のものだ。

　飛行機を出たとき、廊下を行く列の先のほうに、浦本の特徴のある登山帽が揺れているのが見えた。さっき、何かを言いかけたのが気になっていたので、ロビーで待っていてくれるのかな――と、いくぶん期待したのだが、浅見が玄関近くに辿《たど》り着いたときは、浦本はすでに外に出て、タクシー乗場の先で迎えの車に乗り込むところだった。四輪駆動のランドクルーザータイプの車で、カーキ色のジャンパー姿の男が、浦本に寄り添うようにして車内に消えるとすぐ、青い煙を残して走り去った。

　日出生台は大分空港から南へ、別府《べっぷ》方向へ行くのだが、浅見の乗ったタクシーは、国東半島の東海岸沿いに北へ向かった。国東町《くにさきまち》を経て、およそ四十分で国東半島の北端、国見町《くにみちょう》に着く。

「国東」の地名の由来は、景行《けいこう》天皇が熊襲《くまそ》征伐のために九州に渡るとき、船上から陸地を眺め、「あれは国の崎か」と言ったことによる――と『豊後風土記《ぶんごふどき》』にある。また、その記述の中に、同じ景行天皇がこの地方を訪れたさいの述懐として「国見《くにみ》村」という地名が見えるので、奈良《なら》時代から、すでに「国見」は認知されていたことになる。もっとも、『豊後風土記』が編纂《へんさん》されたころは、「国見村」に該当《がいとう》する地域は「伊美郷《いみごう》」と通称されていて、中世以降も「国見村」という名称は存在しない。近代において、「国見」

が公式な地名となったのは、一九五五年に東国東郡《ひがしくにさきぐん》の伊美町《いみまち》と熊毛村《くまげ》とが合併して国見町が成立した以降のことである。

その国見町の伊美港から姫島まで、小型のフェリーが通う。姫島村営で、およそ一時間に一便程度の頻度《ひんど》で往復している。島の住人にとっては、バス感覚で利用できるのだろう。小さな漁港のような岸壁に、安芸《あき》の宮島《みやじま》へ渡るのよりやや大きい程度のフェリーが接岸して、車が二台と、地元の人らしい乗客ばかり三十人ほどがのんびり降りてきた。観光客の姿はあまり目につかない。大学はもう夏休みに入ったと思うが、観光シーズンにはまだ早いのかもしれない。

降りたのとほぼ同じ人数の客が乗船した。車の利用はない。乗降客同士、すれ違いざまに挨拶《あいさつ》や無駄《むだ》話《ばなし》を交《か》わしているところを見ると、ほとんどが顔なじみらしい。

全国どこへ旅しても、浅見は土地の人たちの会話を聞くのが好きだ。それもなるべく、訛《なま》りのきつい言葉でやってもらいたい。「エビはどげか」「まだわりいようやなあ」などと、深刻そうに話すのを聞くと、そのことだけで、現在の島の生活の状況が見えてくるような気がする。

姫島は日本の総生産量の約一割を占める車エビの養殖地《ようしょくち》として知られている。浅見の姫島取材の目的のメインは、その車エビであった。地図の上で見るだけでも、ずいぶんちっぽけな姫島が、なぜ全国一の車エビ産地になりえたのか、その秘密を、「地方の時代」のひとつのケーススタディとしてルポにまとめるという狙《ねら》いだ。

港内はさざ波ひとつないようなベタ凪《なぎ》だったが、防波堤を出はずれるとけっこう白波が立っていた。この辺《あた》りは周防灘《すおうなだ》で、国東半島の突端と姫島に挟まれた海峡付近は潮の流れが速いところだ。しかし、フェリーは揺れを感じる間もなく、わずか二十分ばかりで姫島に着いた。

姫島は東西が七キロ、南北が四キロ、周囲十七キロ、面積六・七五平方キロ、人口は三千人と少し——とガイドブックには書いてある。海から見ると、平たい陸地の上に四つの突起のような山がある。もっとも高い矢筈岳《やはずだけ》でも、標高は二六七メートルだが、これらの山はすべて火山だそうだ。

港には艀《はしけ》のような小型漁船が数隻、もやってあって、岸壁では網の手入れをする老人が三人、何か卑猥《ひわい》な話でもするのか、歯茎《はぐき》を剥《む》き出《だ》して高笑いをしている。昼下がりののどかな港風景であった。船の客は三々五々散って行って、駐車場のある港の広場はたちまち閑散とした。

港の案内所で聞いて、まっすぐ「松原《まつばら》」という集落の中に入って行った。小さな商店や旅館、民宿などが散在するほかは、ごく鄙《ひな》びた漁村のような佇《たたず》まいであった。

車エビの養殖場は、港とは反対側の島の北側にある。姫島を上空から見ると、中央よりやや西に寄った辺りで極端にくびれた、ひょうたん形をしている。そのもっともくびれたところが松原で、そこを中心とした北側の入江一帯に養殖場が展開している。港からほんの十分ほども歩くと北の海岸に出て、養殖場に臨むことができた。

広大な養殖場を見渡す位置に、養殖会社の事務所がある。二階建てのさほど大きくはないが清潔そうなオフィスだ。あらかじめ電話でアポイントを取ってあったので、すぐに応接室に案内され、中条《ちゅうじょう》という所長が応対した。六十歳近いのだろうか。動物を飼育していると、だんだんその動物に似てくるというが、中条の痩《や》せ型《がた》で眼鏡《めがね》をかけた感じが、どことなくエビに似ている。

もともと技術畑からこの仕事に就《つ》いたというだけあって、説明は懇切丁寧《こんせつていねい》で、姫島における養殖事業の沿革《えんかく》がよく分かった。

中条所長の話によると、もともと、この入江は遠浅の干潟《ひがた》のような地形だったところで、その特徴を利用して、古くから塩田事業が行なわれていたのだそうだ。慶長《けいちょう》年間に塩田の記録があるというから、相当に古い。それ以来、長きにわたり、姫島の経済は塩田によって支えられてきたといってもいいのだが、イオン交換技術の発明によって精製塩の生産が普及すると、旧来の方法は経済的に成り立たなくなって、昭和三十四年に至り、塩田は廃止された。瀬戸内《せとうち》の赤穂《あこう》をはじめ、三州吉良《さんしゅうきら》など、日本じゅうの塩田がほぼ同時期に廃業している。

最大の現金収入の道を失った姫島村は、途方にくれた。その窮状《きゅうじょう》を救うために考え出されたのが車エビの養殖である。遠浅の地形を利用した塩田は、車エビ養殖池に転換するには、まさにうってつけと思われた。

最初の車エビ養殖会社は昭和三十五年に設立されたが、三年かかっても思わしい結果が出せないまま、昭和三十八年に撤退し、その後を瀬戸内海水産開発《せとないかいすいさんかいはつ》という会社が受け継ぐことになった。この会社が姫島の車エビ養殖に参入するとき、視察団が姫島を訪れたのだが、そのメンバーの顔触れが面白い。中条所長が見せてくれた写真入りの名簿に、次のような名前が載っていた。

評論家　大宅壮一《おおやそういち》、作家　今東光《こんとうこう》、作家　邱永漢《きゅうえいかん》、東急電鉄《とうきゅうでんてつ》社長　五島昇《ごとうのぼる》、東宝《とうほう》社長　清水雅《しみずまさし》……どう見ても車エビ養殖事業とは関係がなさそうな面々である。

「へえー、すごいメンバーですねえ」

浅見は驚いた。

「ははは、すごいでしょう。この人たちが本気で車エビ養殖業を手掛けるつもりだったのですからなあ。当時の新聞なんかには『武家の商法ならぬ、文士の商法』などと、多少、茶化《ちゃか》すようなことが書いてありました」

こういうお歴々が乗り出すほど、たしかに車エビ養殖事業は将来性があると考えられたのだ。その証拠に、会社設立当時の取締役、監査役には五島昇のほか、日航社長　松《まつ》尾静磨《おしずま》、全日空社長　岡崎嘉平太《おかざきかへいた》といった錚々《そうそう》たる名前が連なっている。

しかし、事業のほうは実際には順風満帆《じゅんぷうまんぱん》というわけにはいかなかった。発足してわずか二年後、瀬戸内海水産開発もまた、養殖事業から撤退する。

「どうしてうまくいかないんですか？」

浅見は素朴な質問を発した。養殖池を作って、稚《ち》エビを放ち、育てる——ごく簡単な事業のように思えた。

「いや、それがそんな簡単なもんじゃないのですなあ」

中条は顔を曇らせて言った。

「車エビというのは、きわめてデリケートな生き物でして、冬の寒波、夏の旱魃《かんばつ》などが襲うといっぺんにやられます。酸素欠乏、病気といった問題もあるし、養殖池に侵入した雑魚《ざこ》が、飼料だけでなく稚エビを食い荒らす被害もでます。現在の会社は昭和四十年にスタートしましたが、事業が安定して軌道に乗るまで丸十年かかりました。それでもなお、冷夏と長雨に襲われた昭和五十五年には、一億円を超す大赤字を出したほどです」

とにかく試行錯誤《しこうさくご》の繰り返しであったという。過去のデータを見せてもらったが、四十年に発足してからの十一年間で、曲がりなりにも黒字だったのは四年だけ。あとの七年はそれに数倍する赤字を計上している。せっかく黒字基調に転じたと思ったのも束《つか》の間《ま》、中条が言った五十五年の大赤字に見舞われた。これでよく事業を継続できたものだと、不思議な気さえする。

「なるほど、ローマは一日《いちにち》にして成《な》らず、ですか。日本一になるまでには、それなりのご苦労があったのですね」

「あったどころか、いまでも日々、苦労の連続ですよ」

「とおっしゃると、ことしも不漁というか、不作というのか……とにかくそういう心配があるのでしょうか？」

「いや、もっかのところはまずまず順調です。しかし例年、お盆までは順調だが、それから先が難しい。片時も油断は禁物なのです」

順調——と言いながら、中条の憂鬱《ゆううつ》そうな表情からは、必ずしも安心できる状況ではないことを推測させる。そういえば、伊美港で小耳に挟んだ会話にも、それらしいニュアンスが込められていた。

2

その日は姫島港に近い「ホテル新海《しんかい》」というところに予約を入れてあった。いまはずいぶん閑散《かんさん》とした感じに見える姫島だが、もうじき訪れる夏の盛りには、海水浴客などで溢《あふ》れ返《かえ》る。島には旅館が七軒、民宿が五軒あるが、「ホテル」と名のつくのはここ一軒だけであった。鉄筋コンクリート三階建てだが、和室が多いし、二食つきで、食事を一階の食堂でする以外、システムは旅館とほとんど変わりはない。

フロントには漁師のおかみさんのような、見るからに逞《たくま》しい女性がいた。料金は前払いで、少し多めに払ったのを、後で精算する仕組みだ。部屋は一階であった。景色の見える三階だといいのだけれど——と思ったが、申し込みのとき、思いきり値切ったから、そんな贅沢《ぜいたく》は言えない。

「お食事は六時からですけど、何時にされますか？」

訛りのきつい標準語で訊《き》いた。日の長い時季《じき》である。六時はまだ日が照っているにちがいない。

「ちょっと、その辺《へん》をブラッとしたいんだけど、もっと遅くてもいいですか」

「それやったら、七時ですね」

あっさり決められ、「はい」と答えた。

とりあえず、部屋に荷物を置いて、カメラだけを持って周辺を散策することにした。

この辺《あた》りは村の中心部で、小さな家が密集している。酒屋や電器店など商店もちらほら見かける。大した庭があるとは思えないが、軒端《のきば》にくっつくようにブロック塀を巡らせた家が多い。そうかと思うと、奥の仏壇まで見えるほど、広々と開けっ放しにして、葦簾《よしず》だけを下げた家もある。ひと昔かふた昔前までは、どこの家もたぶんそういう無防備な暮らしだったのが、余所者《よそもの》が入り込むようになったり、車が飛沫《しぶき》を上げて走るようになってから、しだいにガードが固くなったのかもしれない。

集落を抜けると、港の広場に出た。港の正面に、三角屋根にピンクの壁という、玩具店のような可愛《かわい》らしい土産物《みやげもの》店がある。店の名が「ラ・メール」とはいかにも小島の店にふさわしい。店内には姫島名物のキツネ踊りの人形や貝細工、姫島特産の海産物などが並んでいる。母親と雑誌の編集者への土産に、青みがかった岩海苔《いわのり》の佃煮《つくだに》の瓶詰《びんづめ》を二つ買った。

店は中年の夫婦がやっているらしい。浅見のほかに客はいない。土産物の品定めをしながら、姫島のあれこれを聞いた。店の主人は五十を少し超えたと思われる、この島の人間にしては色の白い、ちょっと都会的な感じのする男で、時折り、言葉の端々に関西風のイントネーションが出る。浅見がそのことを言うと、思ったとおり、大阪からこの島にやって来たのだそうだ。

「こいつを追いかけて、ここまで来てしもうたんです」と、隣りにいる夫人を指さして笑った。

「嘘《うそ》言うなえ」

夫人は赤い顔をして、むきになって否定した。いかにも島育ちという感じで飾り気はないが、丸顔の可愛い女性である。

「私が頼んで、やっと来てもろたんでねえかえ」

「ははは、まあ、どっちでもええやないか」

たがいに相手を立てるように言うのがほほえましい。しかし亭主はその話題から離れたいのか、「お客さん、お仕事でみえたのですか？」と訊いた。さすがに商売人である。見た感じで、ただの観光客でもなく、釣りのお客でもないと分析したようだ。

「そう、雑誌の取材ですよ。車エビの養殖を中心に、姫島の魅力といったようなことを取材に来ました」

「魅力」というのは嘘で、いいも悪いも、ありのままをルポするのが狙いだが、浅見は少し脚色を加えて言った。

「ああ、それやったら大いに宣伝していただきたいですなあ。車エビのことなら、エビ会社へ行って、所長の中条さんいうのに会うたらよろしいです」

「ええ、もうお会いして、話を聞いてきました。あとは姫島の観光スポットを取材するだけです。確か、姫島には七不思議というのがあるそうですね」

「あります、いうても、そげえ大したもんと違いますけどなあ」

「そげなことあねえでえ」

夫人がクレームをつけた。

「姫島の歴史はけっこう古いんで。史実やら伝説やら、ごちゃまぜやけど、それなりに貴重《きちょう》な伝承文化やと思うで」

「ははは、おまえはまったく郷土愛に燃える女やなあ。お客さん、姫島のことやったら、女房に訊くとよろしいです。まあ、何でもよう知っとりますわ」

「郷土史の研究をしているのですか？」

「とんでもねえ」

夫人は照れたように手を振った。

「姫島は好きですけど、研究みたいなもん、しとらんとです。郷土史の研究やったら、朝子《あさこ》のほうが詳しかろう、お父ちゃん」

「ああ、そうやったな。うちの娘が東京の大学に行っとって、卒論のテーマが姫島の歴史研究やとか言いよったのです。そや、ちょっと朝子を呼んでこいや」

夫人が奥へ引っ込んで、若い女性を連れて来た。胸に猫をプリントしたTシャツ。淡い紅茶色に同系色のチェックが入ったキュロットスカート。それほど長くない髪を、無造作に後ろで束ねて、そのせいか、ややきつい眼だが、鼻梁《びりよう》の高さも、口許のキュッと締まった感じも、理知的でなかなかいい。

寛《くつろ》いでいるところを、無理やり引っ張り出された不満が、ちょっと突き出した唇に表われている。母親に「娘です」と紹介されて、浅見は初めて名刺を出し、名乗った。肩書のない名刺を貰《もら》って、娘は戸惑ったような表情で、「朝子です」とペコリと頭を下げた。

「えーと、上のお名前は?」

浅見は訊いた。

「は?……」

娘は怪訝《けげん》そうに父親の顔を見た。

「あ、そうや、まだ名前を言うてねかった。うちは中瀬古《なかせこ》いいます。朝子、こちらのお客さんが姫島の歴史と伝説のことを教えてほしいんやち」

「教えるいうても、そんなに詳しくないですけど」

「いや、知ってることだけでいいんです」

逃げ腰の娘に、浅見は急いで言った。

「そもそも、姫島という名の由来はどういうことなのですか？」

「姫島のことは『古事記《こじき》』に出てくるんです」

中瀬古朝子は誇らしげに眸《ひとみ》を輝かせた。

「イザナギ、イザナミの両神が国産みをする話、知ってますか？」

「ええ、知ってますよ。天浮橋《あまのうきはし》から、天沼矛《あまのぬぼこ》を海の混沌の中に垂れて、矛からの滴《したた》りで国を作ったという話ですね」

「そうです。そのとき、いちばん最初に作ったのが淡路島《あわじしま》、二番目が四国、三番目が隠岐島《おきのしま》……と順番に作って、十二番目に作ったのが姫島ということになっています」

「ほう、そんなことが書いてあるんですか。そこまでは知りませんでした」

「ちゃんと書いてありますよ。『次に女島《ひめしま》を生みき。またの名を天一根《あめひとつね》という』って。天一根というのは、孤島の意味だそうです」

「はあ……」

「姫島の名の由来とされるもうひとつの説に、新羅《しらぎ》の国の少女が渡って来たという話があります。『国東半島史』には『美女日本に来り、摂津《せっつ》の難波《なには》に行き、次《つい》で豊後《ぶんご》の国《みちの》前郡《くちのくに》に来りて比賣語曾《ひめごそ》の神となる。現今姫嶋《ひめしま》の比賣語曾神社《ひめごそじんじや》は之《これ》なり。』と書いてあります。『日本書紀《にほんしょき》』の原文を読みくだし文で言うと、『まぐ所《ところ》のをとめは、難波にいたりて、比賣語曾社《ひめごそのやしろ》の神となる。または、豊国《とよくに》の国前郡にいたりて、また比賣語曾社の神となりぬ。ならびに、二ところに祭《いは》ひまつられたまふといふ。』というふうになります」

朝子はいとも簡単に諳《そらん》じてみせ、メモ用紙に「比賣語曾」という字を書き、ルビまでふってくれた。

「すごいですねえ」と、浅見はただただ感心するばかりだ。

「すごいでしょう」

父親は頼もしそうにわが娘を眺《なが》める。

「はあ、すごいです」

浅見は大きく頷《うなず》いて、感嘆の眼《まなこ》を朝子に向けた。

「その比賣語曾神社は、いまもこの姫島にあるのですか」

「ええ、ここから少し東のほうへ行ったところにあります。『日本書紀』に出ているので、名前はよく知られていますけど、ちっこい神社です」

「それにしても詳しいですねえ。それじゃ、七不思議のことも、もちろん知っているのでしょう。すみませんが、ついでにそれも教えてくれますか」

「七不思議のことくらい、島の人間なら誰でも知ってますけど」

朝子は笑って、メモ用紙に書き込んだ。

観音崎《かんのんざき》の千人堂《せんにんどう》
北浦の浮洲《うきす》
金《かね》の逆柳《さかやなぎ》
金のかねつけ石《いし》
金の拍子水《ひょうしみず》
稲積《いなづみ》の浮田《うきた》
稲積の阿弥陀牡蠣《あみだがき》

「これが姫島の七不思議です。金と書くと、金でできているみたいですけど、金はカネ、集落の名前です」

解説を付け加えた。

浅見は二万五千分の一の地図を広げた。

「この地図でいうと、どの辺になりますか」

「そうですねえ……ここが観音崎で……」

朝子は地図の上に頭を突き出して、指先で場所をさし示しかけたが、ふと思いついたように「それだったら、車で案内したほうが早いですね」と言った。

「えっ、案内してくれるって、それはありがたいけど、いいんですか？」

思わず両親の顔を振り返った。

「そうやなあ、そんなほうがいいなあ」

母親がけしかけるように言った。むしろ父親のほうがびっくりして、夫人をチラッと見たが、反対する理由には思い当たらなかったらしい。

まだ日暮れまで間があるからと、朝子はすぐに車を駐車場から出してきた。業務用の小型のライトバンで、お世辞にもかっこいいとは言いがたいが、島内の細い道を走るには都合《つごう》がいいことを、浅見はすぐに悟《さと》った。まったく、この島の中はどこへ行っても道幅が狭い。もっとも、交通量そのものが極端に少ない。信号のある交差点は一カ所しかないのだそうだ。それも、そんなものは必要がないのだけれど、子供たちや住民が余所《よそ》の土地へ行ったとき、信号を知らないと危険なので、学習用に取り付けたという。

走りながら、朝子は浅見の仕事の内容について質問した。雑誌のルポライターという職種に興味を抱《いだ》いたようだ。

「旅行雑誌の記者なんか、やってみたいと思っているんですけど、難しいですか」

「いや、難しくないですよ。僕でさえ勤まるんだから」

「でも、浅見さんはもう、ベテランなのでしょう?」

「ははは、そんなにオジンに見えますか」

「そういうわけじゃないですけど」

「ルポライターはむしろ若いほうがいい場合が多いんですよ。若くて健康なら、僕みたいに、多少ギャラが安くてもどこへでも飛んで行くでしょう。雑誌社も若いほうが使いやすいですしね。女性雑誌は景気がいいから、あなたが希望するなら、仕事はいくらでもあるんじゃないかな」

「どうせやるなら、女性誌でなく、浅見さんみたいに、社会問題なんかと取り組むほうがいいです」

「いや、僕だって願望としては気宇壮大《きうそうだい》にそういう仕事ばかりやってみたいですよ。しかし、現実には観光の取材だとか、政治家や財界人の提灯持ちのインタビューだとか、あまり社会的に意義があるとは思えないような仕事が多いものです」

車エビの養殖場を右手に見て、北浦という集落の入江沿いの道を北上した岬の突端が観音崎である。四十メートルほどの断崖《だんがい》の上に小さな観音堂が建っている。坂下で車を降りて、あとは徒歩で登ることになる。浅見は歩きながら、とりとめもなく、風景をカメラに収めた。

「この断崖は黒曜石《こくようせき》でできているんです」

朝子の解説によると、露天の黒曜石は、北海道とここにしかないのだそうだ。黒曜石の岩は断崖から海底まで延びて、干潮《かんちょう》になると浜も崖《がけ》も黒光りに光るという。

「それが七不思議のひとつですか?」

少し不満そうな口調になった。

「違いますよ、七不思議は観音堂です。大晦日《おおみそか》の夜、借金取りに追われた善人たちを、観音様があのちっぽけなお堂に千人も匿《かくま》ってくださるっていうんです」

「それはおかしいですねえ」

浅見が首をひねったので、朝子は「えっ」と驚いた。

「おかしいって言っても、そういう伝説ですから」

「いや、そうじゃなくて、借金取りに追われている人間が、善人であるがごとく言っているのがおかしいのです。だいたい、昔から、借金するほうが善で、金を貸すほうが悪だと決めつける風潮があるけれど、そんな理不尽《りふじん》なことはない。借金を踏み倒すほうがよっぽど悪ですよ。例の住専問題だってそうでしょう。何千億も借りておいて、自分たちは悪くないなんて開き直っている。あんな連中は匿うどころか、さっさと地獄に落とすべきじゃないですか」

「あははは……」

朝子は笑いだした。

「浅見さんて、変な人ですね」

「そうかな、変ですかね」

「ええ、変です」

断定的に言って、朝子はそれ以上、変人を相手にできないというような足取りで、坂道を登って行った。

伝説のほうは他愛《たわい》ないが、ここからの景色はいい。観音堂の脇に立つと、周防灘が一望できる。はるか沖合を神戸《こうべ》へ行くフェリーが横切って行く。すぐ足元には頭に松の繁った岩が二つ、まるで伊勢《いせ》の二見《ふたみ》ヶ浦《がうら》のような風情を作っている。カメラのファインダーの中が、そのまま一幅《いっぷく》の名画だ。

観音崎からは七不思議のひとつである「北浦の浮洲」が望める。車エビの養殖場から沖へ五、六百メートルほど出た、遠浅の海にわずかに顔を覗かせた台地のようなものだ。

海の中に小さな鳥居が建っている。この鳥居はどんな大潮でも海が荒れても、沈むことがないのが不思議なのだそうだ。

3

観音崎を下り、北浦から西浦、南浦、松原と村の中心部を縦断して、島の東へ向かう。右手に矢筈岳を見る辺りから先は、急に人家が途絶え、丈の高い夏草や小灌木《しょうかんぼく》だけの荒涼とした原っぱを行く。やがてトンネルを抜けたところが「金」の集落だった。姫島の中では海岸からもっとも離れた、いわば山あいにあって、ここからは海が見えない。人家は疎《まば》らで、島であることを忘れ、山村に来たような錯覚を受ける。ただし、「七不思議」のほうは集落を過ぎて、さらに東へ行った海岸近くにあった。

村道が山を下り海に突き当たって右へ行ったところの山裾に神社がある。

「これが比賣語曾神社です」

朝子が宣言するように言った。神社といっても、ほとんど「堂」と呼んだほうがいいほど小さく、山の樹木の大枝が屋根を覆《おお》ってしまいそうだ。

金には姫島七不思議のうちの三つ——逆柳、かねつけ石、拍子水——があるが、いずれもこの比賣語曾神社境内や周辺にある。

逆柳というのは、比賣語曾神社の神になった美女が、使った楊枝《ようじ》を地面に逆さまに挿《さ》したところ、生えた柳の木の葉が、すべて逆さだったというのである。この手の柳にまつわる話は各地にある。山口県柳井《やない》市の地名のいわれも、女性が柳を挿したところから井戸が湧《わ》いたというものだ。小泉八雲《こいずみやくも》の「青柳《あおやぎ》のはなし」など、柳と幽霊のからむ話も多い。

かねつけ石の「かね」は、昔、女が使ったおはぐろの「鉄漿《かね》」のことで、「金」地区の名も本来は「鉄漿」だったと思われる。そのかねを零《こぼ》したために石が黒く染まったのだそうだ。たしかに黒っぽい岩の一部が地上に露出している。

「この石は地中深く埋まっていて、どこまで続いているのか分からないんです。以前、ある男がこの石を掘ろうとして、明くる日、真っ黒になって死んだそうです」

「ほう、真っ黒になって――というと、焼死したのですか？」

浅見はまた、妙なことにこだわった。

「えっ？　さあどうなのかしら。そこまでは知りませんけど」

「死因は何だったのですかねえ。黒死病ということはないでしょう」

「そんなこと……いままで誰一人、そんなことを訊いた人はいませんよ」

朝子は呆れ顔で浅見を見つめた。

「それはひどいなあ。明らかに変死事件なのに、死因もはっきりさせなかったのですかねえ。もしかしたら殺人事件だったかもしれないじゃないですか」

「まさか……」

朝子は笑いだした。冗談だと思ったようだが、浅見のどこまでも真面目《まじめ》くさった顔を見て、当惑《とうわく》げに言った。

「殺人事件とか、そういうことではないと思いますけど」

「じゃあ、どうして死んだんですか？」

「それはだから、祟《たた》りとか……」

「祟り？　祟りで片付けちゃったんですか。驚いたなあ。そんな、祟りだなんて非科学的なことを……それをあなたは本気で信じているんですか？」

「まさか、信じてはいませんけど、そういう言い伝えですから」

「言い伝えって、それじゃ、事実じゃなかったのですか。さっきあなたは『以前』あったこととして言ったのに」

「それは、私もそう聞いたからです」

「以前——て？」

「ええ、以前、です」

朝子もむきになって強調した。

「だとすると、事実かもしれない。事実、誰かが黒焦げになって死んだ——ひょっとすると焼き殺されたのかもしれませんよ」

「まさかァ……」

朝子は寒そうに肩をすくめて、かねつけ石の脇から急いで離れた。

「脅《おど》かさないでくれませんか」

「いや、脅かすわけじゃなくて、つまり、僕が言いたいのは、『以前』という言い方は、『むかしむかし』といった架空の話を物語る曖昧《あいまい》なものでなく、現実にあった出来事を、あえて時の関係を特定しないで話す場合に用いる意味合いがあるのじゃないかっていうことなんです。あなたに話した人は、その事実を知っていたから、無意識に『以前』と言ったと考えられます」

「そうなのかしら……そういえば、伝説やお伽話《とぎばなし》で、以前という言い方は、ふつうはしませんよね。いままでぜんぜん気がつきませんでしたけど……でも、やっぱり、浅見さんて変な人です」

今度は笑わずに、朝子はまじまじと浅見の顔を見つめた。

金地区のもうひとつの七不思議「拍子水」というのは、アルカリ性炭酸水の湧き水のことであった。鉄分も入っているのか、池の水は赤い。池の岸に立って、パチパチと手を叩き、拍子を取ると、冷泉が湧き出るというのだが、実際は何もしなくても、泉のほうは泡を吐きながら間断《かんだん》なく湧いている。

「この泉は、どんな旱魃《かんばつ》のときでも、涸《か》れたことがないんです」

井戸のように四角く区切られた源泉のところを、ヒシャクで掬《すく》って飲んでみると、たしかに炭酸水の味がする。

「美味《うま》いなあ。いままでの中では、これがいちばん値打ちがありそうですね」

浅見は単純にして素朴な感想を述べた。

そこから最後の目的地、稲積へ向かう。稲積は姫島の最東端にあり、柱《はしら》ケ岳《がだけ》という火山の噴火によって生まれた、かつては島だったと思われる土地である。江戸末期ごろから歌われている「地名読み込み歌」の中に「いそがにゃ通れぬ満越《みちこし》の、稲積、浮田に柱岳」という一節があるそうだから、島と本島は砂州《さす》で繋がっていて、満潮のときは砂州が海中に没したのだろう。それが砂州に道路が建設されて、常時行き来できるようになった。

稲積へ行く海岸沿いのその道は、景色がいい。灯台見物の帰りらしい車が一台、すれちがって行っただけで、のんびりドライブ気分を楽しめる。

「さっきの話の様子だと、中瀬古さんは、まだ就職は決まっていないのですか？」

浅見は窓外に目をやりながら言った。

「まだです。ことしも就職は氷河期だそうですから、どうなるか分かりません。それに、両親は私に島に帰って来て、店を継いでもらいたいみたいなことを言ってるし」

朝子は憂鬱《ゆううつ》そうに言った。

「ほかにご兄弟はいないのですか？」

「ええ、一人っ子ですから」

「なるほど、それじゃ、ご両親のご期待に添うのがいいですね」

「人のことだと思って、そんなふうに簡単に言わないでくれませんか」

「失礼。しかし、就職難の時代、絶対確実な就職先が待ち受けている状況に不満を言っては、贅沢というものです」

「それはそうですけど、でも、せっかく東京に出たのだから、いろいろやってみたいことが多いし」

「ルポライターだけはやめたほうがいい」

「そうでしょうか。私は憧《あこが》れます」

「はあ、これが憧れの対象ですかねえ」

浅見はわが身を眺めて笑ったが、朝子は真顔で「ええ、憧れますよ」と言った。

稲積の集落を過ぎ、岬の灯台が見えてきたころ、道の向こうから、派手なブルーのキャデラックがやって来た。

朝子は車を路肩《ろかた》に思いきり寄せて道を譲った。キャデラックは斜め前方で停《と》まって、運転の男が上体を傾け、助手席の窓から顔を出して「やあ」と、親しげに声をかけた。四十歳前後だろうか。海焼けかゴルフ焼けか、相撲の寺尾《てらお》に少し似た、色の黒い細面《ほそおもて》にサングラスをかけている。

朝子は「どうも」と、しかたなさそうに頭を下げた。

「どこへ行きよんの？　仕事か？」

「ええ、ちょっと、お客さんを案内しているところ」

「そうか、残念やのう、デートでもしよか思うたんじゃが。ほんならまた夜でも電話するわ。ずっと夏休みやろ？」

「夏休み中はおるつもりやけど」

男は「ほなら行くわ」と手を上げ、浅見に軽く会釈《えしやく》して、キャデラックをスタートさせた。道幅いっぱいのすれ違いであった。

「恋人ですか？」

浅見が訊くと、「冗談言わんでくれまっせんか。違いますよ」と、きつい言葉が返ってきた。

「本庄屋《ほんしようや》の息子です。好かんやつ……」

「本庄屋とは？」

「苗字は属《さつか》っていうんです。属《ぞく》って書いてサッカと読む。姫島で代々庄屋をやっていた家柄で、みんないい人なんですけど、あの男だけは好きになれません」

「どうしてそんなに嫌うのですか？　感じのいい人じゃないですか」

「よくないです。女たらしで、キザで。名前からして優貴雄《ゆきお》だなんて……」

朝子は文字を説明して、「これが本名だなんて、嘘みたいでしょう。あの人が悪いのは、名付けた親にも責任がありますよ」

「そうかなあ、悪そうには見えなかったけれど」

「とんでもない、女性の敵だわ。女を男性の従属物か何かと思い込んでいるんです。だいいち、キャデラックなんかに乗って、いかにもキザっていう感じじゃないですか」

「キャデラックぐらい、近ごろは誰だって乗りますよ」

「乗るのはいいけど、この島には似合いません……あっ、もしかして、浅見さんもキャデラックですか？」

「いや、僕はソアラです」

「ああよかった。ソアラならいいです」

「ははは、あまり論理的ではないな」

「センスの問題ですよ。この島でキャデラックなんて」

よほどキャデラックに偏見を抱《いだ》いているのか、それとも島への思い入れが強いのだろうか。浅見は笑いを堪《こら》えるのに苦労した。

岬は松が茂り、その上に灯台がそそり立っている。灯台は現在は無人で、周辺にもまったく人気《ひとけ》がない。林の中には早くも夕闇が立ち込め、風が時折り、松の梢《こずえ》を鳴らして、もの寂しい雰囲気だ。

少し手前にある駐車場に車を停め、灯台へ向かう細い道を歩きだしたとき、朝子はふと思いついたように「どこで何しちょったんやろ？」と呟《つぶや》いた。

浅見は「えっ？」と訊いた。

「いえ、べつにどうってことではないんですけど、あの人、一人でこんなところに来て、何をしていたのかなと思って……」

たしかに、ここには灯台があるほかには、人家らしきものはない。観光客ならいざ知らず、島の人間がキャデラックに乗って一人でドライブに来るには、あまりふさわしいところとは思えない。かといって、来てはならないわけでもなし、気まぐれということもあるだろう。気にするほうがおかしい。むしろ、それを気にする朝子のほうが、浅見には気になった。

灯台への登り口に、草ぼうぼうの湿地帯がある。朝子はそこを指さした。

「ここが稲積の浮田です。むかしはここに大きな池があって、その縁でドンドンと飛び跳ねると、池全体がユラユラと揺れたということです。その池には大蛇が住んでいて、あるとき、お坊さんの姿に変身して、そこの浜辺で漁をしていた船に乗せてもらい、長《なが》門《と》の海岸まで渡ったという伝説があります」

その池もすっかり泥に埋まり、「不思議」がひとつ消滅した。池が埋まったのは自然にそうなったのか、それとも道路を作るなど、開発のもたらした結果なのだろうか。

これで七不思議の案内は終了した。ただひとつ残った「阿弥陀牡蠣」というのは、この灯台がある岬の露出した岩に、どういうわけかへばりついて生息していた牡蠣のことだが、現在は死滅してしまった。牡蠣はいないが、断崖には火口のような洞穴がいくつも開いていて、佐賀県呼子《よぶこ》の「七ツ釜《ななつがま》」のような奇観だそうだ。しかし、その場所を見たくても、海に迫《せ》り出《だ》した断崖絶壁の下で、陸からは近づけない。

二人は石段を登り、灯台下に立った。姫島灯台は五十七メートルの断崖上に建ち、すべて花崗岩《かこうがん》でできた巨大な台の上に、白亜《はくあ》の灯器部分が載っている。ここからは瀬戸内の島や、その向こうの本州や四国の陸影が望める。日がかなり傾いて、陸地の形はもうろうと、淡く低く漂う雲のようでもある。

「旅愁《りよしゆう》を感じるなあ……」

浅見はしみじみとした口調で言った。

「同じ旅愁でも、山は寂しいけれど、海は悲しい」

「まあ、すてきな表現。やっぱり物を書く人は違いますね」

朝子に感心されて、浅見は照れた。

「ははは、すてきかどうか、ただの実感を口にしただけですよ」

「それがすごいですよ。そういう感じ方をするっていうことが」

「行きましょうか。日が暮れそうだ」

逃げだすように、先に坂を下りた。

ラ・メール土産店に戻るころ、ちょうど日が落ちた。島内ほぼ一周の全行程を、二時間足らずで回って来たことになる。

浅見が中瀬古夫婦と朝子に礼を言って、帰りかけると、しばらく行ったところで朝子が追ってきた。

「お土産、忘れましたよ」

笑いながら岩海苔の佃煮《つくだに》を差し出し、そのまま浅見と並んで歩いた。ホテルまで送るつもりらしい。額《ひたい》にうっすら浮かんだ汗に、空のたそがれ色が映っていた。

「明日のご予定は決まっているんですか？」

「車エビの養殖場や、きょう回れなかったところを二、三取材して、十一時ごろの船で帰るつもりです」

「あ、そんなに早く」

「あなたのおかげで、明日に予定していた取材がほとんど終わってしまいましたから」

「でも、あれだけだと、姫島の名所と風景だけですよ。ほんとうの姫島のよさは、もっといろいろあります。たとえば、盆踊りのときのキツネ踊りだとか」

「ああ、あれは知ってますよ、有名ですからね。しかし、キツネ踊りのことは、写真も解説も出回っていて、資料に困らない。それでなんとか間に合うでしょう」

「写真じゃだめですよ、実際に見なければ、キツネ踊りの面白さは分かりません」

「それは僕もいちど見たいと思っているけれど、お盆にならなければ見られないんだから、しかたがないです」

「だったら、お盆にまた来てください」

「ははは、そのころはもう、この記事を掲載した雑誌が出ています」

「そうじゃなくて、仕事と関係なく来てください。歓迎します」

「うーん、そう言ってくれるのは嬉《うれ》しいですが、なにぶん居候《いそうろう》の身分ですからね」

「えっ、居候なんですか？」

「まあ、そんなようなものです。したがって、遊びでこんな遠くまで旅行するのは、贅沢だって怒られそうです」

「そうなんですか……」

つまらなそうにため息をついて、足の運びが緩慢《かんまん》になった。

「今度は東京で会いましょう。大学が始まったら連絡してください。美味い団子《だんご》を食わせる店を紹介しますよ」

「ほんとですか。じゃあ、楽しみにしています」

朝子は他愛なく喜んだ。

宿の前で、朝子は帰って行った。

ホテルのフロントのおばさんは「遅かったなあ」と、少し厭味《いやみ》ったらしく言って時計を見上げた。夕食の時間は七時と言われていたが、すでにその七時を過ぎている。食堂に用意された料理は冷めかけていた。

食事を終えて部屋に戻ったとき、フロントから電話で「お客さんが見えてますけど」と言ってきた。瞬間、中瀬古朝子かと思った。ロビーに降りて行くと、隅のほうの椅子《いす》にいた男が立って、「どうも」と、顎《あご》を突き出すようにして頭を下げた。あのキャデラックの男である。

「どうも、属優貴雄さんでしたね」

浅見が近づいて、いきなり名前を言ったので、属はちょっと怯《ひる》んだような顔になった。

「朝子から聞いたんですか」

「ええ、本庄屋の方だとか」

浅見は椅子に坐《すわ》ったが、属のほうはしばらく立ったまま、浅見を見下ろす恰好《かっこう》でいて、それから「ふーん」と鼻を鳴らしながら、ドカッと腰を下ろした。

「あんた浅見さんちゅうんかね」

「ええそうですが、僕がここに泊まっていることは、どうして分かったのですか？」

「あはは、そりゃあ、こん島のこつは何でも知っちょるよ。それよかあんた、朝子とはどげえな関係かえ」

どうも、口調《くちょう》が友好的でない。フロントのおばさんが、心配そうにこっちの様子を窺《うかが》っている。

「べつにどうという関係ではありません。きょう初めて会って、島を案内してもらっただけですが」

「本当かえ」

「ええ、本当です」

「朝子に手え出しよるんとちがうか」

「ははは、そんなことはしませんよ。しかし、どうしてそんなことを訊くんですか？」

「東京ん男は油断がならんからなあ。あんた、東京で朝子と会うとるんとちがうんかえ」

「ですから、きょう初めて会ったと言ったでしょう。ただし、これから先のことは分かりませんが」

「そら、どういう意味か」

「朝子さんが東京へ来られたら、団子をご馳走《ちそう》する約束をしました」

「団子とね？……いや、それはやめたほうがいいで」

「なぜですか、けっこう美味い団子ですが」

「そういう問題やないよ。朝子はおれの女やから、手え出さんでもらいてえちゅうことだな」

「ははは、それは理不尽《りふじん》というものです」

「理不尽もくそもねえ。要するに余所者《よそもの》のあんたに、朝子にちょっかいを出してもらいたくねえちゅうことだ。いいか、もし朝子に何かあったら、ただではすまんちゅうこと、おぼえといたがいい」

言うだけ言うと、属優貴雄は席を立って、挨拶《あいさつ》もせずに立ち去った。部屋に戻りかける浅見に、フロントのおばさんが「お客さん、あん男にはかまわんほうがいい」と忠告してくれた。浅見は笑って、頷《うなず》いた。

4

中瀬古家の遅い夕食のテーブルは、浅見光彦の話題で盛り上がった。親子三人の感想はさまざまだが、好意的な見方という点では一致している。母親の芳江《よしえ》は「かっこいい」といい、「あんだけの男前は、ちょっとこの辺にはおらんなあ」とまで言いきった。

朝子は「外見はともかく、紳士的であることはたしかね」と、少し控えめに賛同した。父親の大志《ひろし》は妻が手放しで浅見を褒《ほ》めちぎるので、いくぶん面白くなさそうだが、あえて反論はしなかった。

「朝子も、あんな人を婿《むこ》さんにしてくれたらいいな」

芳江は本気でそう言っている。朝子は「ばっかみたい」と笑った。

「そんなん、考えられん。だいいち、歳《とし》が離れすぎてるじゃない」

「なに言いよるん。私はべつにあん人とは言うてねえでえ。ああいう人、言うただけでないかい。けど、ということは、朝子は多少はそん気があるちゅうことやな」

「ばかばか、信じられんこと言うわあ」

怒った顔を作って否定したが、正直、語るに落ちたことは確かだ。

「ははは、なにもそんなにむきになることはねえやねの。それに、あん人はとっくに結婚しちょるやろうし」

「それはどうかしら。浅見さんは居候だって言ってたから」

「居候？　それ、どういうことね？」

「居候は居候でしょう」

「そらそうやけど、誰の家に居候になっとるとね？」

「そこまでは聞かなかったわ。でも、ソアラに乗っているいうから、ただの貧乏とは違うみたいね。親と一緒に住んでいるっていうことかもしれん」

「ふーん、そうすんと、まだ独身やな。望みなきにしもあらずでないか。けど、居候ちゅうくらいやから、お姑《しゅうとめ》さんがうるさいかもしれん。やっぱやめといたほうがいいよ」

「やめるもなにも……」

朝子は開《あ》いた口《くち》が塞《ふさ》がらない。

食事の後片付《あとかたづ》けをしていると、属優貴雄がやって来た。彼の顔を見たとたん、中瀬古家の人々から笑いが消えた。蒸し暑い夜だけれど、クーラーの涼しさよりも冷たい空気が、外からスーッと吹き込んだような現われ方であった。

属優貴雄は朝子に手を上げて、「やあ、さっきはどうも」と笑いかけた。朝子もしかたなく「どうも」と頭を下げた。

「ま、どうぞ」と、大志が言い、食堂の隣りの居間兼応接間のような狭い部屋に、優貴雄を上げた。芳江はろくすっぽ挨拶もせず、台所でお茶を淹《い》れて、朝子に運ばせた。

「今夜はまた、何かえ?」

大志が訊いた。優貴雄が前触れもなしにやってきたことに、漠然《ばくぜん》とした警戒心を抱いている。

「いや、さっき朝子さんに会うたもんで、急に思いついてやってきたとです」

「そしたら、朝子に何ぞ用事でも？」

「まあ、最終的にはそげなんけど、そん前におやじさんの了解を得てから思うてですね」

「了解って……何やらあらたまったことでん言うみたいやなあ」

大志は笑ってはぐらかそうとしたが、優貴雄のほうはニコリともせずに、食いつくような顔である。

「あらたまってちゅうこともないけど、こん前も言うたように、自分は朝子さんを嫁にもらうつもりでおるとです。そこんとこ、忘れんでいただきたい」

「まあまあ、待ってくれませんか。そう一方的に言われても困りますよ」

大志は狼狽《ろうばい》して、妻と娘を振り返った。そんな約束は交わした覚えはないぞ——と、二人に対してサインを送っている。

「困ってもなんでも、自分はそう決めちょるんです」

「決めちょるいうて、あんた、自分の歳をなんぼや思ってますねん」

「歳の差は関係なかです。最近は三十くらい違ってもふつうじゃないですか。ちゅうても、結婚はもちろん、朝子さんが大学を卒業してからいうことやが」

「そんな、結婚てあんた、本人の気持ちも聞かんで、勝手に決められても……」

「ほやから、朝子さんの気持ちを確かめてもらいたいんやけど」

優貴雄は朝子を見つめて言った。両親の視線も娘に向けられた。

「私は、そんな、結婚なんてまだ何も考えていません」

朝子はどぎまぎしながら、しかし、きっぱりと言った。

「そうか、そんならよかった。もしも、すでに意中の男でもおったら、どうしょうかと心配しようった。それではおやじさん、なにぶんよろしく頼んます」

「そう言われてもなあ……それより優貴雄さん、あんた、仕事のほうはどないなっちょるんかえ。今度は車エビも手がけるちゅう話やけど」

大志は反撃の糸口を見出《みいだ》したと言わんばかりに、少しきつい口調で言った。属優貴雄が車エビ養殖業に乗り出すと、村のあちこちで大口を叩いて、物議《ぶつぎ》を醸《かも》している。本庄屋の属家にまで、批判めいたことを言って来る者が出ているそうだ。

「稲積の港の隣りに、養殖場を建設する計画とか聞いたが、そげなん、うまいことといくんかえ？」

「そら大丈夫です」

優貴雄は胸を張った。

「あん辺りは、沖合三百メートルぐらいんところに環礁《かんしょう》が並んどるのでな。専門家は、そこと陸地とのあいだを均《なら》して埋め立てすれば、稚エビの繁殖から育成まで、一貫体制で養殖が可能だ言うとるんです」

「しかし、その施設を作るには膨大な資金が必要になるんとちがいますか」

「資金のことやったら、心配なかです。こう見えても、自分にはそれなりのアテがあるんですよ」

「そう簡単に言うけど、生易《なまやさ》しい金とちがうで。私にはよう分からんけど、何億という額になるんやないかな」

「何億でも、金のことなら任してもろて大丈夫です」

「ほう、そらまあ、本庄屋さんのぼんぼんやから、いざとなればそんくらいの金は何とでもなるかしれんが」

「いや、こん件については、家とはまるっきり関係ないんです。そうじゃ、念のために言うとくとですが、家の者にはこの話は喋《しやべ》らんじょってください。それにだいいち、あん家に、そいな金がありますかいな。すべて自分一人の力でやるつもりです」

「ふーん、大したもんやなあ……けど、それはいいとして、稲積地区の漁業補償問題やとか、難しいことになるのとちがうか。どっちにしたって、そういう事業をやろうとすれば、反対派が騒ぐいうのはつきものやからなあ。それに、村や村議会の了解も得なならんのとちがうかえ」

「そいなこつ、地権者がＯＫすれば、最終的には問題ないでっしょう。村議会かて、もっと大きな政治力が働けば、どうともなる。自分には強力なバックがある。金も力もなんぼでも出してくれることになっとるんです。そうはいうても、ま、中にはいろいろ、いちゃもんをつける者もおるやろけど、もしそうなったら中瀬古さん、あんたのバックアップを期待してますよ」

「いや、そんな期待みたいなもんされたかち、私はそういうややこしい話となるとまるっきり何もでけん人間やし、それに、所詮《しょせん》は私は余所から来た者やからなあ」

「そいことは関係ないです。もうかれこれ二十年も、こん島に住んじょるんでしょう。しかも、奥さんはれっきとした島の人やないですか、ややこしいことはでけんちゅうけど中瀬古さんは大阪ではだいぶん、ややこしいことで活躍しとったちゅう話、あるスジから聞いちょるんですよ。ま、それはまたたん話として、今夜はとにかく、朝子さんのことをしっかりお願いしちょきます」

　捨てぜりふのように言って、優貴雄は「ほんなら」と立ち去った。

「何なのよ、あの人……」

しばらく沈黙がつづいた中から、朝子が苦いものを吐き出すように言った。

「自分勝手なことばっかし言って、人を何だと思っているのかしらね。誰があんなやつと……ああ気色《きしょく》悪い」

考えただけでゾッとすると、大げさに肩を竦《すく》めた。

「父さん、今度会ったら、きっぱり断わっといてね」

「そりゃまあ、断わるのはいいけど、あの男のことやから、そう簡単には諦《あきら》めんで。さっきの様子《ようす》やと、相当に真剣やあなあ。本当に朝子に惚れちょるで、あれは」

「やめてよ、そんなことを言うなら、私は永久にこの島に帰ってこんわよ」

朝子は軽い気持ちで言ったつもりだが、大志は眉根《まゆね》を寄《よ》せて、「そうやな、そんほうがいいかもしれん」と言った。

「えっ、それ本気なの？　いつもは私が店を継《つ》がなきゃ困るって言いよったくせに」

「困ることは事実やけど、すかん男のおる島に帰ってくるよりは、東京で新しい人生をスタートしたほうがいいやろ」

「そうやあ、それがいいよ」

芳江も夫に同調した。

「この店のことなら、私ら一代かぎりでつぶしたち、大して惜しいこともねえ」

「何なのよ、どうしたのよ二人とも。何であんな男なんかに遠慮するみたいなことをしなきゃならないのよ。いくら本庄屋の息子だからって、むかしと違うんだから、卑屈《ひくつ》になることはないでしょう。言ってやったらいいじゃないの、うちの娘に近寄るなって」

「そうは言うてん、あん男は何をするんか分からん。噂《うわさ》ではヤクザとも付き合うとるいうことやし。きついこと言うて、もし手荒なことされたら元も子もないわ。ここはお父さんの言うとおり、東京に行ったきりにしちょって、向こうで早く婿さんを見つけたほうがいいよ。そうやあ、あの浅見さんが独身やったら、あん人を狙うたらいい」

「母さん、またあほなこと言って……」

朝子は背中をナメクジが這うような焦燥《しょうそう》に駆られた。あんな男の道理もへちまもない一方的な申し入れに、なぜ屈伏しなければならないのか、信じられない気持ちだ。

「もし優貴雄に言ってもだめなら、本庄屋のだんなさんや奥さんに、直接談判したらどうなの？」

「そりゃわりいよ」

大志は首を横に振った。

「朝子は知らんやろうけど、本庄屋のだんなはこん春に脳溢血《のういっけつ》で倒れたんや。造船所のほうも、いまは長女の佳那子《かなこ》さんの婿さん――直樹《なおき》さんが切り盛りしちょる。ここんとこ、造船業界は長い不況つづきやし、むかしみたいな力も金もないのやろな。さっき優貴雄が言いよったんはほんとのことかもしれん。詳しいこたよう分からんけど、優貴雄の金回りのいいのは、バックに大物がついておるからちゅう話を聞いたことがある」

「大物って、誰なの、それ？」

「笠原政幸《かさはらまさゆき》――いうても知らんやろけど、新豊国開発《しんとよくにかいはつ》の社長や」

「ふーん、そんな大物があの優貴雄のバックにいるの？」

「笠原は、元は本庄屋さんの造船所の下請けをやっちょった男やけど、時流に乗るのが巧《たく》みで、あっちこっちのリゾート開発なんかで急成長したんやな。もっとも、悪いことも相当やっちょる。利権漁《りけんあさ》りの政治家と結びついちょるくらいは、珍しくもねえけど、裏でヤクザとつるんじょる」

「じゃあ、その笠原っていうのが、優貴雄を操っているわけ？」

「ああ、笠原は優貴雄を子供んころから知っちょって、手なずけてきたらしい。いずれ本庄屋を継ぎ、造船所も相続することを想定しちょったんやろな。そのあかつきには、造船所も本庄屋も思いのままにするつもりやったにちがいない。造船所そのものは儲《もう》からんけど、中津港《なかつこう》付近に広大な土地を持っとるさかい、それを狙うちょる。ところが、本庄屋のだんなは、佳那子さんに直樹さんいう婿を迎えて、後を継がせることにした。

朝子もちょっとは知っちょるやろけど、優貴雄は中学のころから素行《そこう》が悪くて、警察の厄介になったりしちょるんで、とうてい、跡継ぎにはできんかったんやろな」

「つまり、笠原はあてがはずれたわけね」

「そういうこっちゃ。いうても、諦めたわけやねえんやろが、現実には、いまんところ優貴雄は本庄屋さんの居候いう立場やな。金回りはよさそうやし、キャデラックを乗り回しちょるいうてん、世間が優貴雄んことをちっとも一人前扱いせんのは、いまだに一人立ちでけん居候でおるせいやな」

「ははは、居候か……」

朝子は少し溜飲《りゅういん》を下《さ》げて笑ったが、居候という言葉に反応するように、浅見光彦のことを思い出した。

「そういえば、あの浅見さんも居候だったわね。やっぱり頼りないのかなあ」

「いや、そいなことはねえよ」

芳江が断固として言った。

「あん人は根はしっかりした人で。あげな優貴雄みたいなんとは較《くら》べもんにならんよ。なあ朝子、あん人と一緒になるように、頑張《がんば》るのがいい」

「まだ言ってる……」

「笑いごとでなか。知り合うたんは縁があるちゅうことで。東京で会う約束もしてくれたんやし、なんとしてでん一緒になるよう、努力しなさい。なあお父さん、そうでしょう」

「ああ、そうやあ、そんがいい。たとえ浅見さんとの話が結果的にだめでんなんでん、とにかく東京へ行ったら、もう姫島には帰ってこんでもいいよ」

両親の、生まれて初めて見るような真面目そのものの顔に、朝子は気押《けお》された。ほんとうに両親は真剣なのだ。真剣に朝子を東京にやりたがっているし、できることなら浅見という男と結婚させたがっている。

「どうしちゃったのよ、いったい。まるで私をこの家から追い出すみたいじゃない。邪《じゃ》魔者《まもの》扱いするわけ？」

「そんなことはねえよ。なんで私らがあんたを邪魔者扱いするもんか。そうやなくて、あげな優貴雄みたいな男の手から逃れるには、そうするよかしようがなか、言うとるんよ。あん男がほかの嫁さんをもらうか、改心して真人間になるか、それとも……とにかく優貴雄が変わらん以上、朝子はこの島におったらあかん、言うとるんよ」

母親の語気に圧倒されて、朝子は笑ってはぐらかすこともできなかった。

その夜、両親はその問題を語りあったらしい。少し離れた両親の寝室から、遅くまでかすかな話し声が洩れてくるのを、朝子は夢現《ゆめうつつ》に聞いていた。

明くる日、昼少し前に浅見光彦が店に顔を見せた。午前中に取材を終えて、これから連絡船に乗るところだという。やや赤く日焼けした顔をほころばせると、白い歯がいかにも清潔で印象的だ。昨夜のことがあるから、朝子はわれ知らず胸がときめいた。

（ほんの行きずりの人なのに——）

そう思いながら、何か特別の人であるかのような想いが、心の隅々にまではびこってしまったのを感じた。

父親の大志はしきりに「娘をよろしく」と言っている。

「東京へ出たら、必ず連絡させませんから、面倒見てやってください」

「ええ、僕でできることなら、何でもお役に立ちますよ」

浅見は軽い口調で請け負ったが、大志のほうは重い意味をこめている。

「いちど、私ら夫婦も東京へ行って、浅見さんとお会いしたい、思うちょります」

「はあ……」

浅見は一瞬、とまどったが、すぐに「どうぞ、お待ちしてます」と笑顔になった。

「そのときはぜひ、姫島の車エビをお土産にお願いします」

あっけらかんと注文して、「それじゃ、失礼します。さよなら」と、朝子のほうに頭を下げ、大股歩《おおまたある》きで港へ向かって行った。

「爽《さわ》やかで、いい男やのう」

大志は感にたえない――というように、首を伸ばして浅見の後ろ姿を見送った。

その夜、中瀬古大志は属優貴雄に電話で呼び出された。優貴雄は大帯八幡社《おおたらしはちまんしゃ》の山門の下――と場所を指定している。大帯八幡社は杵築藩松平《きつきまつだいら》家の祈願所だった。寛文《かんぶん》十年（一六七〇）に杵築藩主が祭祀《さいし》の供料《くりよう》として神田《しんでん》を寄進したという記録がある。大帯神社には本殿と並ぶように十八もの境内社《けいだいしゃ》がある。境内社というのは、「神社の境内に鎮座し、その統轄・管理に属する摂社《せつしゃ》や末社《まつしゃ》」（広辞苑）だが、この程度の規模の境内に十八も境内社があるのはおそらく全国的にもめずらしいだろう。

優貴雄が指定した「山門」というのは、神社に山門はおかしいから、何か正式な名称があるにちがいないのだが、いかにもそれらしい形の建物で、たぶん神仏混淆《しんぶつこんこう》時代のなごりではないかと思われる。

（妙なところで――）と中瀬古は思った。優貴雄は用件は言わなかったが、昨日の今日のことである。不愉快な予感以外に何も思い浮かばない。

山門に近づくと、柱の陰から優貴雄がもみ手するような恰好で現われた。

「すんまへんな、こんなところに」

「何やね、用件は」

「分かっちょるでしょう。朝子さんのことに決まっちょります」

「それやったら断わるというたやないですか」

「ははは、まあ、そげん冷たかこつ言わんと、わしの言い分を聞いてくれよっても、いいやないですか」

「あんたの言い分とは何やね？　言い分みたいなもん、あるんかね」

「言い分ちゅうか、交換条件じゃね。中瀬古はんの大阪時代のことをば、黙っちょるいう代わりに、わしの願いも叶《かな》えてくれてもよかないかちゅうんです」

「ふん、あんた、大阪時代の何を知っちょる言いたいんや。そんなもん、二十年もむかしのことやさかい、誰に聞かれたかて、怖いことはないがな」

「朝子さんに聞かれてもですか？」

「ああ、朝子かて、私が競艇をやっとったことやとか、なんで辞《や》めななならんことになったかぐらい、うすうす知っとるがな。そんなしょうもないことで脅して、朝子をものにしようというのやったら、そうしたらええがな。朝子に笑われるのがおちやな」

「ははは、何を言うちょりますか。わしがそげえなつまらんことを交換条件にしますかい。そうじゃのうて、あんたの奥さん、芳江はんのことじゃがな」

「ん？　芳江がどないしたっていうねん」

思いがけない奇襲に、中瀬古は動揺を隠すのに懸命だった。

「そこまで言わせるかね。まあ、ここには誰もおらんが、あんた自身、この話はあまり聞きたいとは思わんのじゃねえか？」

「な、何の話だ？」

「このあいだ、ムショ帰りの流れ者に話ば聞いたんじゃが、そいつは以前、大阪の西淀《にしよど》に住んでおって仲間三人で女を襲うたことがあるちゅう話や」

「…………」

「西淀の姫島《ひめじま》ちゅうところに姫島神社《ひめじまじんじゃ》ちゅうのがあるそうじゃね。わしが姫島の人間じゃ言うたところから、そん話ば出たんじゃけど、その姫島神社の境内で女を襲うて、まわしよるところに白馬の騎士みたいな邪魔がはいりよって、仲間の二人がバットで殴られて、大怪我をしたんじゃと。そん男は逃げたんじゃが、結局、全員パクられた。白馬の騎士も過剰防衛ちゅうとで、たしか執行猶予《しっこうゆうよ》つきの有罪じゃったちゅう話じゃ。ところが、あとでその白馬の騎士が、そん頃、競艇《きょうてい》の花形レーサーじゃったちゅうのだから、世の中おもしろいもんじゃねえ」

「それが……」

中瀬古は不覚にも声が震えた。

「それがどうしたいうんや」

「ふーん、まだこの先も言わせるとね。そしたらしかたなか。その事件が起きたのが、いまから二十二年前のことじゃちゅうとった。朝子さんが生まれる十カ月ばかし前のこととちがうね？」

闇の中で、優貴雄の悪魔のような眸《ひとみ》だけが光って見えた。

第二章　親と子と

1

姫島から帰って一週間後、浅見が姫島取材のルポをまとめにかかっているところに、浦本智文から電話があった。「姫島はどうでした」と言う。

「ええ、まあいいところでした」

「そうですか、それならよかった」

浦本の何やら意味深長な口ぶりが、浅見は気になった。

「姫島に何かあるのですか？」

「いや、べつに何もありませんよ」

素っ気ない答えが、かえって不自然に思えたが、それ以上、突っ込むわけにもいかなかった。

「浦本さんのほうはどうだったのですか。日出生台のほうは」

「ああ、あっちは長引きそうです。地元は猛反対だが、どうもね、政治のやることは質《たち》が悪いから」

「といいますと、どういう?……」

「日出生台にしろ岩国にしろ、移転先に擬《ぎ》せられているところでは、どこも反対運動で大騒ぎだけど、沖縄の基地をどこかへ移すという、あれは政府には本気でそうする意思なんかないわけですよ。要するにジェスチャー」

「えっ、そうなのですか?」

「だってそうでしょう、日本じゅう、どこへ持って行こうが、快く受け入れてくれる場所なんかありっこない。そんなことは分かりきっているのに、基地の移転だなどと、とんでもないアドバルーンを上げる。その真意は何かを考えれば、すぐに政府の思惑ぐらい察しがつくじゃないですか」

「はあ……」

「沖縄の基地縮小は、日本国民の総意であるかのごとく、世論が澎湃《ほうはい》として起《お》こった感じでした。戦後半世紀を経て、なお占領状態がつづいている沖縄に、同情しない人間はいませんからね。いや、本音《ほんね》はどうであれ、少なくとも建て前論としてはそうでしょう。

沖縄県民の要求はもっともだし、それを放置している政府を、マスコミも国民も悪者扱いする。窮地《きゆうち》に立った政府は、それじゃどこへ持って行けばいいのかという命題を、逆に国民につきつけた恰好ですな。まことに巧妙というか、狡猾《こうかつ》というか、朝三暮四《ちようさんぼし》そのものです。とたんに世論は沈静化してしまった。対岸の火事を論評するのは威勢がいいが、自分のところに火の粉《ひこ》が飛んで来るとなると、逃げ腰になる。反対派の政治家もマスコミも、水をかけられただけでシュンとなっちまった。だから私は火元を消さなければだめだと言っているのです。安保体制そのものを縮小しないかぎり、基地の縮小はありえないのですよ。そう思いませんか」

「はあ……」

「ところが、世論の過半数は、消極的にもせよ安保保持に合意しているという。この矛盾《むじゆん》こそが問題なんです。原発問題、ゴミ焼却場問題——すべてにおいて同じだ。必要を認めるが、累《るい》が我が身に及ぶとなると反対する。それ以前に、我が身のこととして痛みを感じる神経も精神も持ち合わせていない輩《やから》が多いのです」

「…………」

その「輩」の一人であることを、浅見は指摘されたような気がした。

「ははは、いけないいけないいけない、また勝手なことを口走ってしまった。すみません、それじゃ、また」

あっと思う間もなく、電話が切れた。

浦本が何のために電話してきたのか、浅見には凝《しこ》りのようなものが残った。

それから何日か過ぎて、東京地方に例年より早い梅雨明け宣言が出た。とたんに猛暑が襲ってきて、それから連日、三十二、三度まで気温が上がる。銀座《ぎんざ》辺りではさらに数度は高いそうだ。

姫島取材の原稿が出来上がり、雑誌社にファックスで送稿しながら、姫島の風景や出来事のあれこれを思い返しているところに、思いがけなく中瀬古大志から電話が入った。いまのいま、姫島のことを思い出していたばかりだから、浅見は妙にはしゃいだ気分になって、「やあ、その節はどうも」と、陽気な声を発した。

「じつは、明日、私ら夫婦は東京へ参るのですが」と、中瀬古は対照的に低く抑えたような声である。

「そんとき、浅見さんに折り入ってお話ししたいことがありまして」

「はあ、どのようなことでしょうか？」

「それはお目にかかったときにお話しさせてください。それより、浅見さんのご都合のほうはいかがでしょうか？」

「僕はかまいません。ちょうど仕事も一段落《いちだんらく》したところですから」

「それはおおきに。ほな明日の朝、私らは東京に九時五八分に着く特急『富士《ふじ》』に乗って参りますので、よろしくお願いします」

「それでしたら、僕が東京駅にお迎えに上がりますよ。丸《まる》の内《うち》北口の前に、白っぽいソアラで待っています」

電話を切ったあと、浅見は少し気持ちが重かった。中瀬古が夫婦揃《そろ》ってやって来る目的というのが、なんとなく想像できる。「娘をよろしく」と言っていたことからいっても、娘の朝子のことに関係しているとしか考えられない。まさかいきなり縁談を持ち込むとは思えないが、さりとて、それ以外の用件にも思いいたらない。

(おいおい、冗談じゃないぞ――)

迎えに行くなどと約束したのが、少し軽率すぎたような気がしてきた。

特急「富士」は浅見も利用したことがある。東京―大分間を走る寝台列車で、ブルートレインのはしりといっていい。確か西村京《にしむらきょう》太郎《たろう》の作品に『下り特急《ラブ・トレイン》「富士」殺人事件』というのがあった。食堂車つきのはずだが、朝食はすませて来るのか、まだなのか――夜行列車で上京した中瀬古夫婦を、どのように接待すればいいものやら、そういう才覚に関しては、浅見はまったくだめな人間だ。

それに、中瀬古の本来の目的が何なのか、東京でのスケジュールがどうなっているのか、さっぱり見当がつかない。よもやメインの目的が浅見に会うことだとは思えないので、東京駅で会って、立ち話程度のことですむのか、それとももっと深刻な話になるのか——あれこれと思い悩んで、その日は、何も手がつかない状態で過ごした。

翌朝は少し早めに家を出て、東京駅前で三十分近くも待つ羽目《はめ》になった。中瀬古夫婦は巨大な東京駅の建物から、頼りなげな足取りで現われ、手を振る浅見に気づくと幼児のように伸び上がり、小走りにやってきた。芳江夫人はボストンバッグを、大志のほうはバッグのほかに、肩から大きなクーラーボックスを下げている。

「これはお約束した姫島の車エビです」

受け取ってみると、ズシリと重い。浅見は感激した。現金といえば現金だが、中瀬古夫婦のためにになら、きょう一日、棒に振ってもいいつもりになった。

ともあれ、車エビの容器をクーラーの効《き》いた車内に入れて、「さて、どこへ行きましょうか」と訊いた。食事か、それともお茶でも——という意味だったのだが、中瀬古は「もし差し支えなければ、浅見さんのお宅を見せていただけますか」と言った。

「それはかまいませんが」

浅見はそう答えたが、正直なところ面食らった。反射的に、雪江《ゆきえ》未亡人の気難《きむずか》しい顔が脳裏をかすめた。その気配を中瀬古は察知したらしい。

「いえ、中にお邪魔《じゃま》するということでなく、外から拝見するだけで結構です」

「はあ……いや、折角ですから、ぜひお寄りください。ただ、なにぶん僕は居候《いそうろう》なもんで、何のおもてなしもできませんが」

ともかく車を走らせた。

「あの、その居候いうのは、どういうことなのでしょうか？」

中瀬古は遠慮がちに訊いた。

「居候といっても、もともとは僕の生まれた家です。いまは兄が当主でして、僕は三十三にもなって、いまだに独立もできない体《てい》たらくというわけなのです」

「というと、まだお独りで？」

「もちろんです……と威張《いば》るようなことではありませんが」

「ご婚約とか、お付き合いしておいでとか、そういうことは？」

「ははは、なんだか身上調査みたいですね」

「すみません」

「いや、いいんですよ。残念ながら、いまだそれらしい女性には恵まれていません。ところで、僕にお話というのは、そのことなんですか？」

「はい、そのことでして、じつは、私らの娘の朝子を、浅見さんにぜひもらっていただきたいと思いまして」

中瀬古はずばり、結論を言った。やっぱり——と思ったが、浅見はさすがに動揺して、一瞬、車が蛇行《だこう》した。

「驚きましたねえ」

「無理なお願いだとは思いますが」

「いや、無理とかなんだとか……それより、僕は三十三歳、行き遅れのオジンです。朝子さんはまだ二十一か二の大学生でしょう。考えられませんよ。だいいち、そんな話をしたら朝子さんが怒るでしょう」

「とんでもない、朝子もそう願っておるのです。浅見さんなら申し分ないと」

「まさか、そんな……だって、まだ一度しかお目にかかっていないのですよ。それも、そういった話はぜんぜんしていない。僕がどんなにだめな人間かも分かってないじゃないですか。めちゃくちゃですよ、これは」

「いえ、そういったことは、これから先おいおいと、お互いに理解しあえばよろしいのでして、とにかくお付き合いを始めさせていただけるかどうか、とりあえずそのご了解だけでも頂戴《ちょうだい》できれば、と思いまして」

後部座席の中瀬古夫婦は、バックミラーの中で深々とお辞儀をした。

車は本郷《ほんごう》通りに入り、東大赤門前《とうだいあかもんまえ》を通過しつつあった。そういったことをガイドもどきに説明をしたいところだが、それどころではなかった。このまま自宅に辿《たど》り着《つ》いて、中瀬古夫婦を母親にどう紹介すればいいのか、にわかに不安が襲ってきた。

「そうだ……」

浅見は妙案を思いついたように言った。

「姫島の属優貴雄さんという人は、お嬢さんの恋人ではないのですか？」

「えっ……とんでもない！」

中瀬古夫婦は同時に非難の声を上げた。

「あげな優貴雄みたいな者、なんで朝子の恋人なんかであるかえ。誰がそないなことを言うちょったんです？」

まるで浅見がありもしない噂をまき散らしているかのような、激しい口調だった。

「僕は属さんご本人から聞きました」

浅見は属優貴雄がホテルに訪ねてきた晩のことを話した。優貴雄はそのとき「朝子はおれの女だ、手を出してもらいたくない」と言ったのである。

「あん男が、何を言いよるか……」

芳江夫人が乱暴な言葉で罵《ののし》った。声が震えていた。

「まあええがな」と夫は妻を宥《なだ》めた。

「いや、浅見さん、優貴雄が何を言うたか知りませんが、そんことならご心配せんでもよろしい。朝子はまだ誰とも付き合うちょらん、まっさらの娘です。一人で東京ん女子大に通うてますが、親の口から言うのもなんやけど、見た目どおりの堅い娘です。優貴雄には、二度とそげな失礼なことは言わせませんから、ひとつ、朝子のことはよろしゅうお頼み申し上げます」

浅見の坐るシートの背凭《せもた》れに手をついて、また深くお辞儀をした。

山手《やまのて》線の駒込《こまごめ》駅を過ぎ、古河邸《ふるかわてい》前の坂を登り、団子の平塚亭《ひらつかてい》の前を通ると、あっと言う間に浅見家が近づく。心の準備を整えるひまもなかった。

「ここが僕の家です、さ、どうぞ」

浅見は言って、車を出ようとしたが、中瀬古夫婦は門の表札を確認しただけで、降りる様子を見せない。

「私らはこうしてお宅を拝見できれば、それで十分です。まことに立派なお邸《やしき》で」

安心したように言い、

「それでは恐縮ですが、最寄《もよ》りの駅まで送っていただけますか」

「まあ、そうおっしゃらず、ちょっとお寄りになりませんか。母にもご紹介したいし」

「いえ、予定もありますので、ここで失礼させていただきます」

最初からそう決めてきたのだろう、頑《かたく》なに固辞して動こうとしない。結局、浅見は自宅の前を素通りして、京浜東北《けいひんとうほく》線の上中里《かみなかざと》駅まで送ることになった。そうは言っても、それではあまりにも愛想がないので、店を開けたばかりの平塚亭に立ち寄った。出来立ての団子を食べさせようというのである。

狭い店の窮屈《きゆうくつ》なテーブルに坐って、中瀬古夫婦は珍しそうに外の風景を窺《うかが》った。

「東京は大阪と違うて、街の中でも緑が豊かですなあ」

平塚亭は神社の境内《けいだい》にある。樹齢何百年というケヤキやシイの木が繁って、夏の陽射《ひざ》しを遮《さえぎ》ってくれる。

「ええ、店はボロですが、こういう風情《ふぜい》はなかなかいいでしょう」

浅見が言うのを、団子を運んできた店のおばさんが聞いて、「坊《ぼ》っちゃん、ボロだけは余計ですよ」とクレームをつけた。クレームだが、大福のような顔は笑っている。

「坊っちゃん――ですか」

おばさんが行ってしまうと、中瀬古は目を丸くして、浅見の顔をまじまじと眺めた。

「ははは、こんなオジンをつかまえて、おかしいでしょう。いくら言っても、いつまで経っても直してくれないので、困っているんですけどね」

「いいや、よろしいじゃないですか。いかにも東京いう気がしますなあ。夏目漱石《なつめそうせき》の『坊っちゃん』の世界を、目の当《まあ》たりにするような感じです」

「坊っちゃんの居候では、悲しすぎます」

「いえいえ、そんなことはありません。そういえば、浅見さんのお兄さんは何をされておいでですか？」

「ああ、兄はあれです、公務員です」

「というと、役所にお勤めで」

「まあ、そんなようなものですね。それよりお団子を食べてみてください。こいつは焼き立ての熱いのが最高に美味いのです」

浅見は中瀬古の質問をはぐらかし、それからしばらくは団子を食い、お茶を飲む作業に費やされた。

「穏やかな、ひとときですなあ」

小さく音を立ててお茶を啜《すす》って、中瀬古はしみじみとした口調で言った。なんだか、ひどく年寄りじみて見える。

「姫島のほうが、もっと穏やかじゃありませんか」

「いえいえ、のんびりしたように見えても、なかなかそうはいかんのです。あんな小さな島でも、それなりにいろいろありまして」

憂鬱そうにため息をついて、「あ、そろそろ急がんと」と腰を浮かせた。

「このあとはどちらへ？」

「羽田《はねだ》です、一時半ごろのフライトです」

「えっ、それじゃあ、もうお帰りになるのですか？」

浅見は驚いたが、一時半のフライトでは、ゆっくりしている余裕はない。それに羽田まで車で送りたくても、それではとうてい、間に合わないだろう。とにかく上中里駅まで送って慌《あわ》ただしい引き上げになった。中瀬古夫婦は改札口を通って、姿が見えなくなるまで「娘をよろしゅう」とお辞儀をしていた。

帰宅すると、須美子《すみこ》が玄関に飛んで出て、「お電話がありました」と告げた。

「中瀬古さんとおっしゃる女性の方です」

「えっ、中瀬古さん？　たったいま別れてきたばっかりだけど」

「別れたって……坊っちゃま、そういう間柄の方なのですか？」

詰問《きつもん》するような目が、浅見を睨《にら》んだ。

「ばかだなあ、何を考えているんだよ。中瀬古さんはご夫婦だよ。それも中年のね」

「あら、お電話の感じでは、まだお若い方のようでしたけど」

「お若い方？　じゃあ娘さんのほうか」

もしかすると両親に用事があったのかもしれない。浅見は急いで、姫島の中瀬古家に電話してみた。ベルを一回鳴らしただけで朝子が出た。

「あ、浅見さん、あの、うちの親はもう帰りましたか？」

「たったいま、駅までお送りしてきたところです。何か急用でも？」

「ええ……」

朝子はしばらく言《い》い淀《よど》んでから、

「浅見さんは優貴雄さんを憶《おぼ》えていますか。このあいだ、灯台へ行く途中で会った属優貴雄さんですけど」

「ああ、憶えていますよ。属さんがどうしたのですか？」

「亡くなりました」

「えっ？　亡くなった？」

「ええ、殺されたみたいなんです」

「殺された……」

絶句して、しばらく声が出なかった。電話の奥で、朝子が心配そうに「もしもし」と呼んでいる。浅見は慌てて「もしもし」と声を返した。

「その、属さんが殺されたのは、いつ、どこで、誰にですか？」

「詳しいことは分かりません。死んだのは昨夜だそうですけど、死体が発見されたのがけさで、殺されたらしいっていう噂を聞いたのは、ついさっきですから」

「警察はどうしてますか？　動いているのでしょう？」

「ええ、朝から、パトカーや捜査員の人たちがどんどん連絡船でやって来てました。テレビ局や新聞社の車も来るし、空にはヘリコプターも舞っています」

姫島の大騒ぎが目に浮かぶようだ。

「それじゃ、もうすぐ聞込み捜査が始まりますね。お宅は港の前だから、いちばん先にやって来るでしょう」

「どんなことを訊かれるんですか？」

「目撃情報を求めてきます。昨夜、犯行時刻前後に、不審な人物を見かけなかったかどうかといったようなことです」

「そんなの、ぜんぜん見ていません」

「だったら心配ない。そう答えればいいんです。まもなくご両親も帰られますよ」

「でも心細いわ……あの、浅見さんはもう、こちらには来ませんよね」

「ええ、行く予定はありませんが……」

そう言いながら、浅見はいずれまた姫島へ行く運命にあるような気がしてきた。電話の向こうで黙ってしまった朝子からも、それを願う気配《けはい》が十分、感じとれた。

2

属優貴雄の死体が発見されたのは姫島の最東端、柱ヶ岳鼻《ばな》と呼ばれている岬にある灯台の下である。灯台を囲む塀の内側のいちばん奥まった、あまり人目につかない所に、競泳の飛び込みのような恰好で倒れていた。この塀は刑務所の塀のような、石とコンクリートでできた分厚く頑丈《がんじょう》なもので、台風襲来時の風波から塔屋《とうや》を守っている。

塀の内側に一カ所、鉄材を組んだ小さな展望台が設《しつら》えてある。そこに上がると松林越しに周防灘がよく見える。死体の発見者は、別府から遊びに来ていた若い男女のグループで、展望台の上から何気なく塀の下を見たときに、死体を発見、仲間の一人が五百メートルほど離れた最寄りの民家まで車で走って、その家の者が駐在所に通報した。

姫島村《ひめしまむら》駐在所に勤務する中島康博《なかじまやすひろ》巡査部長は、所轄《しょかつ》の国東《くにさき》署に報告するとともに、指示に従って現場に急行した。中島のミニパトが現場に到着し、死体を現認したのは「午前九時二十四分」と記録された。

やや遅れて島の診療所長がやってきて、被害者の死亡を確認、おおよそ死後十〜十五時間を経過したものと推定した。死因は頭部陥没《かんぼつ》によるもので、太い棒状の鈍器で強打したと考えられる。出血は大したことはないが、外見でも頭部の変形が分かるほどの破壊力を示している。

対岸の国見町の駐在所から、次の連絡船でとりあえず一名の応援が渡ってきたが、国東署から本隊が駆けつけるまで一時間三十分近くかかった。それまでの間、二人の警察官だけでは、押しかける観光客や野次馬に現場を荒らされないよう、灯台へつづく道を封鎖するのが精一杯だった。

被害者の身元は早い時点で判明していた。中島も顔見知りの、村内松原地区に住む属優貴雄四十三歳で、彼のマイカーである派手なブルーのキャデラックが、灯台近くの駐車場に停めてあった。昨夜、その車が稲積の集落を走り抜けて、灯台の方角へ向かって行くのを、たまたま付近の住民の二人が見ている。日没直後の七時半ごろ——という点で、彼らの記憶は一致していた。属優貴雄が一人だったのか、それとも同乗者がいたかどうかは分からなかったようだ。また、事件当時、優貴雄以外の人間や車が灯台付近に存在していたかどうかも不明である。

姫島は夕日のきれいなことでも有名で、観光客の、とくに若いアベックなどは、夕暮れ過ぎでも海岸にいることが多いが、灯台のある柱ヶ岳鼻は島の東端だから、夕日を見るには不適当だ。もっとも、夕日を見ることが目的でない若者も多いわけで、彼らの中に属優貴雄か犯人らしき人物を目撃した者がいる可能性はある。警察はその面での目撃者探しにもとりかかった。

捜査の指揮は当初、国東署捜査係長の才賀雄三《さいがゆうぞう》警部補が執《と》った。大分市から県警本部の連中がやって来るのに、さらに二時間かかった。県警本部からは捜査一課を中心に、機動捜査隊と鑑識など、総勢百名が乗り込んだ。全体の指揮は捜査一課長の大山浩幸《おおやまひろゆき》警視が執るのだが、実務的には杉岡育夫《すぎおかいくお》警部の手に委《ゆだ》ねられた。杉岡は県警内部ではキレ者として知られた男だ。ヒラの刑事時代から、あちこちの警察で実績を上げている。

その杉岡が、現場に到着し、先発隊や鑑識の報告を聞いたとたん「しようがねえな」とぼやきを言った。現場の保存状態がきわめて悲観的だったからである。

灯台には朝の早いうちから観光客が訪れている。死体が発見されるまでに、おそらく百人を超える人間が駐車場から灯台へつづく細道を通ったと思われる。灯台の周辺をグルッと回って、帰って行っただけだとしても、道路や石段、石畳には、無数の足跡が印されてしまった。犯人の足跡どころか、被害者の足跡も識別不能の状態であった。

凶器とおぼしきものは発見されていない。被害者には犯人と争ったような着衣の乱れはなく、不意を突かれ、一撃のもとに倒された状況が想像される。石畳の上にかすかに被害者のものと思われる血痕《けっこん》が残っていたことなどから、犯行現場はこの場所であることは間違いなさそうだ。外傷はそれ以外には塀際に転倒したさいに受けた打撲《だぼく》と擦過《さっか》傷《しょう》だけだ。犯人は最初の一撃で被害者が絶命したことを確認したものか、それ以外の打撲傷はない。

「まるでプロの殺し屋の手口だな」

杉岡は感想を呟いたが、それがほとんどの捜査員の心証でもあった。犯行は冷静沈着、抵抗する間《ま》も与えず、一撃で倒しているところからは暴力団関係者による襲撃を想像させた。現に、家族や関係者に対する事情聴取で、属優貴雄が暴力団の組員と付き合いのあることも分かった。

それにしても、属家の「遺族」が悲劇に対して、まるで余所の出来事のように冷淡なのには、聞き込みに行った捜査員が驚いたほどだ。見ようによっては、優貴雄が死んでくれてほっとした――とも受け取れる。

本庄屋の属家は当主の蔵吉《くらきち》（82）、美代《みよ》（73）夫婦以下、長女の佳那子《かなこ》（52）と婿《むこ》の直樹《なおき》（53）、その息子の芳樹《よしき》（22）と娘の環《たまき》（19）、それに蔵吉夫婦にとっては長男である優貴雄（43）の七人家族である。芳樹は大阪、環は神戸の大学にそれぞれ在籍中で、大阪と神戸の中間の尼崎《あまがさき》にマンションを借りて、二人一緒に住んでいる。この夏休み、まだ二人とも島に帰ってきていないが、その理由は、叔父・優貴雄のせいだという。

「うちん子は優貴雄がすかんやからなあ」

母親の佳那子がため息をつきながら説明した。ここ二年ほど島を出ていることが多く、めったに家に寄りつかなかった優貴雄が、この夏はどういうわけか、早くから島に戻ってきて、ブラブラしていた。それをいやがって、息子も娘も帰省しないのだそうだ。本来なら本庄屋の跡取り息子で、大きな顔をしていてもいいはずなのだが、ことほどさように、優貴雄は属家の鼻摘《はなつ》まみ者《もの》だったのである。

本庄屋の身上《しんしょう》が傾いたのは、造船業界の不況のせいばかりでなく、優貴雄の放蕩《ほうとう》が影響していることは、この島では誰知らぬ者がない。このままでゆくと、さしもの本庄屋も一族が路頭に迷うことになるのでは――と心配されたときに、優貴雄がヤクザとの傷害事件で警察に捕まった。十年前のことである。全治三カ月の大怪我を負わせた事件だが、そのわりに、執行猶予つきの判決ですんだのは、相手が相手だったからである。しかし、さすがの優貴雄も拘置所暮らしはこたえたとみえ、それからしばらく素行が修まった。

父親の蔵吉は、かなり高齢になってからできた総領《そうりょう》の優貴雄を、どちらかといえば甘やかしぎみに育ててきたが、そのときを境に、毅然とした態度で対処するようになり、家と事業を婿の直樹に委ねることを決めた。五年前には属家が大半を持つ中津造船所《なかつぞうせんじょ》の株式を婿の直樹に譲り、本庄屋の新体制を確立した。これでひとまず、本庄屋は優貴雄に身上を食いつぶされることだけは避けられたというのが、もっぱらの評判である。

しかし優貴雄がそれで、完全に真っ当な人間になったわけではない。むしろ傷害事件以後、ヤクザとの付き合いが緊密になったともいえる。暴力団そのものに身を投じることはしなかったが、笠原政幸を介して、組関係の連中と接触する機会は多くなった。

笠原は中津造船所の下請け工場を細々と経営する家に生まれたが、商才に長《た》けていたのか、不況の造船業界を早くに見限って、建材関係の事業から不動産に手を広げ、時流にも乗って成功を収めた。ただし、その間に政治家とつるみ、暴力団との関係も緊密になった。とくに、バブル経済がはじけてからは、きわどい仕事にも手を出していることは、警察でもひそかにキャッチしていた。

笠原は表面的には、属家のぼんぼんである優貴雄を、幼いころからよく面倒見た。事業がうまくいって、中津造船所や本庄屋の庇護《ひご》を必要としなくなってからも、何かと世話を焼いている。狙いは中津造船所株の取得と、それに関連して中津市郊外にある広大な土地を獲得することにある。しかし、蔵吉は笠原を腹《はら》に一物《いちもつ》のある人間だと見抜いていたから、適当に距離を置いて、笠原の思いどおりにはなかなかいかない。小才《こさい》のきく優貴雄は、そういう笠原の思惑《おもわく》を、巧みに利用していたといえなくもない。

捜査開始から三時間ほどのあいだに警察が調べた、事件に巻き込まれる直前の属優貴雄の行動は次のようなものである。

午後三時ごろ、連絡船で姫島に上陸。港の職員と会話を交わしている。職員によれば、そのときの優貴雄は上機嫌で、いまにも鼻唄《はなうた》でも歌いそうな様子だったという。

その後、優貴雄は自宅に戻り、自室に籠《こも》った。家人の話によると、その間、「優貴雄は昼寝でもしていたのでしょう」ということになる。

午後六時半ごろ、食事の支度ができたことを知らせると夕餉《ゆうげ》のテーブルに現われた。

ウィークデーは直樹は中津市のマンションに一人で寝泊まりしているので、蔵吉が倒れて以来、属家の夕食は、美代と佳那子の二人のことが多かった。優貴雄はまったくあてにならず、自分の都合で食卓に参加したりしなかったり、とんでもない時刻に戻ってきて、料理を温め直させたり、インスタントものを食ったりした。

優貴雄は食事中、しきりに時間を気にして何度か時計を見ていた。食後、髭を剃《そ》っているのを見て、姉の佳那子が「どっか、行くんかえ?」と訊くと、「うん」と答えた。佳那子はそれ以上は訊かなかった。優貴雄の風来坊《ふうらいぼう》ぶりには馴《な》れっこだった。もともと家にいることのほうが珍しいのだし、いつどこにいるのかはっきり言ったためしがない。どういう人間とどういう付き合いをしているのか、優貴雄が言ったこともないし、家人のほうもそんなことは聞きたくもない。いまはもう、誰もまともな対応をしない習慣が、属家には出来ていた。

しかし、七時過ぎになっても、優貴雄は家にいた。それで姉は「島の外へ行くわけではない」と考えた。姫島から伊美に渡るフェリーは一九時〇〇分が最終便だからである。七時十分ごろ、優貴雄は自宅を出た。その後、島の東——稲積の方角へ向かうキャデラックを、何人もが見ている。誰かが一緒だったかどうかは、この時点でも確認できないが、少なくとも自宅を出るときは一人だった。それ以降は、稲積で目撃されたのが、動いている属優貴雄を見た最後になった。

優貴雄の死亡時刻は午後八時から九時までのあいだ——と、かなり狭く限定された。夕食に食べた胃の内容物の消化状況からそう推定できた。となると、犯人は昨夜は島内にいたと考えられる。姫島から伊美へ渡る始発便は五時五〇分である。島外の人間ならば、それ以降の便で島を離れた可能性が強い。

もっとも、聞き込みの印象からいうと、犯人が島の人間である可能性のほうが大きいと考えられた。属優貴雄に対して悪感情を抱《いだ》く人間は、数えきれないほどだという。本物の殺意にまで到達するかどうかはともかくとして、島民同士の雑談のときなど、口先だけとはいえ、「あん優貴雄の野郎、ぶち殺しちゃりてえ」という悪態《あくたい》が出ることは珍しくないそうだ。

もっかのところでは、稲積地区の住民の多くが頭にきているという。優貴雄が計画を進めていた車エビ養殖場の建設は、彼らにとって寝耳に水の話だ。稲積漁港の漁民は近海の一本釣り漁が主流だが、定置網《ていちあみ》漁のほか、タイの養殖などを行なっていて、そここの水揚げがある。いまさら車エビなんか持ち込む必要はないし、それどころか、タイの養殖にも悪影響が出るおそれがある。

地区を挙げての拒否反応にもかかわらず、優貴雄は強引にことを推し進めようとした。札束で横面を張るようなこともするし、ときにはヤクザらしき男たちを引き連れて、明らかな示威《じい》行動を見せたりもした。地区民の中には借金を抱えているような事情のある家もあるし、切り崩しが成功しないとも言い切れなかった。

それ以外にも、島には優貴雄を恨んでいる人間はいくらでもいた。ずっと若いころからの暴力行為の被害者も少なくない。本庄屋への遠慮があるから、警察沙汰にしなかったが、それだけに根の深い恨みをずっと持ちつづけているのだろう。「あんなやつは、いつか殺されることになっちょったんや」と、吐き捨てるように言う声もあった。夕刻近くになって、事態が動いた。優貴雄のキャデラックを調べたところ、グローブボックスの中から少量のコカインが発見されたのである。やっぱりマル暴関係か——と捜査員の多くが思った。麻薬取引の上で何かトラブルがあって、殺された可能性が強い。あらかじめ殺意があったのか、それとも突発的偶発的に殺害したものかはともかく、荒っぽい手口から言っても、ヤクザかそれに類する連中の犯行と思われる。

国東署に設置された捜査本部では、主任捜査官である杉岡警部が、主力をマル暴関係への追及に振り向ける方針を取った。それ以外の怨恨《えんこん》関係については、地元の事情に詳しいという理由で、所轄である国東署のスタッフを中心に、全体の五分の一程度の陣容で当たらせることになった。

杉岡はもともと、暴力団関係の事犯に携わる捜査第四課勤務の刑事だった関係で、一課に移ってからも、その当時付き合いのあった連中を手なずけて情報源とし、それを活《い》かした仕事ぶりに彼の特色を見せている。姫島の事件についても、その筋から追いかければ、早晩、手掛かりが摑《つか》める自信を持った。

だが、県警捜査四課のマル暴対策班の応援を得た、精力的かつ緻密《ちみつ》な聞込み捜査にもかかわらず、杉岡警部の思惑どおりに、ことは運ばなかった。島じゅうを聞いて回っても、事件当日、姫島に暴力団員らしき人物がいた気配はない。属優貴雄が懇意《こんい》にしている笠原政幸も、いちおう事情聴取の対象にはなったが、笠原自身、属優貴雄が殺されたことにはショックを受けている様子だ。

「ずっと可愛がって育ててきて、これからというときだったのに……」

仕事も手につかない——と、呆然自失《ぼうぜんじしつ》の態《てい》だった。むろん、それをジェスチャーと考えることもできるが、裏はともかく、表向きは企業の経営者である。何の根拠《こんきょ》もなしに、それ以上の追及はできない。笠原と暴力団の繋《つな》がりについては、警察はもちろん把握《はあく》しているが、組織に対する聞込み捜査でも、また杉岡独自のネットワークを通じても、笠原や彼に繋がる暴力団関係者が動いたという情報はまったく入ってこなかった。

その間、国東署の才賀警部補をチーフにした班は、姫島村内で属優貴雄に個人的な恨みを持つ人物を、丹念に洗い出しているが、こっちのほうも、なかなか成果は上がらない。そうして猛暑の中、七月は虚《むな》しく過ぎていった。

3

東京の新聞に姫島の殺人事件が報じられたのは、死体発見の翌日の朝刊に、ごく小さく扱われた、その一度だけである。テレビのワイドショーでも、現地のテレビ局からの送りで短く紹介された。どちらも「何らかの事件に巻き込まれた可能性がある」という、常套《じょうとう》的な表現をしていて、真相に迫ることは何も伝わってこない。わずかに、テレビのコメンテーターの一人が、「暴力団がらみの事件かも」と、いささか不用意な発言をもらしたのが、事件の性格を憶測させる、唯一のものであった。

浅見は、中瀬古朝子の電話のおかげで、その事件には興味も関心もあるのだが、さすがに大分県姫島は遠隔《えんかく》の地である。それに、暴力団絡《がら》みの事件——と聞いては、食指《しょくし》も動きにくい。だいたい浅見は、暴力団やテロリストが引き起こした事件には、嫌悪感《けんおかん》ばかりで好奇心のかけらも湧かない。

七月なかばに京都で白昼、理髪店にいた暴力団幹部をべつの組のグループが襲撃した事件があった。往来と店の中とで銃撃戦を展開するという、映画の「ゴッドファーザー」を彷彿《ほうふつ》させるような出来事だ。結果は、襲撃した側が二名の死者を出して逃走した。

テレビでその事件の報道を観《み》ながら、浅見は「こんな下らない事件は、関心を抱《いだ》くどころか、見る気も聞く気もしない」と言って、兄の陽一郎《よういちろう》に窘《たしな》められた。

「興味本位で事件を見ているきみには、警察関係者の労苦は分かるまい。誰にしたって、事件捜査を好《す》き好《この》んでいる者はないよ。ときには目を背《そむ》けたくなるような悲惨な現場もあるし、自分自身が生命の危険に晒《さら》されるような事態にも直面する。それでも黙々と使命を遂行《すいこう》するのが、本来の事件捜査だということを、謙虚《けんきょ》に認識することだな」

浅見家の家長である警察庁刑事局長ドノの言うことだから、居候としては反論のしようがないところだが、それでも浅見はあえて言わずには、腹の虫が収まらなかった。

「そりゃ、基本的にはもちろん兄さんの言うとおりだと思いますよ。僕だって、警察の捜査員の心情は理解できるし、僕自身、危険を省《かえり》みずに突進したことだってあります。しかし、こと暴力団がらみの事件だけはタッチしたいと思わないな。話を聞いただけで虫酸《むしず》が走《はし》るくらいです」

「ははは、えらく毛嫌《けぎら》いしたものだな」

「笑っている場合じゃないでしょう。だいたい、警察は暴力団に対して甘すぎる。なぜもっと断固たる措置《そち》を取れないんです？」

「甘くはないさ。暴対法の施行など、組織暴力団への締めつけは着々と進めている」

「そんなんじゃ生ぬるいじゃないですか。例の『O——教団』による殺人テロ事件に対して、同教団を破防法の対象にするかどうかで揉《も》めているけど、そんなものに破防法を適用するくらいなら、とっくのむかしに暴力団に対して適用してよさそうなものでしょう。広域組織であり、非合法の武器、薬物を保持、使用、または売買し、一般市民の安《あん》寧《ねい》を脅《おびや》かし、ときには政治や企業活動を阻害し、なかには密入国者の手引きを業として売国的な犯罪を行なっている者もいる。ここまで反社会的、反国家的な犯罪集団に対してさえ適用できない破防法を、なんだって、かりにも宗教法人である『O——教団』に適用出来るんです？　おかしいじゃないですか。そんなご都合主義の法律なら、さっさと廃止してしまえばいいくらいなもんですよ」

「非公式にということなら……」と陽一郎は口をへの字に結んでから、言った。

「その意見には私も賛成だよ」

「えっ、賛成って、どの部分に賛成なんですか？　暴力団に破防法を適用すること？　それとも破防法を廃止することですか？」

「いや、それは言わずにおこう」

「そんなの卑怯《ひきょう》だ」

「おいおい、卑怯呼ばわりはないだろう。私の立場として、これ以上の言及は許されないことぐらい、きみだって分かりそうなものだがね」

「それは政治的配慮っていうやつですか。だけど、上層部がそんなふうに曖昧《あいまい》じゃ、現場の警察官のモラルが低下するのも当然だ」

「光彦、言葉が過ぎるぞ」

陽一郎は鈍《にぶ》く光る目で弟を睨《にら》んだ。

「すみません」

浅見はあっさり謝った。兄にしたって、政治の弱腰には不満を託《かこ》っているにちがいないのだ。

暴力団が政財界を牛耳《ぎゅうじ》っている事実は、折りにふれて浮上する。老舗《しにせ》のデパートが長年にわたって暴力団組長に多額の金を貢《みつ》ぎつづけていたことなど、ほんの氷山の一角にすぎない。多くの大企業トップが暴力団に鼻面《はなづら》を引き回されているだろうし、同様に政治家のかなりの数が、何らかのスキャンダルをネタに脅され、ときには逆に彼らの組織を利用していることも想像にかたくない。

勢いのいい時期には手を出さず、死《し》に体《たい》同然となってからの「O——教団」に破防法を適用しようとするような、日和見《ひよりみ》で無定見な政治である。いまさら画期《かっき》的な何かを期待するほうが間違っているのかもしれないが、警察に決定的な切り札を与えようとしない政治家たちの不甲斐《ふがい》なさには、心ある警察幹部はジレンマに陥っているはずだ。

八月一日、浦本が「会いたい」と電話してきた。

「浅見さんに折り入って相談したいことがあるのですが」

深刻そうな口ぶりである。午後二時に新宿《しんじゅく》西口の「滝沢《たきざわ》」で——と、一方的に決められた。浅見の側にはべつに予定がなかったからそのまま応じた。滝沢というのは、浅見もよく打ち合わせなどに利用する、かなり大型の喫茶店である。「談話室」というキャッチフレーズを使っているくらい、フロアもゆったりしていて、隣りの席の話し声もさほど気にならない。

浦本は滝沢の広いフロアの片隅にいて、浅見に向かって手を上げた。「この場所を確保するために、一時間前から来ています」と笑った。サラリーマンの昼休み時間が終わるタイミングを、待っていたのだという。このテーブルは孤立したように、ほかのテーブルから離れた位置にある。そこまでこだわって、秘密めいた話をするつもりらしい。

浅見の頼んだコーヒーが運ばれてくるとすぐ、浦本は話を切り出した。

「浅見さんは名探偵だそうですね」

「えっ」と浅見は不意を突かれて、コーヒーカップを持つ手が大きく揺れた。

「いや、誰に聞いたのか知りませんが、僕はルポライターですよ」

「まあいいでしょう」

浦本はニヤリと笑って、「もういちど大分へ行く気はありませんか」と言った。

「大分ですか……それは、場合によったら行くかもしれませんが」

浅見は姫島の事件のことを頭に浮かべながら答えた。いずれ行くことになるだろうという予感はあった。

「それはありがたい、ぜひ行ってもらいたいのですよ」

「はあ、しかし、大分のどこですか？　例の日出生台ですか」

「そう、あるいは日出生台も含まれるかもしれないが、まだ確かではないです」

「どんな仕事でしょう？」

「仕事……」

浦本は一瞬、当惑したような表情を浮かべた。

「浅見さんは、金になる仕事でないと動かない人ですか？」

「えっ、いや、そういうわけではありませんが……」

なんだか「拝金主義」と言われたようで、浅見はちょっといやな気がした。浦本が社会正義の人であることは浅見も認めている。しかし、たとえ正義であっても、自分の主義を他人に押しつけるのは嫌いだ。ボランティアそのものは尊いけれど、ボランティアをしている自分を尊い者として、それに協力しない他人を「無理解」などと非難するようなのは大嫌いだ。

「大分で、いつ、何をしろということなのですか？」

思わず事務的な口調になった。

「国と国民を食い物にするやつがいるのですよ」

浦本は天井を仰いで、憮然《ぶぜん》としたように言った。浅見の不快など気づいていないのか、あるいは気づいていながら無視しているのかもしれない。

浅見は思いもしなかった答えに面食らったが、その一方で（またか――）という気持ちもないではなかった。浦本と会うたびに、何らかの形で彼の悲憤慷慨《ひふんこうがい》を聞かされる。もちろん、大抵の場合は正論だと思うし、感心させられもする。なんといっても、ただ不平不満を垂れるばかりでなく、それを行動に移しているのだから立派だ。しかし、それはそれとして、浅見の気持ちのどこかには辟易《へきえき》する部分もあるわけで、とくにいまのように、カチンとくるものがあったばかりのときには、いささか鬱陶《うっとう》しく思える。

「このあいだ、ちょっと話しかけたけど、浅見さん、姫島へ行ったのでしょう？　つい最近、その姫島で殺人事件があったの、知りませんか？」

「えっ？」と浅見は驚いて、あらためて浦本の顔を見た。

「それは、姫島の事件のことは知っていますが、大分行きの話というのは、それと関係があるのですか？」

「たぶんあると僕は睨《にら》んでいますよ。じつはね浅見さん、その殺された男そのものは、取るに足らないチンピラみたいなやつなんだけれど、バックに大物が絡《から》んでいる。こいつがなかなかのワルで、日出生台への基地移転問題を利用して、ひと儲け企む人種の一人なんですな」

「ほう、基地移転問題が金になりますか」

「なりますとも。米軍の施設と人員が移転してくれれば、それに見合った民間施設が必要になる。たとえば米兵相手の歓楽街のようなものも生まれるでしょう。また、最寄りの港湾には、武器弾薬など物資の揚陸《ようりく》施設も新たに求められるかもしれない。いい方向で解釈すれば、地元経済の活性化につながるともいえるが、反面、観光地のイメージダウンは避けられないでしょう。湯布院にしろ別府にしろ、米軍の占領下にあった当時の苦い記憶がありますしね。このプラス面とマイナス面を巧みに操作《そうさ》して、錬金術のように金を産みだすのは、あの連中にとってはいとも簡単な仕事でしょうよ」

「しかし、現実に基地移転は行なわれない公算が大きいのではありませんか」

「そう、フィフティフィフティより、ずっと実現性が薄いでしょうね。だが、可能性があることは事実です。連中にしてみれば、その不確定な状態で十分なのですよ。基地移転があるかないか、この両方を天秤《てんびん》のようにして、たとえば周辺の地価は上がったり下がったりしている。すでに進行中の開発計画だって、基地問題の成り行きによっては変更を余儀なくされるでしょう。逆に移転を見越して、新たな計画も持ち上がってきている。そのひとつに姫島があるんです」

「はあ、姫島に何か作るんですか」

「そう、米軍の保養施設を作る話が、まことしやかに流布《るふ》されています」

「米軍のための、ですか？」

「ははは、なぜ姫島か、と思うでしょう。他に適地がないという理由です。さっきも言ったように、湯布院も別府も敬遠しているけれど、それが一般的な対応ですよ。その点、姫島ならば比較的可能性が高い」

「えっ、じゃあ、姫島は米軍施設を受け入れるのですか？」

「いや、それはあくまでもプロパガンダ——というより流言飛語《りゅうげんひご》のたぐいですよ。ただしまんざら根拠のない話でもない。なにしろ姫島は、幕末の馬関戦争《ばかんせんそう》当時、外国艦隊の基地になったという歴史がありますからね」

「えっ、ほんとですか？」

浦本の話はどうも驚くことばかりだ。馬関戦争とは、いうまでもなく、元治《げんじ》元年（一八六四年）に来朝した米、英、仏、蘭四カ国の軍艦十七隻が、長州藩《ちょうしゅう》と砲撃戦を展開した事件のことである。

「ほんとうですよ。そのとき、外国艦隊は姫島を補給基地として、あるいは一種の保養地として上陸、使用しているんです。ま、しかし、そんな古い話を持ち出しても信憑《しんぴょう》性《せい》にも説得力にも欠けるが、それよりも、現実味のある話としては、経済効果が強調されてますね。米軍保養地の誘致は、姫島の経済を活性化させるというわけ」

「しかし、姫島は車エビの養殖でけっこう潤《うるお》っているんじゃないですか」

「いやいや、必ずしもそうとばかりは言い切れないみたいですよ。たしかに姫島の車エビは量も品質も最高だが、車エビの養殖は天候や病害の影響を受けやすくて、不安定要素が大きいのだそうです」

「なるほど……しかし、だからといって、米軍の保養施設を誘致することに結びつけるのはどうですかねえ」

「だから、言ったでしょう、まことしやかにだと」

「つまり、ガセ情報というわけですか」

「それがはっきりしない。ガセか本物か、摑《つか》み所《どころ》がないらしいのです。ただし、明らかに動きはある。姫島で殺された男は、稲積というところに、新たに車エビの養殖場を作る計画があるとかいう触れ込みで、さかんに動き回っていたのだが、そいつはひょっとすると、車エビに名を借りて、施設用地にツバをつけていたとも考えられているのです」

「そうなのですか……」

浅見は姫島のホテルで難癖《なんくせ》をつけてきたときの、属優貴雄の、少しすごんでみせたような、そのくせどこか間の抜けたような顔を思い浮かべた。

「ははは、それもまた流言飛語かもしれません。とにかくいろんな情報が錯綜《さくそう》しているんです」

「はあ……それで、僕は大分へ行って、何をすればいいんですか？」

「ですから、浅見さんは、その殺人事件の真相を解明すべきだと思うのですよ」

「えっ、僕がですか？」

「浅見さんにとっては、あまりにも単純すぎる事件かもしれないけれど、背後関係はけっこう複雑そうだし、思いがけない大物が関係しているような予感があるのです」

「いや、あの事件でしたら、僕は関わるつもりはありませんよ」

「ほう、どうしてですか？」

浦本は怪訝《けげん》そうな目をして、「やはり、お兄上への気兼《きが》ねですか」と言った。

そういうところを見ると、浦本は自分のことについてかなり詳しい知識を持っているらしい——と、浅見は少し警戒する気分になった。

「いえ、兄とは関係ありません。要するに、事件そのものに興味を持てないのです。あの事件はたしか、暴力団の絡みだそうじゃないですか。いまお聞きした印象でも、背後にあるのは、暴力団と、そのさらに背後に企業か政治家が蠢《うごめ》いている感じでしょう。そういうのは僕の手に負えないし、それ以前に興味がありませんね」

「興味……浅見さんは興味本位で事件を扱《あつか》うのですか」

「ははは、兄にも同じように怒られました。しかしこれは僕の本音です。もちろん、かっこよく言えば、いくばくかの正義感が働いているとは思いますが、基本的に僕をつき動かすのは事件に対する好奇心です。なぜ？　どうして？　という、およそガキッぽい動機に駆られているだけなんです」

「ふーん……なるほど……そういう考え方もありますか……」

浦本は腕組みをして、妙に感心したように頷《うなず》いた。

「いや、僕なんかは単純人間なのか、浅見さんのように一歩も二歩も下がって、客観的に物を見ることができませんなあ。何にでもすぐ感情移入してしまう。野の花を見ても、そこにそうやって咲いている健気《けなげ》さというか、ときにはいやらしさのような場合もあるわけだけど、それがたまらなくいとおしくて、そうなるとレンズの向こう側にある彼らに、われを忘れて没入《ぼつにゅう》してしまうんです。社会の出来事に対してもそれだ。沖縄の問題なんかを見ると、あれはひどいじゃないか、戦争で犠牲《ぎせい》になったうえ、戦後も半世紀以上、基地を押しつけっぱなしにされて、沖縄の人たちの怒りは当然だ、何とかすべきだ——と、一途《いちず》に思って、それを放置している政治の無為無策や国民の無関心に腹が立ってならない。おまけに、基地問題を食い物にするような連中がいると知って、そいつらを殺してやりたいくらいですよ」

一気に喋《しゃべ》って、ふとわれに返って、「ははは……」と照れ笑いをした。

「殺したいというのは、この場合、いささか不穏当でしたかね。つまりそのくらいに思い込みがきついもんだから、浅見さんのように引いて眺めることのできる人間がいるのが不思議というか、羨《うらや》ましくてならないんです。いや、これは皮肉でも何でもなく、こんな融通《ゆうずう》のきかない自分が、ときどき疎《うと》ましく思えることがありましてね」

浅見は何か言おうとして、言葉が見つからなくて、ただ小さく頭を下げた。それは、浦本のひたむきな生きざまに対する敬意でもあり、同情でもあった。

急に浦本が立ち上がった。入口の方向へ向けて伸び上がるようにして手を振っている。振り向くと、少女が小走りにやって来るのが見えた。制服でなく、ベルトのあるギンガムチェックのワンピース姿だから、はっきりしたことは分からないが、たぶん中学生ぐらいだろうか。麻で編んだような白い小さな帽子をかぶっている。近づくと、帽子の横にマーガレットの造花が飾ってあった。

「娘の可奈《かな》です」と、浦本は照れくさそうに紹介した。浅見が名乗り、少女は「どうぞよろしく」とお辞儀をして、父親の隣りの椅子に坐った。

「夏休み中も、ろくにかまってやれないもんだから、きょうは形ばかりの娘孝行をしてやろうと思いましてね」

相好《そうごう》をくずして言う浦本は、どこにでもいるような、ただの気のいい父親にしか見えない。聞けば中学二年だそうだが、むしろ、こんな大きな娘のいることが、浅見には意外であった。

「浅見さんはね、日本一の名探偵なんだ」

真面目くさって言うので、浅見は「いや、嘘ですよ」とうろたえた。

「僕はルポライターです。ただのしがないおじさんですよ」

「えっ、おじさんなんですか？」

少女は円《つぶ》らな目をさらに丸くした。

「お兄さんにしか見えませんけど」

「ははは、参ったな。それって、喜んでいいのか、悲しむべきか悩みますね」

浅見が顔をしかめたので、浦本父娘は肩をぶつけ合うようにして笑った。

4

保守党副総裁の三宅豪太郎《みやけごうたろう》が急遽《きゅうきょ》、帰郷すると決まったのは、八月初めのことである。秘書から姫島の三宅事務所に入った連絡によると、とつぜん姫島の盆踊りが見たいと言いだしたのだそうだ。

「先生も、功成《こうな》り名遂《なと》げて、ふるさとの祭りが懐《なつ》かしゅうなられたんじゃねえかなあ」

留守居役の老人が感慨深げに言った。考えてみると、三宅の帰郷は選挙期間中でもほとんどないくらいで、一年前に副総裁に就任してからは初めて、いわば故郷《こきょう》に錦《にしき》を飾《かざ》ることになる。

三宅豪太郎は確かに姫島の歴史始まって以来の大物政治家だが、正直なところ、三宅の生い立ちを知る者は、誰一人、三宅が政界のトップといえる地位にまで登り詰めると思わなかったにちがいない。三宅は姫島の製塩業の家に生まれた。そう裕福《ゆうふく》だったわけではなく、体もあまり頑丈なほうではなかったそうだ。尋常小学校の高等科を卒業したあと、村長の紹介で、大分県選出代議士の家に書生として住み込んだ。昭和の初めころのことで、それがそもそもの、三宅と政治の繋《つな》がりになった。こつこつ努めるタイプで、秘書時代には地元の面倒を親身《しんみ》になって見た。それが三宅を政界に送りだす肥料になった。

政界ではそれほど目立った働きをしていないのだが、政治の節目節目で、妙に身の処し方が時流に乗った感じがあって、いつの間にか党内の重鎮《じゆうちん》の一人にのし上がっていた。誠実で温厚——というのが三宅豪太郎に対する一般的な評価だが、反面、ウドの大木——などという陰口も聞かれる。ただ、日頃《ひごろ》は寡黙《かもく》な三宅だが、時と場合によっては総理にも噛《か》みつくことがあって、「寸鉄居士《すんてつこじ》」というニックネームも奉《たてまつ》られている。

留守居役の老人がああ言ったものの、三宅の突然の帰郷が、老境に入って郷里を懐かしんだためばかりとは、誰一人思わなかった。早ければこの十月にも解散総選挙か——と噂されるいま、代議士連中は誰もが地元を走り回っている。

「そうすんと、先生はやっぱり今度も出馬されるのやな」

一部に引退も囁《ささや》かれていただけに、支持者たちはがぜん、勢いづいた。もっとも、三宅自身は出馬に関して明言したわけではなかった。伊美港で連絡船に乗り込むときも、報道陣に囲まれた三宅は、「出るも出ないも、すべては天の命じるままです」と、詰め寄る記者たちを軽くいなした。

その日は姫島港では歓迎アーチを建てて、島じゅうあげて賑やかに出迎えた。昨日は小型台風の影響とかで、スコールのような大雨が降ったが、一夜明けて、まるで三宅の帰郷を祝うような夏の青空が広がった。

大げさでなく、全戸から少なくとも一人は出て、千人を超す人数で、港前の広場は埋め尽くされた感がある。おまけに、島は明日に迫った盆踊りに向けてあちこちで飾りつけが進んでいる。それがすべて歓迎ムードを盛り上げるのに役立って、三宅は好々爺《こうこうや》のようにご機嫌《きげん》だった。

才賀警部補はこのとき姫島駐在所にいた。ここは国東署の捜査本部の、いわば前線基地といったところだ。事件発生からしばらくのあいだは、聞き込みの捜査員が常時《じょうじ》、二十人程度は出入りしていたのだが、いまは才賀のほかはたった二名の刑事が、それも交代で泊まり込み勤務をしている状況だ。

属優貴雄があのような大胆な殺され方をしたというのに、犯人に結びつくような手掛かりは、いまだに何ひとつ浮かんでいない。

駐在の中島巡査部長は、すでに事件捜査からは離れ、もっぱら日常的な業務に当たっている。三人の捜査員は、駐在所の執務室でぼんやり煙草をくゆらしていた。午前中いっぱい、主として松原地区を中心に何度目かの聞き込みに歩いた。朝のうちはいいが、日が高くなると目も眩《くら》むような暑さだ。台風でも何でもいいから、ひと雨欲しくなる。

昼飯の弁当を食い、クーラーのほどよく効いた部屋にいると、眠気を催してくる。遠くから聞こえる、三宅議員を歓迎するブラスバンドが子守歌のようだ。

「係長、これからどげえします？」

部下に訊かれて、才賀は「どげもこげもないだろう」と、吐き出すように言った。

「やることは決まっちょる。ただひたすら聞き込みに歩くだけじゃ」

「しかし、なんぼ歩いても成果が上がりません。この島の連中はまったく口が固いっていうのか、警察に協力せんつもりなんか、誰に訊いても何も知らんばっかしです」

「そら、協力したくても、ほんとに知らんのじゃろ」

「それやったら、なんぼ聞き込みをつづけてん、意味がないんやねえかえ」

「そげなことはなかろう。だいいち、こんまでに三千人の島民全員に聞き込みが完了したちゅうわけでもなかろが。すでに訊いた相手でも、二度三度と会うとるうちに、また何か思い出さんとはかぎらん。捜査は根気《こんき》と足じゃよ」

才賀は時計を見た。昼の休憩時間はとっくに過ぎている。「さて、出かけるか」と腰を上げ、奥の住居《すまい》のほうに向かって、「奥さん、ひと回りしてきます」と怒鳴《どな》った。

奥から駐在夫人がエプロンを外しながらやって来た。丸顔の可愛い女性だ。

「暑いのに、ご苦労さまです」

「なんのなんの、それは中島君も同じでしょう。彼は代議士先生のところで摑まってしもたんじゃろかな」

ドアを開けたところに、その中島が戻って来た。「いやあ、暑い暑い」と汗《あせ》を拭《ぬぐ》いながら、「いまからお出かけですか。けど、あれじゃと仕事にならんですよ。港の前は三宅先生の歓迎と観光客とがごっちゃになって、たいへんな騒ぎでした」

「しかし、そうは言うても、ここで怠けとるわけにもいかんわ」

半分、やけくそのような口調《くちょう》になった。

「あ、そういやあ、ちょっと耳寄りな話を聞きました」と、中島が思い出した。「ホテル新海のフロントに勤めるおばんが、事件の十日ばかり前に、被害者がフラッと来て、客と何やら揉《も》めとったちゅうことを言うとったそうです」

「ふーん、そげな話はこれまでぜんぜん出んかったが」

「まあ、この島の者は、余計な告げ口はせん気性《きしょう》の者が多いですので。それと、十日も前のことやから、事件とは直接関係のないことと思うちょったのでしょう」

中島は島の人間を弁護するような口ぶりになっている。昔ほどでないにしても、駐在は医者と並んで島の安寧《あんねい》を守る拠《よ》り所《どころ》である。都会の警察官は駐車違反など取締まりの姿勢ばかり目立って、どちらかといえば市民からけむたがられがちだが、駐在は島民の宝といってもいい。島民も好意的だが、対応する駐在のほうもしぜん、情が移って、たがいに濃《こま》やかな交流関係を結ぶようになる。本署の刑事には喋らなかったネタでも、駐在にはポロッと洩らすようなことも生じるわけだ。

才賀は二人の部下を従えてホテル新海に乗り込んだ。本署の事件をないがしろにされたことで、多少、面白くない気分が顔に出ていたかもしれない。三人を迎えたフロント係の「おばん」は怯えた目をした。

「この前、うちん刑事が来たときには、そげな話はしてもらえんかったようじゃが、知っちょることは、何でん隠さんと話してくれにゃ困るんですよ」

「いえ、べつに隠すつもりはないです。そんな古いことは関係ないち、思うたもんで」

「ま、そんことはいいとして、それで、どげなことがあったんか、初めから詳しく話してください」

「おばん」は山田豊子《やまだとよこ》といい、ホテル新海のオーナーの親戚だそうだ。本来は漁師のカミさんで、民宿の経験はあるのだが、客商売に合ったタイプとはとても見えない。話し方も素朴そのもので、才賀に訊かれるまま、つっかえつっかえしながらも、ほぼありのままを話した。といっても、豊子は一部始終を観察していたわけではないので、ある程度、断片的ではあるけれど、そのときのおおよその状況は摑めた。要するに、泊まり客の男を属優貴雄が訪れて、何やら脅迫めいたことを言っていたというのである。「脅迫」の内容について、山田豊子は「女子《おなご》さんのことのようでした」と言い、それからさんざん渋って、中瀬古朝子の名前を出した。

「朝子に手え出すな、何かあったらただじゃすまん――ちゅうことを言いよったようでした。それ以上のことは、なんも知らないんですよ」

それからまた、その宿泊客の名前を聞き出すのにひと苦労した。

浅見光彦　三十三歳　東京都北区《きた》西ケ原《にしがはら》三丁目――と、宿泊者カードの記載内容をメモに写し取って、才賀は山田豊子を解放した。

ラ・メールは観光客で賑わっていた。朝子も店の手伝いに駆り出されていたが、ひと区切りついたところで、父親と一緒に刑事の待つ奥の部屋に現われた。

「東京の浅見光彦さんちゅう人を知ってますね？」

才賀は朝子が坐ると同時に言った。

「ええ、知ってます。七月の初めごろにお店に見えたお客さんです」

「それだけですか？」

「それだけって……まあそうですけど、そのとき、島の名所を案内してあげました。姫島の七不思議です」

「すると、そんときには、ふつうのお客よりは親しい関係ではあったわけですね」

「まあ、そうですね」

「どん程度、親しかったのです？」

「どん程度……そんな、へんな意味で親しかったわけとちがいますよ」

「へんな意味とは、どういう意味です？」

「それは……」

朝子は絶句して、表情を消した才賀の顔を睨みつけた。

「刑事さん、その浅見さんがどうかしたのですか？」

脇から見かねたように、中瀬古大志が声を発した。

「じつは、殺された属優貴雄さんが、浅見さんを脅迫していたという事実が浮かび上がりましてね」

「えっ、それはあれでしょう、事件の十日ばかり前のことと違いますか？」

「ほう、知っちょったですか」

「ええ、浅見さんからその話を聞きました。脅迫とは言ってませんでしたが、朝子に手を出したらただではおかん、いうようなことを言うとったようですな」

「やっぱりそうやったんですか」

「けど、それが何か？　まさか、浅見さんを疑うちょるのではないでしょうな」

「いや、いちおう調べてみる必要はある、思うちょります」

「調べるちゅうと、浅見さんを犯人やないかちゅうことですか？　ほんなら無駄です。犯人であるはずがないのですから」

「ほう、どうしてそう言い切れますか？」

「どうしてって、浅見さんは事件のあった日には東京におられましたのでね」

「ちゅうことは、中瀬古さんはそれを確かめたちゅうわけですか」

「べつに確かめたわけやないですが、その前の日、東京の浅見さん宅に電話しておるし、それに、次の日の朝、東京でお会いしましたのでね」

「えっ、東京で会うたとですか？」

「はい、家内と一緒に、朝の九時五八分に東京に着く特急『富士』で上京して、東京駅の前で会うて、車に乗せてもらいました。さっき言うた、属優貴雄さんに脅されたいう話は、そのときに聞いたのですよ。ほやから、事件当日、浅見さんが姫島におったいうことは、絶対にありえんのです」

きっぱり言い切られて、才賀は顔をしかめた。

「いや、なんも浅見さんが犯人じゃ言うちょるわけやないんです。ま、そういうことであればたぶん、問題はねえと思うが、しかし脅迫を受けとったちゅう事実はあるわけで、つまり、動機ちゅうことですな」

「動機みたいなもん、誰かて持っとるでしょう。優貴雄さんは島一番の嫌われ者やったさかいになあ。けど、浅見さんはアリバイがあることは、私らが証明しますよ」

「分かりました……」

才賀は席を立ちかけて、ふと思いついて訊いた。

「そうじゃ、中瀬古さんが東京へ行かれたのは、目的は何じゃったんですか？」

「浅見さんに会うためです。会うて話をしたいことがありまして」

「ほう、何を話したんですか？」

「それはプライベートなことなんやから、申し上げる必要はないでしょう」

「つまり、隠しておきたいちゅうことですかな？」

意地の悪い質問の仕方をした。

「そういうわけやないですが……」

中瀬古大志はチラッと娘を一瞥《いちべつ》して、「浅見さんにうちん朝子をもらってくれるよう、頼みに行ったのですよ」

「えっ……」と、才賀より先に朝子が驚きの声を上げた。

「そしたら、そのことで上京したの？　呆れた、私には何も言わんかったじゃないの」

「いずれ話すつもりでおったが、まずその前に浅見さんのほうの事情を聞く必要があったからなあ。万一、浅見さんにすでに奥さんでもおったら、えらい恥をかくことになるやねえか。けど、そんなことはなかったから、安心してええよ。お宅も立派なお邸《やしき》や」

「安心て……そんな……」

朝子は頬を染め、口を尖《とが》らせたが、抗議の言葉がつづかない。

思いがけない父と娘の確執《かくしつ》に遭遇《そうぐう》して、才賀と部下たちはニヤニヤ笑った。事情聴取も腰砕《こしくだ》けといったところだった。

しかし、中瀬古家を出たあと、才賀は部下に「どげえ思う？」と訊いている。

「どげえ、言いますと？」

「あまりにも出来すぎた話じゃ、思わんかと言うちょるんじゃ」

「…………」

「事件当日に、中瀬古が浅見ちゅう男のアリバイを確保しとったちゅうことがよ、なんか不自然な気ィせんかい。娘も知らんかった言っちょるから、中瀬古と浅見が結託して、アリバイ工作ばしよったことは、十分、考えられるんやねえかのう」

「なるほど、共犯関係にあると考えられますね」

「念のためじゃ。被害者と中瀬古とのあいだに、なんか利害関係はねえかったか、調べちょってくれんか」

「分かりました」

沈滞《ちんたい》ムードに、久しぶりに気合いが入った。

第三章　太陽の山

1

あの大雨以来、雲ひとつないような日が三日つづいている。太平洋高気圧がどかんと居すわって、このぶんだとしばらくは夕立も降りそうにないということだ。

各地で水不足の心配が始まったそうだが、盆踊りとしては、絶好の日和《ひより》ではあった。昼頃から、入港する連絡船はどれも満員の乗客を乗せて来る。白一色のような人波の中に、原色の赤や黄色のパラソルが、パッと花を咲かせる。前景気を煽《あお》る花火が、間欠的《かんけつ》に青空を轟《とどろ》かす。

島のあちこちで、滑稽《こっけい》なメイクを施《ほどこ》した子供たちの姿が目立ちはじめた。扮装は基本的にはキツネ踊りとタヌキ踊り、小坊主踊り、どじょう掬《すく》い踊りの四タイプである。ほとんど文化財的に有名なのはキツネ踊りで、白い長袖のシャツとくるぶしまであるモモヒキ、白塗りの顔に髭とつり上がった目を朱色で入れる。豆絞《まめしぼ》りの手拭《てぬぐい》を頬かぶりして、提灯《ちょうちん》をぶら下げた派手な日傘をさして踊るのである。

もっとも、日中は暑くて、大抵の子供たちは裸で過ごす。パンツひとつの裸に、キツネの顔を乗せた子が、満開のサルスベリの花の下や、簾《すだれ》のかかった軒下に三々五々、たむろしている。おかしいけれど、ちょっと異様な光景でもある。

女の子は美容師や親たちの手で、髪を結《ゆ》い派手《はで》なかんざしを飾りたてる。やはり白塗りの顔に紅《べに》をさし、舞妓《まいこ》や琉球踊《りゅうきゅうおど》りを思わせるように着飾るのだが、これまた日中はふだんどおり、ノースリーブのシャツに短パン姿で過ごす。

おとなたちは、盆踊りを仕切る世話役や幹事たちを除けば、飲み食いの準備に余念がない。日の高いうちからタコの干物を肴《さかな》に、ビールで出来上がっている者も多い。

夕刻が近づくと、新仏の出た家の軒に盆提灯がいくつも下がる。ことしは新仏が五軒出たが、きわめつけは本庄屋の属家である。本庄屋の格式からいって、本来ならば島じゅうから弔問の客が訪れるのだが、三人の坊さんによる読経《どきょう》が始まったときも、家族、親戚を除くと、ほんの数人の客だけが参列したにすぎない。死にざまが死にざまだっただけに、葬儀のときも寂しかった。属家のほうも島民に遠慮して、弔問を控えてくれるよう、それぞれの地区長に依頼してあった。

そんななか、思いがけなく、三宅豪太郎《みやけごうたろう》が秘書を一人だけ連れて、おしのびのように訪れた。驚いて席を立ち出迎える人々を制しながら、密《ひそ》やかに焼香をすませた。坊さんたちが引き上げると、三宅は蔵吉の前にひざまずいて、「とんだ災難じゃったなあ」とお悔《く》やみを述べた。

「ありがとうございます」

蔵吉は不自由な体を斜めに傾けるようにして、丁寧に頭を下げた。三宅とは尋常小学校時代からの付き合いで、蔵吉のほうが三つ年長であった。三宅の政界入りには、地元の有力者である蔵吉の尽力が大きくものを言ったことはいうまでもない。

「けど、優貴雄んことは、身《み》から出《で》た錆《さび》ちゅうもんで、すっかり諦めちょるんです。人さまに迷惑をかけんで死によったちゅうこつを、感謝せんならんと思っちょります」

「そうは言うが、しかし、犬死にであってはならんと思うがなあ」

「しかたねえでしょう。犯人は暴力団系の者やないかちゅう話やけど、それやったら、警察の捜査もなかなか難しいじゃろと思いよるんですよ」

「いや、単純に暴力団関係と決まったもんじゃなかろ。事件の背後関係を探れば、意外な人物が出てくるかもしれん」

「意外な人物ちゅうと、誰です?」

「そらあわしの口からは言えんが……」

襖《ふすま》も障子《しょうじ》も開けっ放しの広間からは、縁側《えんがわ》越しに庭が見える。そこに憂鬱そうな男が一人、佇《たたず》んでいるのを見て、三宅は口を閉ざした。夕暮れが迫って、男の姿はおぼろだが、恰幅《かっぷく》のいいシルエットは笠原政幸のものであった。ずっと離れた門のところには、部下らしい男が二人、大きな体を縮《ちぢ》めるようにして控えている。

「あ、どうも三宅先生、ご無沙汰《ぶさた》を申し上げております」

笠原は遠くから声をかけ、縁側に頭がつくほどのお辞儀《じぎ》を送った。

「やあ、笠原君か、こっちへ上がりなさい。わしもちょうどいま、お焼香をすませたところだ」

三宅に手招きされ、笠原は縁先から上がり込んだ。笠原が焼香を終えると、蔵吉は三宅と笠原を、奥の座敷に特別に設けられた酒肴《しゅこう》の席に誘った。自分も妻の美代と婿の直樹の肩を借りて、ソロソロと廊下を歩いた。その他大勢はそのまま広間で寛《くつろ》ぐ。奥座敷の膳には、鯛の刺身や自家製の湯葉《ゆば》といった、年寄り向きの柔らかものが並んでいる。

窓の向こうはたそがれて、街頭のスピーカーから盆踊りの民謡が流れはじめた。中央会場で生まれた踊りの輪は、やがて細長い行列となって集落を巡り歩く。あと三十分もすればこの家の前に差しかかるだろう。

直樹は蔵吉の介添え役《かいぞえやく》で、ほとんどお相伴《しょうばん》程度だが、二人の客は、氷で冷やした酒をゆっくりと飲んだ。ひとしきり、優貴雄の話題が出たが、蔵吉の気持ちを察して、客たちも口が重くなり、しばらくは酒を酌《く》み交《か》わす時が流れた。

三宅は差された盃を笠原に返しながら、言った。

「笠原君の会社も、いまや絶好調といったところだね。うちの事務所もときどきお心遣いを頂戴しておるようだが、あらためてお礼を申し上げる」

「何をおっしゃいますか先生、自分が今日あるのは、すべて先生をはじめとする皆さま、とくに本庄屋さんのお引き立てのおかげ以外の何物でもありません」

殊勝《しゅしょう》なことを言っているが、誰もまともに聞いてはいない。直樹だけはお愛想に小さく頭を下げてみせたが、三宅の顔には冷笑が浮かび、蔵吉は地蔵のような無表情だ。

「近ごろは福富《ふくとみ》君とうまくやっておると聞いておるが、彼も若いし前途のある人間だ。ま、ひとつ、お手柔らかに育ててやってくださいや」

福富一雄《かずお》はこのところ大分政界では急速に伸びてきた、無党派の若手である。地元放送局のニュースキャスターから政界に転じ、まだ県会議員にもなっていない新人だが、三宅豪太郎に対抗する最有力候補と言われている。

「ははは、どうも、先生にそうおっしゃられますと、皮肉に聞こえますなあ」

笠原は頭を掻《か》き、大げさに体を揺すって笑った。

「いやいや、皮肉でも何でもなく、わしはほんまに心配しとるのです。彼はもっか、清《せい》廉《れん》の人として支持層を広げつつある。あんたもいろいろ応援しているそうじゃが、あまり度を過ぎて贔屓《ひいき》の引き倒《ひだお》しにならんよう、心していただきたいもんやなあ」

ジロリと流し目を送った。暗《あん》に、不正な政治献金の情報のあることを匂わせている。

笠原は「とんでもない、私など引き倒すほどの力はありません」と、露骨に顔をしかめ、そっぽを向いた。

踊りの列が近づいて、通りが賑やかになってきた。広間の家族も客も、縁側を下りて、垣根越しに踊りを見に出た。

「さて、わしも見物に行きますか」

三宅は腰を上げ、見上げる蔵吉に「それじゃ、また来るけに、元気にしちょってな」と、想いの籠《こも》る声で言った。

キツネ踊りを先頭に、タヌキ、小坊主、どじょう掬《すく》いとつづき、さらにまわしを締めた相撲踊り、腰蓑《こしみの》をつけた大漁踊り、おけさ踊りなどの新作踊りも加わって、年ごとに列は長く派手になっているようだ。

真っ暗な空をバックに、奇妙な扮装の踊り手たちが、頼りなげにユラユラと踊り歩くさまは、ひょうきんなようで物悲しく、少し不気味でもある。

沿道には大勢の観光客が並び、踊りの列にゾロゾロとついて歩く者も多い。行列を見送った人々は縁日の店を冷やかしたり、屋台でかき氷を食べたり、海岸べりの道を散策したり、思い思いに祭りの夜を楽しんでいる。

新月の夜だが、浜辺は思いのほか明るい。南浦の砂浜はところどころライトアップされ、白くぼんやりと夢幻のような雰囲気が漂う。風はないが少しうねりがあるのか、時折り大きく寄せる波がタプーンタプーンと物憂《ものう》げなリズムを奏でる。アベックのひめやかな語らいには、うってつけの舞台だ。

波打ち際を素足《すあし》で歩いていた若い二人が、ふと足を止めた。目の前で砕けた波の下から奇妙な物体が現われたのを見たのだ。形は定かでないが、防波堤の灯台の明かりに照らし出された瞬間の残像は、黒いかなり大きなものであった。

「何、あり？　人間やねえの？」

女性のほうが先に声を出した。本能的な恐怖を感じて、黙っているのが恐ろしかったのだ。

「まさか……そやろうかの。けど、人間やったら死んじょるいうこつぞ」

男は怯《おび》えて、女性より先に一、二歩、後ずさった。

「なしかえ、逃ぐんなえ」

女は駆けて男を追い越し、それをきっかけに二人はこけつまろびつ走った。

男は近くにいる人間に片っ端から声をかけた。「何やら、みょうなもんがあんで」と恐ろしげに言うのを、ほとんどの者が無視したが、それでも何人かは反応して、男に先導されてその場所へ向かった。なかには懐中電灯を手にした者もいた。

明かりに照らし出された「物体」は、まぎれもなく人間の形をしていた。波に洗われ、砂に半分埋まったような恰好だが、黒く乱れた髪の毛の下に、白い顔もはっきり見えている。「マネキンやねえのか」と誰かが気休めのように言ったが、一人として、近づいて確かめる勇気は持ち合わせていない。

「とにかく、警察に知らしょうや」

その声を合図のように、いっせいに後退して、さらに遠くから「物体」を監視することになった。

駐在の中島巡査部長はそのとき、盆踊り行列の先頭付近にいた。観光客から島の人間に伝えられた通報が、中島のところまで届いたのは発見から二十分ほど後である。しかし、中島が駆けつけた現場の状況は、最初のころとほとんど変化がなかった。「物体」

は満潮の波に乗って漂い着き、そのまま潮止まりで置き去りになったようだ。「物体」がまぎれもない死体であることは、すぐに確認できた。死後かなりの時間を経過しているように見える。中島は携帯電話で留守居役の妻に連絡し、本署と連絡を取るよう命じた。こういう場合、駐在の妻は中継基地として重要な役割を果たす。

島の消防団員の大半は踊りの列や観光客の整理に駆り出されていたが、中島は手空《てす》きの連中を集めて、とりあえず死体の流失を防ぐ作業にかかった。あまり楽しい作業とは言えないが、野次馬が遠巻きに見物する中では、気後れした様子は見せられない。すでに異臭を放つ死体を六人がかりで、おっかなびっくり持ち上げ、砂浜に敷いたビニールシートの上に置いた。

遅れてやって来た医師は、かなり酒が入って、酩酊《めいてい》状態であった。暗い中、死体の脇に屈み込んで瞳孔《どうこう》を調べようとして、眼球の抜けた穴に指を突っ込んだ。医者らしくもなく「ヒャッ」と声を上げ、「こりゃ、だいぶん傷《いた》んじょるのう。古いホトケさんやなあ」と、照れ隠しのように言った。

本署から鑑識が到着するまで、死体はなるべく動かさないのが通例だが、観光客で賑わう浜辺に、いつまでも放置しておくわけにもいかない。かといって、この腐臭では、お寺さんでも敬遠されるだろうということで、しかたなく、南浦の海岸近くにある墓地の中に移動させることになった。

才賀警部補と二人の部下は宿を出て、祭り見物に加わっていた。事件のことは、近くの島民たちが騒ぎだして初めて知った。

ニュースはつむじ風のように島じゅうを疾《はし》り、属優貴雄の事件のことがあるだけに、祭りで浮かれた人々に、冷水を浴びたようなショックを与えた。「溺《おぼ》れて死んだらしい」という説から、「殴り殺されたんや」という噂まで流れた。

才賀たちは、どこの誰がどうして——といったことはさっぱり分からないまま、とにかく現場に向かったが、死体はすでに運び去られたあとだ。墓地に辿り着いたときには、死体はビニールシートごと棺《ひつぎ》に収められ、隙間《すきま》にはドライアイスが詰められていた。

医者が言ったように、死体はかなり傷《いた》みがはげしい。単に腐敗して——という意味ばかりでなく、体のあちこちに傷があるようだ。よほど波に揉まれてきたのだろう。上半身はランニングシャツ姿だが、一部は千切《ちぎ》れ、袖《そで》ぐりと襟《えり》の重《かさ》ね縫《ぬ》いをした部分で、かろうじて残ったという感じだ。ズボンのほうは革ベルトによってはぎ取られるのを免《まぬが》れたらしい。靴と靴下は最初から履《は》いてなかったことも考えられる。

髪の毛は残っているが、顔面は人相が判別できないほどに傷んでいる。関節が外れた部分も何カ所かあって、首や腕、脚が不自然な方向にねじ曲がっていた。ズボンのポケットなどを探ったが、身元を示すような所持品は何もない。日本人かそれとも東洋系の外国人かも判断がつかない。

「恰好からいうと、密航者かもしれんな」と才賀は呟いた。このところ、東南アジアや中国、香港《ホンコン》あたりからの密航船が九州のあちこちで発見され、大量の密航者が逮捕されている。かなり大型の貨物船で来るグループもあるが、ほとんどは粗末な漁船にすし詰め状態で運ばれて来る。なかには暴風で船が沈没したり、上陸目前に病死や溺死《できし》する者もいる。そういう連中の一人という可能性もあった。

午後九時半ごろ、本署から飯島《いいじま》刑事課長と鑑識がやって来た。連絡船の平常ダイヤは姫島発一九時〇〇分、伊美発一九時四五分が最終便だが、キツネ踊りの二日間は、姫島から帰る便だけ運航される。その船で姫島へ渡ってきた。

本署からの応援はたった三人のメンバーであった。本署では駐在夫人の電話連絡を受けた当初から、溺死者と決め込んでいたふしがある。もっとも、医者の報告も「溺死みたいやなあ」というものであった。

外傷は無数といっていいほどあるが、いずれも死後に加わった外力によるものであって、生前に刃物による刺し傷や、重大な骨折にいたるような打撲《だぼく》が与えられた痕跡は見当たらない——ということだ。それは翌日行なわれた解剖結果とも、ほぼ一致した。死因は溺死、死後三、四日を経過しているという結論だ。

衣服や身体的特徴に身元を示すようなものは発見できなかった。ただひとつだけ、身元調べの手掛かりになりそうなものは、ベルトのバックルである。銀製で表面にワシかタカの頭部を抽象化したと思われる彫刻が施され、右下に「'86ＴＰＣ」というローマ字が浮き彫りになっている。

「これは何を意味するものだろう？」

飯島が訊《き》いたが、誰も思いつく者はなかった。いずれ何かの略には違いないので、警察庁のデータで調べてもらうことにした。その結果は思いのほか早く分かった。

「ＴＰＣ」は「東京《とうきよう》フォトコンテスト」の略称で、銀製バックルは年間最優秀作品に与えられる副賞であるという。つまり、バックルの所持者は一九八六年度の受賞者である可能性が強かった。

東京フォトコンテストの一九八六年度最優秀賞の受賞者は、東京在住の浦本智文という人物であった。

2

須美子が「浦本さんからです」と呼びに来た電話に出て、「浅見光彦さんですか？」と女性の声が飛び出したのには面食らった。思わず「えーと、どちらさまですか？」と訊き返すと、はっきり「浦本です、この前、新宿でお会いした」と言った。

「ああ、浦本さんのお嬢さん、可奈さんでしたっけ」

「ええ、そうです、浦本可奈です。あの、父が死にました」

スッと出た言葉だったので、浅見は聞き間違えたかと思った。

「えっ？　いま何て言ったの？」

「父が死んだんです。さっき大分県の警察から電話がきて、父のことを訊いて、留守ですって言ったら、どこへ行ったかって。ですから大分県のほうへ行ったたって言うと、それじゃ、もしかすると亡くなったかもしれないって……」

「ほんとなの、それ？　間違いないの？」

「分かりません。身元不明の死体なんだそうです。ただ、ズボンのベルトのバックルが、父の物であることは間違いありません。警察は遺体を確認しに来てくれって言うので、これから大分へ行きます。飛行機に乗るところなんですけど、浅見さんにお知らせしておこうと思って」

「ちょっと待って……」

浅見は一瞬、息が詰まったのを、ようやく飲み込んだ。

「大分へ行くって、大分のどこなの？」

「国東警察署っていうところです。大分空港で警察の人が出迎えてくれるって言ってました」

「国東……それじゃ、まさか、ひょっとしてお父さんが亡くなったのは姫島？」

「ええ、姫島で溺れて死んだそうです」

「…………」

「じゃあ、もう行きます。飛行機に乗り遅れそうですから」

あっと思う間もなく、電話が切れた。浅見はしばらく受話器を握ったまま、立ちすくんでいた。それから、可奈の口ぶりが、まるで一人で旅立つような気配だったことに気がついた。浦本家は確か父と娘二人だけの家庭だったはずだ。可奈の母親がどうしたのかは聞いていないが、新宿で会ったときの会話には、浦本の妻のことは一度も出なかった。浅見は直観的に、触れてはいけないことのように感じたから黙っていたが、父親も娘も、母親のことは話題から努めて外していたような気がする。離別か死別かはともかく、現在の浦本家には可奈の母親は存在しないのかもしれない。

(それにしても、親戚ぐらいはありそうなものだが――)

しかし、もし親戚があれば、当然、可奈と同行するだろうし、浅見に電話してくるにしても、可奈に代わってその人物から何らかの挨拶がありそうなものだ。

(独り旅なのかな?――)

不安がつのってきた。いまの電話の口調にしても、精一杯、気を張っているのが分かる。中学二年としては、かなりしっかりしたほうだとは思うが、それでも稚《おさな》い少女である。警察のいかめしい雰囲気の中では、さぞかし心細いことだろう。それに、父親の変わり果てた姿と対面したときのショックを思うと、とても放ってはおけない。

時刻表を確認すると、まだ大分行きの最終便には十分、間に合う。浅見は急いで身支度を整えると玄関に出た。須美子が不安そうに「お出かけですか?」と訊いた。

「ちょっと大分まで行ってくる。おふくろさんにはあとでそう伝えておいてね」

「はい、それはいいですけど、ご連絡先はどちらですか?」

「向こうへ着いたら、宿から電話するよ」

言葉の半分は、後ろに投げ捨てるようにして、街に走りだした。

国東署には午後八時半ごろに着いた。先行した可奈よりは二時間ほどの遅れだ。浅見はタクシーを待たせておいて、玄関に入った。署内は閑散《かんさん》として、電灯も半分消え、当直の署員が三人、たむろしているだけである。

「浦本智文さんの事件のことをお訊きしたいのですが」

浅見が声をかけると、三人はいっせいにこっちを見た。中の一人が立ってきて、無愛想に「そちらさんは？」と訊いた。

「東京の浦本さんの友人で、浅見という者です。浦本さんの娘さんがこちらに来ているはずなのですが、お分かりになりませんか」

「いや、それは分かりますが……あなたはいま、事件と言ったが、本件は事件とは違うんですけどね。つまり事故、死亡事故です」

「あ、では単純な溺死なのですか」

「そういうことです」

「それで、遺体はどこにあるのでしょうか。それと、浦本さんの娘さんは？」

「遺体は病院の安置所ですな。娘さんは……えーと、そちらさんは、友人というと、どういう関係ですか？」

署員は警戒を露《あら》わにして、疑い深い目を浅見に注いだ。浅見は肩書のない名刺を出し、自分がルポライターであること、浦本カメラマンと一緒に仕事をした仲であることを説明した。警察官にとって、ルポライターというのは、あまり好感を持てない相手らしいが、それでもいちおうは信用してくれた。

「担当した者がいないもんで、よく分からないが、たぶん姫島へ渡ったんでないかな。父親の亡くなった場所を見たいと言っていたようだから、姫島の駐在所に行って訊けば分かると思いますけどね」

「姫島ですか……」

浅見は時計を見た。

「もう連絡船には間に合いませんね」

「いや、まだ間に合うんでないかな。盆踊り期間中は、姫島からのお客を運ぶ船が十一時近くまで運航していますよ。その帰りの船に乗せてもろたらどうです」

「それはありがたい」

浅見は署員に礼を言って、タクシーに飛び乗った。

伊美港は島から戻ってくる人々で賑わっていた。船を降りた客たちのかなりの人数が、遠くから来ているのか、広場の駐車場に停めてある車やタクシーに乗って、次々に走り去って行く。

これから島へ向かう客は、浅見のほかには誰もいなかった。空《から》っぽの船が姫島に着くのを、岸壁上に大勢の客が待ち受けていた。まごまごしているとその人波に飲み込まれ、船に引き戻されそうだ。

姫島港の構内には、あと一便は必要としそうな客の群れが残って、祭りの興奮さめやらず――とばかりに賑わっていた。しかし、そこを過ぎると、もの寂しい風景だ。祭り提灯があかあかと灯《とも》されているけれど、姫島特有の盆踊りの扮装を凝らした子らの姿は、もうどこにも見えない。わずかに泊まり客らしい人々がちらほらいるだけだ。ラ・メールをはじめ、土産物の店もすっかり灯《ひ》を消して、海の夜風が吹き抜けてゆく。

ラ・メールに寄ろうかと一瞬、迷ったが、夜更《よふ》けの訪問は遠慮して、赤い軒灯を目当てに駐在所を訪ねた。

駐在はランニングにステテコという姿で現われた。真っ黒に日焼けした坊主頭で、「駐在の中島です」と名乗らなければ、漁師のおっさんと間違われそうだ。勤務から解放されたばかりで、これから風呂でも使おうというタイミングだったらしい。島民ならまだしも、見知らぬ客を見て、あまり機嫌はよくなさそうだった。

浅見は名刺を出し、来意を告げた。

「ああ、ホトケさんの知り合いですか。えーと、娘さんは……」

中島駐在は言いながら名刺を眺めていたが、ふいに顔色が変わったのが分かった。

「えーと、ちょっと待っとってください。連絡してみますので」

奥へ引っ込んで、しばらく戻って来ない。執務室の電話を使えばよさそうなものなのに——と、浅見は思ったが、それほど不審《ふしん》を抱《いだ》いたわけではなかった。

中島は戻って来て、「いま、担当の者がこっちにやって来ますので」と、馴れない手つきでお茶を淹《い》れたりした。急にサービスがよくなったのは、後で考えると「客」を引き止めておく作戦だったにちがいない。

ほどなく、三人の男がやって来た。目つきの鋭い私服で、一目《ひとめ》見て刑事であることは分かった。

「あなたですか、浅見さんちゅうのは」

もっとも年かさの男が言った。浅見はあらためて名刺を出した。

「自分は国東署捜査係長の才賀です」

才賀は型どおりに手帳を示して、浅見に椅子を勧め、テーブルを挟んで向かいあわせに坐った。ほかの二人はドアのところに佇んだままだ。中島は少し引っ込んだ位置で、傍観者の立場を鮮明にしている。

「浅見さんは姫島は初めてですか？」

「いえ、七月にも来ています」

「ほう、そのときはどちらにお泊まりでしたか？」

「ホテル新海というところです」

「目的は仕事ですか？」

「ええ、雑誌の取材ですが……」

こんなときに、妙なことを訊くな——と、不審の目を才賀に向けた。才賀は満足そうに頷きながら、上目遣いに浅見を見て、いきなり本題を言った。

「あなた、その晩、誰に会いましたか？」

「誰にって……ああ、そのことですか」

浅見はようやく相手の真意が飲み込めた。

「属優貴雄さんに会いました。といっても、属さんのほうが訪ねてきたのですが」

「そうでしたか……」

前屈みになっていた才賀は、両手でデスクを突っ張るようにして、椅子の背凭《せもた》れにそっくり返った。

「それで、あなたと属さんとはどういう関係です？」

「いや、ぜんぜん関係ありませんよ。そのときが初対面ですから」

「ぜんぜん関係のない人間が、夜中に訪ねて来るはずはないのとちがいますか」

「夜中というより、まだ宵《よい》の口《くち》です」

「そんなことはどっちでもよかです」

才賀はきつい口調になった。

「もう一度訊きますが、属さんはいったい、どういう目的で訪ねて来たのです？」

「………」

「どうなんです？　答えてください」

「忘れました」

「あんたなあ、とぼけてもらっちゃ困んなあ。忘れるはずはないでしょう。ぜんぜん関係のない人間が夜中――宵の口でもいいが――突然訪ねて来たっちゅうのに、何の目的で来たんか、憶《おぼ》えておらんはずはないんとちがいますか」

「ちょっと待ってください、僕は浦本さんの娘さん――可奈さんのことが、心配でやって来たんですよ。こんな話をする前に、彼女がいまどうしているのか、そっちのほうのことを聞かせてくれませんか」

「ああ、そのことやったら心配ないです。近くの旅館に泊まって、いまごろは風呂に入って寝ちょるんやないかな」

「可奈さんは一人で来たのですか？」

「そう、なかなかしっかりしたもんじゃ。いや、それはいいでしょう。明日になら連れて行きますよ。それより、属さんが何の目的であんたに会いに来たんか、正直に答えてくれんと困りますな」

「才賀さん、失礼ですが、僕を捜査の対象にするからには、すでにウラを取ってあるのでしょう？　たとえば、ホテル新海のフロント係のおばさんに話を訊いたとか」

「ん？　ああ、まあそういうことやけど、しかし、あんた本人の話を聞かんと、信憑《しんぴょう》性《せい》に欠けますのでね」

「どういう話をお聞きになったか知りませんが、僕の口からは何も申し上げるわけにいきません」

「なんで言えんのです？」

「それは、第三者に迷惑をかけることになるからです」

「第三者ちゅうのは、つまり、中瀬古朝子さんのことを言うちょるのですな」

才賀は勝ち誇ったように言った。

「そいやってから、すでに事情聴取を終えちょんがな」

「なるほど、そこまで調べがついているのなら、いまさら僕に訊くことは何もないじゃありませんか」

「ちゅうことは、あなたもそれを認めるちゅうわけやな。要するに、その晩、浅見さんは属優貴雄さんに脅迫を受けちょったちゅうことやな」

「脅迫は大げさでしょう」

「しかし、現に属さんは、朝子さんに手え出しよったら、ただではおかん言いよったのでしょうが。そいなら立派な脅迫にほかならんちゅうことですよ」

「そうお考えなら、そういうことにしておきましょう」

「そう、そういうこっちゃ。それであらためて訊きますが、浅見さん、あんた七月十六日の晩はどこにおったんですか？」

「つまり属優貴雄さんが殺された夜のアリバイをおっしゃっているのですね。その日は僕は東京の自宅にいました。それを証明できるのは家族だけですが、それではだめということなら、その日の午後、中瀬古さんに電話をもらい、次の朝、東京駅でお会いしました。そのことは中瀬古さんに確かめていただけばいいでしょう」

「そいやってから、とっくに確認を取っちょるですよ」

「ああそうでしたか。それなら何も問題ないでしょう」

「いや、そうはいかんで。警察は疑り深いもんでしてね。たとえば、浅見さんと中瀬古さんが口裏《くちうら》を合《あ》わせれば、アリバイ工作も可能なわけですよ。おたくらはたがいに属さんを邪魔者とする点じゃ、利害関係が一致しちょったわけやからなあ」

「なるほど、すばらしい推理です。しかし、属さんが中瀬古朝子さんに横恋慕《よこれんぼ》して、僕や中瀬古さんに脅しをかけたからって、それが殺人の動機であるというのは、ちょっと無理じゃありませんか。だいいち、僕は朝子さんとその日、初めて会って、愛だの恋だのという話もしたことがないんですから」

「そげなこと、こんからの調べで明らかになるでしょう。といっても、べつに浅見さんを犯人扱いしようちゅうわけでもねえ。とにかく警察の捜査に協力していただきたいちゅうこつです。明日はひとつ、本署のほうにご同行《どうこう》願って、ゆっくり話を聞かせてもらいますが、よろしいですな」

「それはもちろん、望むところです。どうせそうするつもりでしたからね」

「ふーん、そらまた神妙なことやね。そんで、浅見さんの今夜の宿はどこです？」

「いえ、まだ宿は取っていません。今夜は祭りで満員状態なんでしょうね。いまからじゃ部屋を取れそうにないと思うのですが」

浅見は中島駐在を振り返った。

「もし差《さ》し支《つか》えなければ、こちらの留置場に泊めていただけませんか」

中島は「いや、そげなことは……」と言ったが、才賀が「いいで、ご本人がそう希望するちゅうんなら、どうせベッドも空《あ》いちょるんやしな」と笑った。

「ところで才賀さん、昨日の水死体ですが、浦本智文さんに間違いないと確認されたのですか？」

「そのようです。遺体の傷み方がはげしいもんで、娘さんにも見分けがつかないくらいだが、ベルトのバックルはたしかに本人の物でありました。娘さんの話では、浦本さんが大分に来たのは十二日ちゅうことだし、死亡推定ともほぼ一致するわけです。現在は血液型、歯形等を照合する作業に入っております」

「可奈さんは遺体を見たのですか」

「見ました。いやあ、驚いたですなあ。自分らでも直視できん悲惨な姿を、間近でしっかり見よったです。前歯の形を見て、たぶん父に間違いありませんちゅうて……涙も流さんで……けど、控え室に戻ってから、ガタガタ震えよったですけどね」

「そうですか……」

話を聞いただけで、浅見は悪夢を見そうな気がした。それにひきかえ、いくら父親の遺体であるにしても、そこまで耐えられる可奈という娘に敬意を抱いた。

才賀たちが引き上げると、中島はばつが悪そうに、冷たい麦茶を持ってきた。

「なんだか、自分が告げ口したようで、申し訳ないです。いちおう、浅見さんの名がリストアップされちょったもんで」

「いいんですよ、気にしないでください。こういう仕事をやっていると、こんなことはちょくちょくありますから」

「ふーん、そげなもんですか。ルポライターさんちゅうのも、楽やないですなあ」

中島は見かけよりもずっと気のいい人物のようだ。

「さて、それじゃ休ませてもらいます」

「どうぞどうぞ。シーツも毛布もちゃんと洗濯しちょります。蚊取り線香も入れときました。カギはかけんでおきます」

中島は最後にジョークを言って、「ははは……」と笑った。

3

朝刊に「姫島の溺死者は東京の写真家？」という見出しの記事が載っていた。「？」つきということは、まだ、確定したわけではないという意味だろうけれど、浅見はすでに決定的な事実であると思っていた。

中島駐在夫妻と食卓を囲んでいるところに、才賀警部補がやって来た。表の執務室のほうから「やあ、美味そうな味噌汁の香りやなあ」と、挨拶代わりに怒鳴った。

「早いんですね。いますぐ行きます」

浅見は言いながら、のんびりカマスの干物をつついた。

「朝からこんなにご馳走になって、申し訳ありません。こういう場合、食費はどうしたらいいのでしょう?」

真面目くさって言うと、中島も真顔で、「刑が確定したら官費で支給してもらいますが、無罪なら浅見さんに請求します」と言い、夫人は「ばかなこと言うなえ」と笑った。警察官と被疑者——という雰囲気は、もはやここにはなかった。

しかし才賀のほうは、まだ浅見に対する疑いが晴れたわけではないらしい。呆れるほどの早朝からやって来たのは、「被疑者」の逃亡を警戒してのことだろう。本署に連行するまでは、どうでも離れないつもりのようだ。

浦本可奈は刑事たちが宿舎にしている民宿に泊まっていた。宿の玄関を入るとき、浅見はこれまでに経験したことがないほど緊張した。いったい、どんな顔をして会い、どんな言葉をかければいいのか——。

可奈は窓の向こうの海を眺めていた。振り返り、浅見に気づくと、そそけ立ったような表情が崩れて、「わーっ」と泣きながら走り寄り、浅見の胴に両腕を思いきり絡みつけた。顎の下に頭を突っ込み、顔を胸に押しつけて泣いた。

シャツを通して、涙が胸にしみてゆくのを、浅見はどうすることもできずにじっと立ちすくんだ。無意識のうちに可奈の肩を抱《だ》き、頭を撫《な》でていた。もしかすると、可奈は自分を通して父親の姿を見ているのかもしれない――と思った。

才賀は不思議そうに、浅見と可奈を交互に見つめていた。涙ひとつ見せないはずの娘が号泣《ごうきゅう》しているのである。

「さ、もういいね」

浅見は可奈の両肩を支えるようにして、顔を覗き込んだ。可奈は「はい」と頷き、最後の涙を払い捨てるように首を振り、昂然《こうぜん》と顔を上げた。

才賀は「三十分後に本署へ出発します」と言い残して、部屋を出て行った。浅見と可奈は部屋の真ん中にある粗末なテーブルを挟んで坐った。

「やっぱりお父さんだったの？」

「ええ、間違いないと思います。歯の欠けたところが、父のものでした」

「そう……」

その事実を胸に納めるために、しばらくは沈黙の時が必要だった。

「警察にも訊かれたと思うけど、お父さんがそういうことになったのはどうしてなのか、何か思い当たることがある？」

「いいえ、ありません。警察にはそう言いました。ただ……」

可奈は浅見を見て、「これは警察には言いませんでしたけど、父がひとつだけ言っていたことはあるのです」

「ほう、どんなこと？」

「もし、おれに何かあったら、浅見さんに相談するようにって」

「えっ……」

浅見は可奈の目を見返した。泣いた痕跡がわずかに充血に残っているが、少女期特有の漆黒《しっこく》の美しい瞳《ひとみ》であった。その瞳の奥にあるはずの、膨大な量の情報を読み取ろうと、浅見はじっと見つめつづけた。

たった一度しか会ったことのない可奈が、まず自分に連絡してきた理由が、それで分かった。その背景には、ふだんの生活の中で、浦本が可奈に浅見の人となりを話し、可奈の浅見への信頼を形成していたことがあるのを、容易に想像できる。

浦本はおそらく、浅見の経歴はもちろん、浅見家のことや兄・陽一郎が刑事局長であることも、すべて調べ上げていたにちがいない。その上で、自分にもし万一のことがあった場合を想定し、可奈の力になってもらえる人間として、唯一、浅見を選んだのだ。

それにしても、その「万一」を想定させるような、いったいどういう状況が浦本にはあったのだろう？——

「お父さんが姫島へ出発したのは、いつのことなの？」

「今度の旅行は八月十二日からです。でも、姫島へ行くとは言ってません。大分県のほうへ行くって言っただけです。この前のときもそうでした」

「それで、お父さんが最後に可奈さんに連絡したのはいつ、どこから？」

「いいえ……」

可奈は悲しそうに首を振った。

「十日から四日間、私は友達の別荘に招待されて、軽井沢《かるいざわ》に行っていたんです。父は十二日の朝、軽井沢に電話してくれて、これから大分へ行くって言って……体に気をつけるんだよ、パパがいなくても大丈夫だねって言って、それから……冷蔵庫にメロンをいれておいたって……それが最後の言葉でした」

可奈はそのときの、電話の向こうに父親のいる情景を思い起こしながら、俯《うつむ》いて、ポツリポツリと話した。取調官の前の被疑者のように、悄気《しよげ》きった様子だ。

浦本智文が死んだのは、八月十二日ごろ——とされている。軽井沢の夏を楽しんでいるあいだに、父親が「事故」に遭ったことを、可奈はまるで自分の罪であるかのように感じているに違いない。

「警察では事故死だと言っているみたいだけど、それについては、きみはどう思う？」

「分かりません。でも、私には信じられません。海に落ちて溺れたのだろうって言うんですけど、父がなんでそんな危険な場所に行ったりしたのか……それに、警察の人は、自殺じゃないかとも言ってました。父が自殺なんかするはずないのに」

悔《くや》しそうに顔をしかめた。

「いや、それは警察というところは、いろんな可能性を考えるからですよ。あまり気にしないほうがいい」

「でも、可能性ということなら、殺されたかもしれないってことだって、考えられるんじゃないですか？」

「…………」

浅見は一瞬、絶句した。浅見がひそかに抱《いだ》いているのと同じ疑惑を、浦本にもっとも近い存在である可奈が感じているとしたら、これは重大だ。

「そう、きみはそう思うの？　ということは、何か心当たりがあるのかな」

「そういうわけじゃないですけど……でも、父がそんな、事故なんかで死ぬなんて、そんなのありえません」

「確信を持ってそう言えますか？」

「ええ、絶対に……父は風景写真を撮るときでも、崖だとか、危険な場所に出かけることはしないひとでしたし、それに、海はあまり好きじゃなかったですから」

「ふーん、海が嫌いだったの？」

「ええ、ですから、私にも軽井沢なら行ってもいいって言ったんです」

「どうしてそんなに海が嫌いなのかな。何か理由でもあるの？」

「母が海で死んだんです」

「えっ、そうだったの……」

悪いことを聞いた――と、浅見は頭を下げた。どこの海で、どうして？――などと、それ以上追究することなど、とてもできなかった。

「ですから、父がわざわざ海岸の危険な場所に行くなんて、絶対に考えられないんです。でも、このままだと、警察は事故死にしてしまうでしょう？　浅見さん、なんとか出来ないんでしょうか？」

すがりつくような目だ。浅見は頷いた。

「なんとかしてみましょう。といっても、警察が結論を出したことを引っ繰り返すのは、かなり難しいですけどね。しかし、僕に出来るだけのことはしてみるつもりです。それで、まず訊きたいのだけれど、お父さんは出発前、大分へ何をしに行くのか、目的のようなことは言ってなかった？」

「ええ、父は仕事の話はしない人でしたから。ただ、ときどき電話で喋っているのを聞いたり、現像された写真を見たりして、大分の日出生台の記録を撮りつづけていたことは知ってます。沖縄の米軍基地が、日出生台っていうところに移転してくるかもしれないって、地元で大騒ぎになっているんです」

「ああ、そのことなら僕も知っていますよ。僕が先月、姫島に来たとき、飛行機でお父さんと一緒になったから」

「ですから、今回も日出生台の撮影に行ったものとばっかり思っていたんです。それがどうして姫島なのか……」

「じゃあ、姫島のことはぜんぜん話していなかったんですか？」

「ええ、ずっと前、姫島の盆踊りの写真を撮って来たことはありますけど……そのときのキツネの恰好をした子供たちに、昨日の夜、会いました」

可奈は遠くを見つめる目になった。浅見はその感傷を断ち切るように、少し事務的な口調で言った。

「それ以外に、何か変わったことがあったとか、誰かからおかしな電話がきたとか、そういうことはなかった？」

「とくに変わったことって、べつにありませんでしたけど」

「どんな些細《ささい》なことでもいいんだが、何か気になったこととか、記憶に残っていることがあったら言ってみてくれない」

「そうですねえ……電話で太陽がどうしたとか話していたのは憶えてます」

「太陽？」

「ええ、太陽の山がどうしたとか……隣りの部屋で勉強していて、電話で話すのが聞こえてきたんです。ちょうどギリシャの歴史のことを調べているときだったので、なんとなくギリシャ神話のアポロンや神殿のことを連想して、それで憶えているんです」

「太陽の山ねえ……たしかに宗教的なニュアンスがあるけど、何のことだろう？」

「私も不思議に思ったので、父に訊いてみました。『太陽の山って、何のこと？』って。そしたら、父は『ん？　太陽の山？』と怪訝そうな顔をして、それから『ははは』って笑って、急に怖い顔になって、『可奈は余計なことを知らなくてもいい』って叱《しか》られちゃいました」

「ふーん、叱られたの……ちょっと変な話ですねえ……」

浅見はそのときの浦本家の情景を思い浮かべてみた。浦本が電話していて、隣りの部屋に可奈がいて、電話が終わって顔を合わせたとき、可奈が「太陽の山って何のこと？」と訊いて——浦本は一瞬、娘の質問の意味が摑めなかったようだ。「ん？　太陽の山？」と問い返している。それから「ははは」と笑い、すぐに怖い顔で「余計なことを知らなくてもいい」と叱った。つまり、可奈が関与するようなことではないという意味なのだろう。

「その電話があったのは、いつのこと？」

「今月の、たしか八日か九日ごろだったと思います」

「じゃあ、そのことで大分へ行ったんですかね」

それが「事件」に関係があるのかどうかはともかく、いまの段階で唯一、ひっかかることといえば「太陽の山」という、断片的な言葉しかないことは事実だ。

「その電話の内容だけど、もう少し何か思い出せないかな」

「そうですねえ……勉強しながら聞いてましたから……でも、なんだか父は怒っているみたいな口ぶりでした。それで、何を言ってるんだろうって気になって、そしたら太陽の山って聞こえたんです」

「太陽の山がどうしたのだろう？」

「さあ……あと、『何もないはずだ』とか言ってました。でも、それが太陽の山のことかどうかは分かりません」

「太陽の山……何もないはず……ですか」

廊下に足音がして、才賀のどら声が「そろそろ行きますよ」と近づいて来た。

中島の運転するミニパトで港まで送ってもらった。二人の部下は残り、才賀だけが付き添って国東署へ行くらしい。

陽射しはきょうも強いが、気温はさほどでもない。島の気温は三十度を少し超えると、海風があるためか、それ以上は上がりにくい。とはいえ、盆踊りの最終日とあって、港の広場は行く人来る人で、ごった返していて、ムッとするような人いきれだ。

「代議士先生が帰られるもんで、見送りが大変なんです。自分もこのあと、警備につくことになっております」

なるほど、群衆の中には「三宅豪太郎副総裁万歳」と大書《たいしよ》した幟《のぼり》も立っている。

浅見と可奈は才賀に先導されて、乗船待合所に入った。入口の前に代議士の到着を待つ村長や島の有力者がいて、才賀は顔見知りなのか、挨拶を交わしていた。

待合所の中もかなりの混雑だが、奥のほうに一カ所、金ピカのロープで仕切られた空間が用意されているのは、三宅代議士のための貴賓席《きひんせき》といったところか。そこにも数人の男が佇んでいる。真ん中の男は五十歳前後か。麻のスーツを着て、いかにも紳士然としている。その両脇にいるのはいずれも屈強な感じの三十代半ばぐらいの男で、紳士のボディガードといった印象だ。

紳士は才賀に気づくと、遠くから手を上げて、「やあ才賀さん、先日はどうも」と声をかけた。才賀は「あ、どうも先日はご無礼しました」と堅苦しく返礼して、しかたなさそうに、浅見と可奈をロープの外に残して、紳士に近づいた。

「どうです？　その後、捜査のほうはうまくいっちょるのですか？」

紳士はいくぶん小声のつもりのようだが、地声が大きいのか、浅見のところでもよく聞こえる。地声という点では才賀のほうもひけを取らない。

「いやいや、なかなか思うようにはいきません。そんなわけですので、社長さんのほうにまで、お手間を取らせるようなことになった次第でして、申し訳なく思っとります」

「とんでもない、遠慮なく調べていただいて結構。私らも警察に協力するにはやぶさかではありませんのでな。この二人もだいぶんきついこと訊かれたちゅうて、ブーブー言うちょったが、なに、そんなことは気にせんで、びしびしやったらよろしい。ははは……」

「いやあ、そうおっしゃっていただくと、自分らとしては、感謝にたえません」

「ははは、そうは言うてもな才賀さん、正直なところ、お手柔らかに願いますよ。とくにこの先は、選挙も始まるし、私らが応援する先生方のイメージに影響することも、十分、考えていただかんとならんのでな」

「承知しております」

才賀が軽く頭を下げると、紳士は満足したように頷き、視線を浅見と可奈のほうに向けて訊いた。

「お連れさんですかな？」

「はあ、一昨夜の例の、南浦の海岸の、お身内《みうち》の方でして」

「ああ、あれの……」

紳士は眉をひそめ、小さく目礼《もくれい》した。（余計なことを訊いた——）という悔いが表情を掠《かす》めた。

乗船を促《うなが》すアナウンスがスピーカーから流れた。それに救われたように、才賀は紳士に一礼して、浅見と可奈のところに戻って来た。紳士に背を向けた才賀は、鼻の頭に思いきり皺《しわ》を寄せている。よほど不愉快だったのだろう。

三宅代議士が乗るひとつ前の便船だったのが幸いして、船内は比較的空《す》いていた。客室に入るやいなや、才賀は「いやな野郎だ」と呟いた。

「いまの紳士は、誰ですか？」

浅見が言うと、才賀は目を剝《む》いて、「紳士？　あの男がですか？　とんでもない」と言った。

「あれは笠原ちゅうて、近ごろ、地元で急成長した企業のボスです。元は本庄屋――属優貴雄の実家ですが、そこの下請《したう》けみたいなことをしちょったのが、急にのし上がって、いまじゃ本庄屋を乗っ取ろうちゅう勢いです。属優貴雄も笠原の使い走りみたいなことをやらされちょった」

「ほう、そうなのですか」

浅見は無意識に岸壁を振り返った。

「じゃあ、当然、笠原氏も捜査の対象にはなったのですね？」

「それはもちろん……」

言いかけて、才賀は慌てた。

「いや、そんなことはあなたに言うわけにはいかんでしょう」

「なるほど、そうでしたか、それでお手柔らかに――と。ところで、笠原氏の両脇にいたのは、ただの社員とは見えませんでしたが、あれは何者ですか？」

「まあ、ボディガードちゅうところですかな。いつも連れて歩いちょる。けど、素性《すじょう》をただせばこれもんです」

才賀は指先で右頰を斜めに切った。

「つまり笠原氏は、日頃からそういうものを必要とするような生き方をしているというわけですか」

「そういうことですな」

才賀は憮然《ぶぜん》として顎を突き出した。

4

対岸の伊美港には地元の国見町長および国東町長とともに、国東警察署長が礼装で待機していた。三宅副総裁は両町役場を表敬訪問したあと、静養のため別府温泉へ向かう。その道中警護の指揮を執るのだそうだ。

才賀警部補が「ご苦労さまです」と挨拶すると、署長は才賀の耳に口を寄せるようにして捜査状況を訊いた。才賀は正直に「いや」と首を横に振った。

「鋭意、聞き込みをつづけているのですが、この一週間、新たな進展はありません」

「困ったもんだな。あとで三宅先生に報告することになっているのだが、いっこうに進展がないのでは、いささか具合が悪い。何か目新しいものはなかったのかね」

「はあ、まあ若干《じゃっかん》はないわけではありませんが……ものになるかどうか分かりません」

才賀は背後の少し離れたところにいる浅見にチラッと視線を送り、署長に目配《めくば》せしてそう言った。

「ん？　あの男が何か？」

「事件の十日ばかり前に、ホテル新海で、女性関係を巡って属優貴雄とトラブルがあった人物です」

「そうか、それは大収穫じゃないか。事情聴取はやったんかね」

「いちおうやりましたが、本格的にはこれからです」

「身柄を確保するのか」

「そこまで可能かどうか……昨夜は本人の希望もあって、姫島駐在所の留置場に泊まってもらいましたが」

「ほう、本人から希望するとは、そいつは神妙ではないか」

「自分もそう思いましたが、しかし事件との関わりについてはどうですか……」

首をひねって、期待薄であることを匂《にお》わせた。

「そう簡単に諦めることはない。杉岡君には報告したか？」

「いえまだです。これから署に戻って、主任さんに報告するつもりです」

「そうか、なるべく杉岡君に任せたほうがよろしい。ややこしいことは、県警の連中に押しつけたほうがいいで」

署長は片目をつぶってみせた。署長は気のいいおやじだが、事なかれ主義のところがあって、才賀は気に入らない。

国東署の捜査本部では、才賀の帰りを、杉岡警部が手ぐすね引いて待ち受けていた。

「被疑者を一名、確保したそうだね」

才賀の顔を見るなり、言った。

「はい、浅見という人物ですが、被疑者というところまでは……」

「なんだ、弱気なことを言うな。昨夜は姫島駐在所の留置場にたたき込んだそうじゃないか。ここの署長さんがいましがた、そう言って連絡してきたのだがね。事件直前にガイシャとトラブった男だとか聞いたが」

署長のアホ——と、才賀は腹の中で毒づいた。

「ガイシャとのあいだにそういう事実があったことは認めましたが、事件当日のアリバイを主張しております」

「そんなもん、素直に信じたわけじゃないだろうね」

「もちろんアリバイ工作の疑いも考えられます。しかし、逃亡する気配《けはい》もないですし、きわめて協力的で、自分としては心証はシロのような気がします。いちおう、昨夜のうちに、警視庁のほうに身元照会の依頼は出しておきましたが、もしよろしければ、この後、警部のほうで取調べをしていただけますか」

「なんだ、きみの手には負えないのか」

「そういうわけではありませんが、自分は一昨夜の溺死者の遺族の面倒を見なければなりませんので」

「ふーん、たしか娘さんだったかね」

「はい、中学二年の少女です。なかなか健気《けなげ》な娘さんですが、やはりショックはきついと思われますので」

「そうか、きみにはそっちのほうが向いているかもしれんな。よろしい、こっちのほうはうちのスタッフにやらせよう。その浅見とかいう男を取調室にぶち込んでおいてくれ」

この野郎——と思ったが、署長の方針どおりに事が運びそうなのを、あえて抵抗してぶち壊すこともない。才賀は一階受付前のベンチに待たせておいた浅見に事情を伝えた。

浦本可奈は不安そうに「浅見さん、長くかかるんですか？」と訊いた。

「いや、じきにすむから、才賀さんの指示に従って待っていてください」

浅見はそう言い残して取調室に消えた。はたして、「じきにすむ」かどうか——と、才賀は気掛かりではあった。

そのあと、才賀は浦本可奈と、遺体の処理等について話をすることにした。身元の照合は東京の歯科医の調査を待たなければ、最終確認にいたらない。それまで遺体は冷凍保存してあるが、身元が確認できれば、ただちに荼毘《だび》に付《ふ》して遺骨を遺族に引き渡す運びとなる。

「ご親戚とか、これから先、面倒を見てくれる人はいないの？」

「遠い親戚はありますけど、ぜんぜん付き合っていないんです。父が嫌って——というよりか、父が嫌われていたのかもしれませんけど。ですから、今度も親戚にはどこにも知らせないで来ました」

「学校の先生には知らせたの？」

「いえ、学校はいま夏休みだし、そういうひまはありませんでした」

「だけど、浅見さんには知らせたんだね」

「ええ、浅見さんは父のたった一人のお友達ですから」

「ふーん、そうなのか……それで、これから先のことだけど、身の振り方を考えないといけないなあ」

「身の振り方っていいますと？」

「つまりじゃね、差し当たり、どこで暮らすのかが問題になるだろう。親しい親戚がいないとなると、厄介《やっかい》な問題だよ、これは」

「それは、いまの家で暮らします」

「いまの家って、お宅は持ち家なの？」

「ええ、ローンはいっぱい残ってますけど、父の保険がかかってますから、たぶんもう払わなくてもいいはずです。父がよくそう言ってました。おれが死んだら、この家は可奈の物だからな――って。それと、ほかにも生命保険に入っていて、私が大学を出るくらいまでは生活できるくらいあるそうです」

「ふーん、そこまで考えていてくれたちゅうわけか。立派なお父さんじゃね」

才賀はふと、自分の家族のことを考えた。いまおれが死んだら、あの者たちはどうするのだろう――。

「じゃあ、それはいいとして、そうは言っても、あんたはまだ子供だからね、一人で暮らすとなると、なかなか大変だ。差し当たり、お父さんのお葬式のことだとかもあるし、身近に保護者や相談相手がいないとね」

「ああ、そういうことでしたら、浅見さんに相談して決めます」

「そうかね、浅見さんで大丈夫かね」

「ええ、信頼していますから」

「信頼ねえ……」

その信頼すべき浅見は、いまごろ杉岡警部と彼のスタッフによって、ギュウという目に遭《あ》わされているに違いない。その様子を想像すると、才賀は浦本可奈以上に心細くなってくる。まさか――とは思うが、ひょっとして浅見が属優貴雄殺害の犯人であったりしたら、いったいこの娘はどうなってしまうのだろう――。

そのとき、ドタドタと階段を踏み鳴らして杉岡警部が駆け降りてきた。一階で執務中の署員全員の目が、杉岡に集中した。

「才賀君、才賀君、きみ、大変な男を連れて来てくれたもんだね」

才賀目掛けて走りながら言っている。才賀は驚いて、「えっ」と立ち上がった。

「じゃあ、やっぱりあん男が本ボシだったのですか？」

「本ボシ？　何をアホなことを言っているんだ。そんな呑気《のんき》なことを言っている場合じゃない。とにかく来てくれ」

杉岡は才賀の腕を摑んで引っ張った。才賀は可奈に「ちょっと待っちょいちょくれ」と言うのが精一杯《せいいっぱい》だった。

階段の踊り場まで行くと、杉岡は声をひそめて言った。

「いま警視庁から連絡があったのだが、あの男——いや、浅見さんちゅうのは、警察庁の浅見刑事局長の弟さんだそうだ」

「えーっ……」

肺の中の空気を全部吐き出して、しばらくは息が止まった。

「……本当ですか？」

「嘘ついてどうする。間違いないようだ。しかも、東京方面では、ちょっと知られた私立探偵で、しばしば警察の捜査に協力しておられるという。こいつはちょっとまずいことになった。きみは昨夜、浅見さんを留置場にぶち込んだということだし、それはいさか職権濫用《しょっけんらんよう》だったたな。下手すると責任問題になるかもしれん」

「待ってくださいよ。自分はぶち込んだわけじゃないです。浅見さんが勝手にお入りになったのでして」

「そんなばかな言い訳が通用すると思うのかね。どこの誰が、自分から進んで留置場にお入りになるものか」

「しかし、事実そうなのですから……」

「まあいいから、とにかくあとのことはきみに任せるからね。謝ってすむこととは思わないが、このさいは、平謝りに謝るっきゃないだろう」

たしかにそれ以外に方法はなさそうだ。才賀は覚悟を決めた。

取調室の中では、浅見は刑事の監視つきできちんと姿勢を正して坐っていた。

杉岡警部は「ははは」と意味もなく笑い、両手をこすりあわせた。

「どうもどうも、お待たせしてすみませんねえ。私はちょっと野暮用《やぼよう》が出来ましたので、才賀君が代わってお相手をします。なにぶんよろしくお願いしますよ」

そう言うと、怪訝《けげん》そうな部下を「おい」と促《うなが》して、そそくさと取調室を脱出した。

「変わった方ですねえ。よっぽどお忙しいのかな。まだ訊問の途中なのに」

浅見は驚いた目で、杉岡の消えたドアを眺めている。

「訊問……したんですか？」

才賀は恐る恐る訊いた。

「ええ、なかなかきびしい訊問でした。あの警部さんは、過去に相当なワルを相手にしてきてますね。マル暴関係の捜査に長く従事しておられたのではないでしょうか。最初から完全な被疑者扱いで、高圧的にキリキリ締め上げるタイプです。それとも、大分県警ではそういうのがふつうなのでしょうか」

「とんでもない！」

才賀は大分県警の名誉に関わる——とばかりに、強く否定した。

「杉岡警部のは特別です。おっしゃるとおりマル暴関係の事犯《じはん》に関わっていた、一種の後遺症のようなものでして、自分らはあくまでも人権尊重主義です」

「そうでしょうねえ、姫島駐在所の中島さんもとても人情味ゆたかな方でした。さて、それじゃ訊問のつづきをどうぞ」

「いや、それはもうよろしいです」

才賀は苦笑したが、心中《しんちゅう》は穏《おだ》やかでなかった。杉岡が言っていたように、素直に謝る気にはとてもなれない。

「浅見さん、あなたは浅見刑事局長さんの弟さんだそうですなあ」

「えっ……」

とたんに浅見は、自供寸前の被疑者のような顔をして、体を縮めた。

「そうだったのですか、それで警部さんの態度が急変したのですか……すみません、隠すつもりはなかったのですが、なかなかお話しするチャンスがなくて。どうもお手数をおかけして申し訳ありませんでした。ひとつ、このことは兄にはご内密にお願いします」

「いや、そんな……」

謝るべき相手に先手を取られて謝られて、才賀は困惑した。

「こっちこそあらぬ疑いをかけて、あんなところに一泊させるようなことになって、申し訳ありません」

「いえ、あれは助かりました。ホテル代に朝飯代……あ、そうだ、朝食代を中島さんに払わなければなりません」

「ははは、そらまあ、いいでしょう」

浅見の真剣な顔を見て、才賀はようやく笑う余裕ができた。とたんに、この風来坊《ふうらいぼう》のようなルポライターが好きになった。

「浅見さんは私立探偵としても有名だそうですな」

「とんでもない、僕はあくまでもフリーのルポライターで、職業柄、ときどき事件に遭遇することがあるというだけです。今回も、たまたま姫島に取材に来ていて、属さんに会っただけなのに、思いがけなく殺人事件に巻き込まれたのです」

「なるほど。それはわれわれにとっても好都合《こうつごう》です。ぜひ捜査にご協力願いたいものやなあ」

「ほんとですか？　動き回ってもかまいませんか？　いやあ、それはありがたい……が、ただしこれはあくまでも兄には内緒にしておいてください。お願いします」

「ははは、いいです、大いにいいです」

才賀はまた笑って、「そうじゃ」と思い出してドアを指さした。

「浅見さん、下で浦本可奈さんが待っていますから、行きましょう。あん子は浅見さんを頼りにして、今後のことをいろいろ相談するつもりのようです。それは浅見さんのほうは了解しておられるんですか？」

「そうですか、そう言ってくれてますか。もちろん僕のほうもできるかぎりのことはするつもりです……といっても、僕自身、居候の身ですから、可奈さんを引き取るというわけにはいきませんが……」

「いや、そのことは、あの子は一人でやってゆく気だそうですよ。家のローンは父親の保険でチャラだし、今後の暮らしも父親の生命保険があるので、なんとか大学まではやっていけると言ってます。しっかりした娘さんやなあ。うちんガキと較《くら》べると、情けなくなります」

二人が下りて行くと、可奈は顔いっぱいに安堵《あんど》の色《いろ》を浮かべて駆け寄った。

「大丈夫だったんですね、浅見さん、釈放されるんですね」

「えっ、釈放？……」

才賀は苦笑し、浅見と顔を見合わせて、声を上げて笑った。

そのとき署長が玄関を入って来た。才賀の顔を見るなり、「才賀君、例の被疑者はどうした、ゲロしたかね」と怒鳴った。それからすぐに、浅見と可奈の存在に気づいて、ばつの悪そうな顔になった。才賀は署長の耳に口を寄せて、「被疑者」の身元について報告した。署長の豹変《ひょうへん》ぶりは、杉岡警部のときとそっくりだった。

「いやあ、そうでしたか、浅見刑事局長さんの弟さん……そうでしょう、そうでしょう、自分もひと目見て、そうじゃないかと思っとったのです。面差《おもざ》しがですな、先ごろテレビで拝見した局長さんと、どこか似ておいでですのでなあ。そうしますと、今回のご出張は局長さんの特命を受けての……」

「とんでもありません」

浅見はびっくりして署長の前に手を広げ、はげしく交錯《こうさく》させた。

「兄とはまったく関係のないことです」

「あ、いや、分かりました。それ以上はおっしゃらなくても、むろん承知しております。あくまでも隠密裡《おんみつり》にというわけですな。よく弁《わきま》えて、全署員に徹底させます。しかし、折角のお越しですから、お一人だけ、ぜひとも本官にご紹介させていただきたい」

「はあ、どなたでしょうか？……」

「まもなく、こちらにご到着されます」

署長の言葉が終わらないうちに、国東町長に先導された三宅豪太郎が玄関に入った。全署員がいっせいに起立して出迎えた。署長は浅見を引き連れ、得意げに三宅に引き合わせた。小声なので、才賀の位置からはよく聞き取れないが、どうせ、刑事局長の特命を受けて事件捜査に協力する——といったことを吹き込んだにちがいない。

「ほう、浅見局長の……」

三宅副総裁は白毛の伸びた眉の下から、浅見をじっと見つめて、おもむろに近寄り、握手を求めた。

「お兄上には、日頃から何かとお知恵を借りておりますよ。じつは、姫島はわしの故郷でしてな。しかも被害者はわしの幼なじみのゆかりの者じゃ。この度の帰郷は、ひとつにはその成り行きが気になって参ったのだが、どうも捜査は思ったように進展しとらんということです。あなたにご協力願えるということであれば、まことに心強い。存分にお知恵を貸してやっていただきたいものです。むろん、必要とあれば、わしにできるかぎりの便宜《べんぎ》は図《はか》らせていただきますよ。なあ署長さん」

「もちろんであります」

署長はしゃっちょこばって答えた。

5

昼少し過ぎ、浅見は可奈を連れて姫島に戻った。父親の身元照合の返事が届くまでは東京に帰らない——と可奈は決めたようだ。それに、父親の遺体が発見された海をもういちど見たいという。姫島に着いた夜、才賀に連れられて海岸を訪れたが、暗い海と、おぼろげな砂浜しか見えなかったそうだ。

南浦の海岸は白い砂浜に、色とりどりのビーチパラソルの花を咲かせ、大勢の海水浴客が散っていた。目の前を派手な水着姿の女性たちが、嬌声《きようせい》を上げて走って行った。親子連れも多い。可奈と同じ年代の少女もいる。二日前の夜、ついその目と鼻の先に、父親の骸《むくろ》が流れ着いたことを、可奈はどのような思いで自分に納得させているのだろう。

「行きましょうか」

可奈はクルッと向きを変えて、港へ戻る方向へ歩きだした。涙は見せていない。不思議な子だ——と浅見はあらためて思った。

港の前の広場は、けさとは比べ物にならないほど閑散としたものだ。姫島の盆踊りは十四日から四日間、中の十五、十六日に名物のキツネ踊りが出るが、きょう十七日はもう最終日で、引き潮のような寂しい気配が忍び寄っている。

それでもラ・メールは、土産物を漁《あさ》る客で賑わっていた。ほとんどの客は連絡船の次の便に乗るのか、客たちは慌《あわ》ただしく買い物をすませ、慌ただしく去って行く。中瀬古夫婦ともう一人、浅見の知らない、たぶんアルバイトらしい女性が、ひっきりなしに品物を包み、金の受け渡しに忙殺《ぼうさつ》されている。

「あっ、浅見さん」

ようやくひと区切りついたところで、中瀬古大志が先に気づき、芳江夫人がびっくりして「あれまあ」と大声を上げた。客の応対をしながら、一別以来の挨拶を交わし、手空きになった大志が奥へ案内した。

「こちらんお嬢さんは？」

まさか隠し子と思ったわけではないだろうけれど、少し心配そうに、浅見と可奈の顔を見比べた。

「じつは、一昨夜、南浦で亡くなった人の娘さんなのです」

浅見はそう言い、浦本智文と自分との関係やこれまでの経緯を説明した。大志は「そうやったんかぇ」と痛ましそうに眉をひそめ、「それはそれは、なんちゅうていいか……」と、可奈に向かって頭を下げた。遅れてやって来た芳江も事情を知ると、同じように泣きそうな顔になって、「ほんとまあお気の毒に、気ィを落とさんでなあ」と励ました。

「ありがとうございます」

可奈は丁寧に礼を言った。その健気《けなげ》さがまた、中瀬古夫婦を辛《つら》くさせたようだ。

「うちの朝子より、よっぽどしっかりしちょるなあ」

「朝子さんはどちらですか？」

浅見は訊いた。

「宇佐《うさ》まで商品の仕入れに行ってもろてます。夕刻までには帰りますが、浅見さんはきょうはお泊まりでしょう？」

「ええ、泊まります」

「またホテル新海ですか？」

「いえ、あそこは鬼門《きもん》ですから。今夜は三宅代議士の紹介で、属さんのお宅に泊めていただくことになりました」

「えっ、本庄屋さんにですか？」

中瀬古夫婦は顔を見合わせた。朝子を挟んでトラブルがあったというのに、よりによって殺された属優貴雄の家に泊まるのは、彼らには信じられないことなのだろう。

「いろいろ、属優貴雄さんの人となりや、交遊関係などを、ご遺族の方々に訊いてみるつもりです」

「はあ……というと、浅見さんは事件のことを調べはるつもりですか？」

「ええ」

「ええっち、警察かて埒《らち》があかんいうちょるんに、浅見さんが調べてん、どげもならんのとちがいますか？」

「そうかもしれませんが、じつは警察の事情聴取を受けましてね、このままでは腹の虫が収まらない気分なのです」

「えっ？　警察は浅見さんに事情聴取をしよったのですか？」

「ええ、属優貴雄さんとトラブルがあったのを、ホテル新海のおばさんが告げ口したらしくて、あやうく逮捕されるところでした」

笑いながら言ったのだが、中瀬古は険《けわ》しい目をして憤慨した。

「あほらしい。それやったら、私と家内が事件の翌朝、東京で浅見さんに会うとるいうことを証明したのですよ。いや、うちとこにも刑事が来まして、優貴雄が浅見さんにイチャモンをつけに行ったいうて、疑っちょるようなことを言うさかい、そんなことはありえないと言うたのです。浅見さんには立派なアリバイがある言うてですね。まったく、警察のアホどもは何を聞いちょったんやろか」

「はははは、まあまあ、そう怒らないでください」

浅見はかえって中瀬古を宥《なだ》めた。

「警察というのはそういうところなのです。しかし、おっしゃるとおり、東京でのアリバイがあったおかげで、なんとか無罪放免になりましたから、もう心配いりません。むしろ乗り掛かった船で、こうなったら、事件の真相を探ってやろうと思いましてね」

「真相って……そやけど、そんなことができますのか？」

「はははは、一介の素人に——とお思いでしょうが、しかしこう見えても僕にはちょっとした探偵なみの才能があるのです。それに、警察が手を焼いているような難事件となると、ますます好奇心と闘志が湧いてきて、妙に頭が冴《さ》え渡《わた》るのですよ」

中瀬古夫婦が呆れて、忠告をする表情で同時に口を開きかけたとき、店先から女性が悲鳴のように「すみませーん」と呼んだ。店がまた忙しくなってきたらしい、浅見はそれを汐《しお》に立って、「またお邪魔させていただきます」とラ・メールを辞去した。

その足で駐在所に寄った。中島巡査部長は巡回から戻って、西瓜《すいか》にむしゃぶりついているところだった。「やあ、ちょうどいいところに来たなあ」と、夫人に西瓜の追加を命じてくれた。

「いやあ、聞きました。浅見さんは刑事局長さんの弟さんじゃそうですなあ」

またその話になったので、浅見は急いで手を横に振った。

「はいはい、そのことも分かっちょります。すべて隠密裡《おんみつり》にいう指示が出ちょります」

「いや、そういうことでなく、ほんとうに兄とは関係がないのです」

浅見が真剣に言っても、中島は「はい、分かっちょります」と、心得顔である。

「ところで、浦本さんの件ですが」

浅見はかたちを改めて言った。

「事故に遭遇《そうぐう》したときの状況は、まったく分かっていないのだそうですね」

「そうです、まったく分かりません。あん日は台風の影響で大雨が降った日でして、海岸べりにはほとんど人が出ちょらんかったのです。したがって目撃情報も、浦本さんらしい人を見かけたちゅう話も、いっさい出てきておりません。ほんまに申し訳ない」

中島は可奈に対して頭を下げた。可奈は驚いて、「いえ、こっちこそ、ご迷惑をかけてすみません」と詫びた。

「いやあ、しっかりした娘さんじゃなあ」

中島は感心している。

「それにしても、どこかに遺品があると思うのですが、浦本さんはその日、宿泊はしなかったのでしょうか？」

「それなんです。自分も含めて、同僚数人と調べて回ったのやが、姫島の民宿、旅館、ホテル等、どこにも浦本さん、または浦本さんらしき人が泊まったような形跡はありません。連絡船関係や飲食店等も聞き込みをつづけちょりますが、いまんところ、該当するような情報は皆無です」

「事故から遺体が漂着《ひょうちゃく》するまで、三日ほどかかっているようなのですが、どうなのでしょう、姫島以外の場所で遭難したという可能性はありませんか」

「それはむろん考えられんこともありません。ただし、海に転落した場合、いったん海底に沈んで、二、三日経って浮き上がってくることはよくありますので、いちがいには決められんのですな」

「姫島には転落するような場所は、あちこちにあるのでしょうね」

「ありますなあ」

中島は国土地理院《こくどちりいん》の二万五千分の一の地図を広げた。地図名は「姫島」そのものだ。だだっ広い周防灘《すおうなだ》の中に、姫島が浮かび、その左下の隅にわずかに国東半島の突端部分が覗く地図である。

「まあ、島内六カ所にある港の岸壁もそうじゃけど、観音崎付近、達磨山《だるまやま》の先の岬、丸石鼻《まるいしばな》、ハイタテノ鼻、それと灯台のある柱ヶ岳鼻の岬は、どこも断崖があります」

指先で要所要所を示しながら説明した。可奈は身を乗り出して、指が動くたびに、その場所をひとつひとつ見つめていたが、「やっぱり違います」と言った。

「父はそんな危ない場所には行かないはずです」

「ほう……」

中島は少し鼻白《はなじろ》んだように、身を引いて可奈を眺めた。

「可奈さんは、お父さんは海が嫌いだったから、そんな危険な場所に行くはずがないという考えなのですよ」

浅見は補足して説明した。

「なるほど……けど、海に転落して亡くなったちゅうのは事実やからなあ」

「だったら、誰かに無理やり突き落とされたのかもしれません」

「ん？　突き落とされた……」

反射的に、中島は浅見を見た。浅見は身じろぎもせずに、微笑を浮かべた目で、中島を見返した。暗に可奈の考えを肯定する意思が込められている。

「突き落とされたちゅうと、つまり殺人事件ちゅうことになるが、たしかあんた、警察の者に事情を聴かれたときに、お父さんには人に恨《うら》まれるようなことはないと言うたんやなかったかな?」

「ええ、そう言いましたけど、だからって殺されたのではないとは言ってません。私がそう言ったからって、それだけで事故で死んだって決めてしまうなんて、警察は単純すぎると思います。強盗に襲われたっていうことだって、あるんじゃありませんか。それに、やっぱり、どう考えても海嫌いの父が、危険な海岸に行ったというのはおかしいんです。どこにも泊まってないというのも変だし、もしかしたら、姫島にも来ていないんじゃないでしょうか。きっとそうですよ。船の上から突き落とされたのかもしれませんよ」

可奈は早口で一気に喋った。中島は目を丸くして、「驚いたなあ、いや驚きました」と言い、チラッと浅見に視線を走らせた。あんたが入れ知恵をしたんじゃないのか?

――という目である。

「可奈さんのお母さんは海で亡くなったのだそうですよ」

浅見はその視線に応えて、言った。

「お父さんの海嫌いはそのせいだと、可奈さんは言っているのです。それに、最近の浦本さんは、仕事で日出生台のほうには行っていたようですが、姫島へ行くという話は、僕も聞いたことがありません。もしその予定があるのなら、僕が姫島に来たことを知っているのですから、当然、その話をしてもよさそうなものです。やはり可奈さんの言うとおり、浦本さんは姫島には来ていなかったかもしれない。だとしたら、来島した形跡がなくても不思議はないでしょう」

「うーん……」

中島は唸《うな》った。

「そげなんと、警察の対応を根本的に見直す必要がありますなあ。たしかに、状況判断が早すぎた感じはあるのですが、しかし、雰囲気からいうと、やむをえなかったちゅうことも言えるのでありまして……」

「分かります、分かりますよ」

浅見は中島の苦衷《くちゆう》を察《さつ》して慰《なぐさ》めた。警察はときとして安直《あんちよく》な方向で方針を定めてしまうようなことがある。自殺、他殺、事故死の選択肢《せんたくし》の中から、事故死を選ぶのは、作業としてはもっとも安直な途《みち》である。お盆休みのくそ忙しいときに、厄介な仕事を背負い込んだという意識が働いたかもしれない。そこへもってきて、娘が「恨まれるようなことはない。自殺するわけもない」と断言してくれたのだから、これ幸いとばかりに

「事故死」の線に結論づけてしまったのも頷ける。

「姫島へ来てなかったとすると、浦本さんがどこへ行っていたのかが問題ですな」

中島駐在は難しい顔で腕組みをした。

ガラス戸が開いて、暑い空気と、「駐在さんよ」という暑苦しいダミ声と一緒に、でっぷりした中年男が入ってきた。

「いやあ、こん中は涼しいなあ」

見知らぬ二人の客を珍しそうに見ながら、手にした定期券を差し出した。

「これを拾ったけん、預かっといてくださいや。どこぞの学生じゃ思うが、名前も入っちょるし、すぐに調べがつくじゃろ」

「またかい、それはご苦労さん。そしたら名前を書いちょってくれんかなあ。謝礼をもらえるかもしれんし」

「ははは、そげなもんいらんで、わしは」

男は手を振って、また暑い外へ戻って行った。

「しょうがねえな」

中島は勝手に用紙に男の名前を書いて、テープで定期券入れに貼《は》り付《つ》け、「拾得物」とネームを貼ったスチールキャビネットの扉を開けた。中には入りきれないほどの拾得物が詰め込まれている。

「ずいぶん多いんですね」

浅見は驚いた。東京の拾得物の多いことは知っているが、こんな小さな島で、しかも乗り物もないようなところである。

「ふだんは少ねえんじゃが、夏休み中はめちゃくちゃ多いですよ。それも、イチゲンの観光客じゃから、あとで取りに来るちゅうことがほとんどないのです。ここには小物ばつかしじゃが、奥にはビーチパラソルじゃとか、ゴムボートまで保管してあります」

定期券入れを棚に置いて、扉を閉めようとしたとき、可奈が「あっ」と叫んだ。二人の男がドキッとするような、悲鳴に近い声であった。

「それ、父のカメラ……」

右手指を突き出し、左手で大きく開いた口を押え、飛び出しそうな目でキャビネットの中の一点を見つめている。

「えっ？　こんカメラが？」

中島はうろたえぎみに、中段の棚にあったカメラを取り出した。ひと目でそれと分かるキヤノンの高級機である。

「これがお父さんのカメラなの？」

浅見も声が上擦《うわず》った。

「ええ、そうです。ショルダーベルトに黄色いリボンが結んであるでしょう。それは、父のラッキーカラーで、私が……」

結びました――という言葉が、唇の裏側で途切れた。いっぱいに見開いた目から、涙があふれてきた。

中島の差し出したカメラを、可奈がいとおしそうに受け取ろうとしたとき、浅見は「ちょっと待って」と言った。

「それ、指紋が残っているかもしれない。大事に扱ったほうがいいでしょう」

「あ、そうやったなあ」

中島も気がついて、ベルトをぶら下げ、そっとデスクの上に置いた。

「しかし、だいぶん大勢の手が触ってますのでねえ。おそらくもう、指紋の採取は無理やろなあ」

首を振り振り、カメラにテープで貼りつけた記録票を読んだ。

「届け出たのは、海の家の尾崎三枝子《おざきみえこ》ちゅうおばさんじゃけど、拾ったのは余所から来た観光客で、海岸で拾ったとか言うて、今日の午前十時過ぎごろ、海の家のおばさんに預けて、そのまま行ってしもうたちゅうことです。したがって、正確には拾得した時間も場所も特定でけんのでして……だが浅見さん、このカメラが姫島に落ちてたちゅうことは、浦本さんはやっぱし姫島に来ちょったちゅうことになるんとちがいますか？」

「そう、ですね……」

浅見は憮然《ぶぜん》として頷いた。可奈も当惑した目で、浅見を振り仰いだ。可奈が頑強に否定し、浅見もそれをほぼ確信できた仮説が、いっぺんで崩れてしまいそうだ。

「パパは何を撮影したのかしら？」

可奈がぼんやりした声で呟いた。いわば父親の「絶写」となるフィルムに、どんな風景が写っているのか、まるで遺書をひもとくような思いがあるのだろう。

「とにかく急いで鑑識に送って、現像してもらうようにしますよ」

中島はカメラを証拠物用のビニール袋に入れた。

「その場合、中のフィルムケースからも指紋を採取するよう、忘れないでください」

浅見は念のために注意した。中島はうっかりしていたらしく、「あ、そうやな、忘れんごとせんと」と言い、袋に「中身も指紋を採取すること」とマジックで書いた。

第四章　本庄屋《ほんしようや》の人々

1

本庄屋の属家はすでに三宅副総裁からの連絡を受けていて、突然、舞い込んだような、見知らぬ客を歓迎してくれた。明日までは造船会社もお盆休みとかで、社長であり、本庄屋の事実上の当主である直樹も在宅していて、玄関に出迎えた。

「三宅先生からうかがっております。浅見さんは刑事局長さんの弟さんだそうで、まことに心強い。ぜひとも優貴雄の事件を解決していただきたいものです」

「はあ、僕もそのつもりでおりますが、警察の組織力をもってしても、なかなか難しい事件だそうで、お役に立てるかどうかは分かりません」

浅見は謙遜《けんそん》してそう言ったが、本心はいつだって負ける気はしていない。

通された客間には、まだリハビリ途中の蔵吉も挨拶に現われ、家族全員とひととおり顔合わせした。大阪と神戸の大学に行っている芳樹と環の兄妹も帰省《きせい》していた。才賀に聞いたところによれば、この二人は優貴雄の葬儀の日から姫島に戻って来ているのだそうだ。

直樹の妻の佳那子は、可奈と名前が似ているのを面白がって、呆れるほど笑った。環は可奈を「可愛い」と言い、自慢のCDを聴かせると、自分の部屋に誘った。芳樹は浅見のルポライターという職業にいたく興味を惹《ひ》かれたらしい。いつまでも客間に残って、どうすればルポライターになれるのか、収入はどれくらいあるのか——といった質問を、矢継ぎ早に浴びせたり、浅見の体験談を聞きたがった。

浅見はなんとも意外な気がした。つい一カ月前に不幸な事件があったというのに、この家に漲《みなぎ》っている陽気な雰囲気は、いったい何なのだろう？

兄妹だけでなく、両親の直樹、佳那子も、それに祖父母の蔵吉、美代夫婦も、なんだかまるで慶事《けいじ》でもあったように明るく、穏やかに見える。そのことを言うと、芳樹は「ははは」と愉快そうに笑った。

「それはそうですよ、この家の癌《がん》みたいな叔父がいなくなったんですからね」

さすがにいくぶん声をひそめたが、どうやら、それが属家の人々の本音のようだ。

「じつは、僕も妹も、ことしの夏は帰省せんつもりでおったのです。あの叔父のいる家には、戻りたくなくてですね」

それが事態が変わって、楽しい夏休みになったということか。あの優貴雄の疫病神《やくびょうがみ》そのもののような印象からすれば、それも分からないではないけれど、身内の者たちすべてから、そこまで疎《うと》まれた優貴雄が憐《あわ》れで、浅見は索漠《さくばく》とした気分であった。

属家は浅見と可奈のために、襖一枚隔てただけではあるけれど、二つの小座敷を提供してくれた。浅見のためには、執筆ができるようにと、座卓も用意してある。

浅見がひさびさの畳の部屋で、大の字になって寛《くつろ》いでいるところに、直樹が「お邪魔ですかな」と訪れた。

「いえ、どうぞ」

浅見は慌てて起き上がり、直樹を部屋に招じ入れて、座卓を挟んで坐った。

「警察は優貴雄の事件をどれくらい調べちょるんか、浅見さんはご存じないですか」

直樹は探るように言った。

「ある程度は教えてもらってきましたが、まったくの手掛《てが》かり難《なん》らしいですね。県警の杉岡警部は暴力団関係の犯行ではないかと思っているようですが」

「ああ、私もそれはそんとおりじゃと思いますよ。優貴雄の車からコカインが発見されたちゅうことじゃやし、何かそういう関係のトラブルに巻き込まれたんやろ、思いよるん

「暴力団絡みとなると、犯人を割り出すのはかなり難しいでしょうね。しかし、僕は必ずしもそうだとは思いません」

「ほう、それはまた、どういうことで？」

「警察自体、その点は不思議だと言っていることですが、事件当日、姫島に暴力団関係らしい人物は、ただの一人も目撃されていないというのです。それは稲積地区の人々もそう言っているし、事件直前に現場近くにいた観光客も、周辺には優貴雄さんのほかには誰もいなかったと言っているそうです」

「そんことやったら私も聞きました。灯台下の駐車場におった観光客のアベックを、優貴雄が邪魔やから立ち去れちゅうて、追い払ったちゅうのですな。なぜそんなことをしたかちゅうと、優貴雄がヤクザと麻薬の取引か何かをするために、他人がいては邪魔じゃったのではないか、思うのです。それに、暴力団らしい者が目撃されてないちゅうのも、近ごろのヤクザはインテリヤクザちゅうのか、一見した感じではちっともヤクザっぽくないのが多いのとちがいますか。このところ総会屋の事件が騒がれちょりますが、企業に食い込んどるヤクザには、ちょっとした商社マンみたいなのもおりますのでな」

浅見は直樹の表情を読んだ。

「そうおっしゃるのは、何か心当たりがあるのですね？」

「は？　いや、私はそうは言うちょらんですがね。まあ、ふつうの人間がごと見える者でも、そうそう油断がでけん世の中やちゅうことですよ」

「たとえば、笠原氏などはどうでしょうか。あの人は裏社会の人間とも付き合いがあるという話も聞きましたが」

「ほう……ちゅうと、警察は笠原をマークしちょるいうことですか」

「表向きはそうは言ってませんが、優貴雄さんとの関係などから見て、何かトラブルが発生する要素を持った人物の一人と見ていることは確かのようです」

「ふーん……警察がそげん言うちょるのなら、私からも言いますが、じつは笠原ちゅう男は、かつては本庄屋の恩恵で生きとったような人間です。それが時流に乗ったちゅうのか、いまや県北部ではトップのデベロッパーにのし上がった。もっとも、実質的な資金源は、大型パチンコ店を国道10号沿いに展開したことによるものであって、一説によると、脱税はもちろん、例のプリペイドカードを悪用して数十億の不正な利益を得ているちゅうことです。そこからのアガリを政治家に貢ぐ一方、警察OBや暴力団を抱き込む資金に使うている。その笠原がうちの造船所を乗っ取って、中津川《なかつがわ》河口付近で何かをしようと企んだのは、なんとか叩きつぶしてやりました。そうしたら、今度は優貴雄を手先にして、姫島に拠点《きょてん》を作ろうちゅう計画を思いつきよった」

「たしか、稲積地区に車エビの養殖場を作るとかいう話ですね」

「それはあんた、アドバルーンです」

「アドバルーン？」

「私に言わせれば、詐欺《さぎ》に等しい。笠原が車エビみたいな効率の悪い事業に資金を投下しますかいな。やつの本心はべつのところにあると私は睨んどりますよ」

「車エビではない、ほかの事業をやろうということですか？」

「そうです」

「それは何ですか？　たとえばリゾート開発のようなものでしょうか？」

「たぶんそうでしょう。というのは、私の息のかかった者が、笠原のところで見取り図のようなものを見たと言うちょるのです。その見取り図に示された場所は稲積でなく、島の北側――丸石鼻と両瀬《もろせ》漁港のあいだだったそうです」

「あの辺はたしか、集落も何もない、岩礁《がんしょう》ばかりの海岸ではなかったでしょうか？」

「そんとおりです。いわば手つかずの地域ですよ。笠原の真の狙いは稲積ではなく、そこだったたちゅうわけですな。その海岸線を掘削《くっさく》して、岸壁や港湾施設等を整備する――そういう図面だったそうです。そんなところに妙なものを作られたら、環境は悪化するし、ただでさえ不安定な姫島の車エビ養殖は潰滅《かいめつ》的な打撃を受けることになる。優貴雄はそれを知らんと、笠原に指示されるまま、島の人たちを説得しちょった。そして笠原に騙《だま》されたことに気づいたので、反抗したちゅうことは十分、考えられます」

「その結果、消されたということですか」

「いや、これもまたひとつの憶測にすぎませんけどな。あるいは、こんなことは考えたくもないのじゃけど、笠原の謀略を摑んだ優貴雄のほうが笠原を脅《おど》したちゅうこともありえます。優貴雄は父親に勘当《かんどう》同然の扱いを受けておったので、小遣いにも不自由しちょって、ご承知かこつ、麻薬の密売にも手を出しよるがごとき状況じゃったよってですね。それで、何かおいしい話をチラつかせられて、あの場所におびき出されたんではないでしょうか」

「なるほど……」

浅見は笠原という男と、その両脇に従っていたボディガードらしき二人の男の顔を思い返していた。

「笠原氏には、おそらくヤクザ上がりと思われるボディガードがついていますが、あの二人の男は姫島の人間には面が割れているでしょうね」

「ああ、あの二人は知らん者がおりません。けどそんなもん、笠原にはいのち知らずの鉄砲玉のような手先がなんぼでもおりますよ。警察はなんでもっと早く、笠原のところのそういう連中を追及せんのか、もどかしゅうてならんです」

直樹は憤懣《ふんまん》やるかたない——という顔をした。

「しかし……」と浅見は首をひねった。

「どうもよく分からないのですが、麻薬でも恐喝でも、かりにそういう秘密の取引めいたことをする目的だったとすれば、かなりの危険を伴うでしょう。にもかかわらず、優貴雄さんが人気《ひとけ》のない灯台のあの場所に、無防備でノコノコ出かけて行ったというのが不思議ですねえ。しかも、わざわざ自分で目撃者を追い払っているのですから」

「優貴雄には、そういう間抜けなところがあったのですな」

直樹は死んだ義弟を憐れむような、歪んだ笑みを浮かべた。

「そうでしょうかねえ。僕なりの意識で考えると、何か安全な条件があったからこそ、優貴雄さんは単身、あの場所へ出向いたような気がするのですが」

「安全な条件いいますと？」

「いや、分かりませんが、たとえばごく親しい人物と会うとか、です」

「そやから、親しい人物ちゅうと、優貴雄の仲間ちゅうことになりませんか。つまり、笠原の手先ですな」

「そうですねえ、そうなりますか……」

浅見はしばらく躊躇《ためら》ってから、少し頭を低くして、言った。

「ひとつ、失礼な質問をさせていただいてもよろしいでしょうか？」

「どうぞ、何なりと。かりに私を含め、わが家の者たちを疑うようなことでも、決して気を悪くしたりはせんです。警察にもいちおう、事情聴取を受けましたしな」

「あ、そうおっしゃっていただくと助かります。たしかに、属家の方々はみなさん、優貴雄さんのことを憎んでおられたようで、そういう意味から言うと、どなたも優貴雄さん殺害の動機を持っていることになります。その点について、警察はどんなふうに訊問し、どのように答えられたのでしょうか？」

「簡単に言えば、当日のアリバイを確認したようなものでしたな。私はその時刻――優貴雄が殺されたころには、ちょうど連絡船に乗っておったところです。七時四五分に伊美を出る船で、八時十分ごろに姫島港に着いて、そのまま自宅に戻りました。港や船内でも、それに自宅へ帰る道すがらでも、何人もの人に会うて、言葉を交わしております。自宅に着いたのは八時半ごろでしたかな。村長が待っとってくれて、一時間ばかり話し込みました。それっきり外には出んかったです。息子は尼崎に娘と一緒におったし、母と家内はべつに事情聴取の対象にもならんかったです」

「ありがとうございました。つまらないことを訊いて、申し訳ありません」

「なんのなんの、ただし、笠原の場合同様、誰か殺し屋に頼んで優貴雄を殺害させたちゅうことは可能なわけですのでな、そこまで疑われたら、お手上げではありますよ」

直樹は情けない表情で、声を立てずに笑った。


その後、浅見は外へ出た。環の部屋の前を通るとき、中から音楽の合間に兄妹と可奈の笑い声が聞こえた。ほんの束の間にもせよ、可奈に笑うゆとりが生まれたことで、浅見はなにがなしほっとした。

夕刻近くになって、外の気温は下がっていた。祭りはきょうで終わり。港へ急ぐ観光客の背が、心なしか寂しげに見える。

ラ・メールのお客も、昨日よりはずっと少なかった。店には中瀬古夫婦の代わりに、バイトの女性と朝子が出ていた。朝子は浅見の顔を見て、「あ、浅見さん……」と、ふいに潤《うる》んだような目になって、慌ててそっぽを向いた。

「あの、どうぞ奥へ」

背を向けて、そのまま奥へ行くドアを入った。浅見が後につづいて、座敷に上がるころには平静を取り戻していた。

「店に見えたことは聞いてましたけど、びっくりしましたよ。急に現われるんだもの」

照れくさそうに笑いながら、勝手にビールを運んできて、浅見が止める間もなくグラスに注いだ。

「両親はちょっと寄り合いに行っていて、すぐに帰ってきます。とにかく乾杯」

グラスを捧げて言い、さっさとビールを飲み干した。浅見もしかたなく、グラスに口をつけたが、朝子のように一気にとはいかない。だいいち、赤い顔をして帰ったら、属家の人たちはどう思うかと考えてしまう。

「本庄屋さんに泊まるのだそうですね。親たちが驚いていました」

「そうかなあ、僕としては理想的な宿だと思っていますけどね」

「つまり、虎穴《こけつ》に入《い》らずんば虎児《こじ》を得《え》ず――ですか？」

「ははは、鋭いことを言いますね。そうかもしれない……それで訊きたいのだけれど、殺された優貴雄さんと、本庄屋のお婿《むこ》さんの直樹さんとのあいだは、相当に険悪《けんあく》なものだったようですね」

「ええ、それは事実です。直樹さんがうちに来て、父や母にこぼしているのを聞いたことがあります。私はずっと東京だから滅多《めった》に会いませんでしたけどね。うちの父と同様、余所《よそ》から来たお婿さんだけに、島の人たちに相談するわけにもいかないし、ずいぶん苦労されたんじゃないかしら。十年ばかり前に優貴雄さんが警察に捕まってからは、お祖《じ》父《い》さんの蔵吉さんも直樹さんの味方になってくれたから、よかったけれど、それまではほんとに辛かったみたいですよ。それに、もし優貴雄さんが生きていて、お祖父さんが亡くなりでもしたら、財産のかなりの部分が優貴雄さんのところに行くことになるのでしょう。そうなったら本庄屋さんは破産するところだったっていう噂です」

「なるほど、すると、属家の人々——とくに直樹さんにとっては、きわめてタイミングよく、優貴雄さんが殺されたということになりますね」

「要するに、直樹さんに優貴雄さんを殺す動機があるっていうことでしょう？　でも、直樹さんにはアリバイがありますよ」

「ほう、直樹さんもそう言っていたけれど、あなたも証明できるのですか？」

「ええ、だってあの日、直樹さんと私は、同じ午後七時四五分の最終便で、伊美から帰って来たんですから」

「えっ、そうだったんですか」

「私は両親が午後五時五六分の『富士』に乗るので、宇佐《うさ》まで送って行って、宇佐でちょっと商品の仕入れをしたりして、七時半ごろに伊美に着いたんです。そしたら、フェリーに直樹さんの車も乗ってきて、それからずっと一緒でした」

「なるほど……」
朝子の「証言」は属直樹が言ったことを裏付けるものだ。
警察の最新情報によると、属優貴雄の死亡時刻は午後八時から九時までのあいだより
さらに狭く、午後八時から長くても三十分以内——というところまで限定されたそうだ。
属家の食事が午後七時前に終わっていて、胃の内容物の消化状態がさほど進んでいなか
ったことから、そういう結論が出された。だとすれば、直樹の犯行は物理的に不可能と
いうことになる。
「いまの話、直樹さんの話とぴったり一致しますよ」
「なあんだ、それじゃ、ご本人に聞いてきたんですか」
朝子は拍子抜《ひようしぬ》けしたように言った。
「ええ、ただし、彼は誰か殺し屋にでも頼めば犯行は可能だって言ってましたけどね」
「それは絶対にありえませんよ。直樹さんはそういう、暴力団みたいなのが大嫌いなん
ですから。だから優貴雄さんとうまくいかなかったんじゃないですか。そんなふうに疑
ったら、直樹さんに気の毒です」
朝子は我が事のように、むきになって主張する。中瀬古家の属直樹に対する好意を割
り引いて考えても、朝子の言うことはそのまま受け入れてよさそうだ。浅見はグラスを

目の上まで上げて、冷たい液体を喉《のど》に流し込んだ。久しぶりに爽快《そうかい》な気分が全身に染み渡るような思いであった。

2

中瀬古夫婦が戻る前に、浅見は属家に戻った。ちょうど夕餉《ゆうげ》の支度《したく》が整うところで、自分の部屋に落ち着く間もなく、可奈が「お食事ですって」と呼びに来た。もうすっかりこの家に溶け込んで、手伝い事もしていたらしい。

佳那子は「大したご馳走もできませんが」と謙遜《けんそん》したが、どうしてどうして、刺身と天麩羅《てんぷら》を中心にした、浅見にとっては大好物の海の幸が山のように並んでいる。さすがに姫島だけあって、車エビの天麩羅は歯ごたえも味も申し分なかった。

「昨日の留置場とは天地雲泥《てんちうんでい》の差《さ》です」

思わず言って、「えっ、留置場に入れられたんですか？」と芳樹が驚き、全員の目がいっせいに浅見の顔に集中した。

「ははは、そういうわけでなく、どこも満員だったもので、中島さんに頼んで留置場の中に泊めてもらったんです」

「へえーっ、浅見さんてすごく発想の自由な人間なんですねえ。羨ましいなあ」

芳樹は何にでも感心する。

「いいですね、大勢でお食事するって」

可奈はみんなの顔を見回して、しみじみと言った。それからふっと寂しい顔になって、涙をこらえるのが分かった。

「このエビ、可奈ちゃんが揚げてくれはったんですよ。環も少しは可奈ちゃんを見習うとええわねえ」

佳那子が気を引き立てるように、わざとはしゃいだ声を出した。

「そら無理だわね。だって可奈ちゃんは毎日お父さんのためにお料理をしてきたわけでしょう。私なんかぜんぜん、そういうチャンスがないもの」

環はそれに調子を合わせるように何気なく言って、「あっ」と口を押えた。「アホっ！」という冷たい視線が突き刺さった。

その気まずい空気を打ち破るように、玄関のチャイムが鳴った。訪問者は才賀警部補であった。

「あ、お食事中でありましたか。浅見さんにこれを渡してください」

紙袋に入った物を手渡して、そのまま引き上げようとするのを、直樹が「まあちょっとくらい、よろしいでしょう」と無理やり招き上げて、食卓につかせ、ビールを勧めた。

「いま船で着いたばかりですがね、浦本さんのカメラに入っていたフィルムの現像焼き付けができたもんで、なるべく早く浅見さんに届けよう、思うたのです。すんませんなあ、余計な者が闖入《ちんにゅう》してしもうて」

才賀は弁解がましく言って、紙袋の中から写真を取り出し、「全部で十六枚撮ってありました」と浅見に渡した。可奈はもちろん、全員の目が浅見の手元を覗き込む。

写真はカラーで手札サイズに焼いてある。どれも盆踊りの風景を写したものだ。被写体はとくにキツネ踊りが多い。フラッシュを焚いたスナップで、真っ暗な中に白いキツネ踊りが浮きだして写っている。素人目にも、あまり上等な作品とは言えない。最初の一枚を見た瞬間、浅見と可奈はほとんど同時に視線を合わせて、がっかりして首を振った。浅見はそれでも、お義理のようにパラパラとひととおり目を通してから、眉をひそめ、才賀に訊いた。

「フィルムはリバーサルでしたか?」

「リバー……何です、それ?」

「いや、浦本さんはプロの写真家ですから、たぶんモノクロフィルムか、それともリバーサル——いわゆるポジフィルムを使っていたと思うのですが、これはふつうのネガカラーを紙焼きしたものでしょうか？」

「そうですよ。ネガは置いてきてしまったけれど、われわれがふつうに使っておる、フジカラーでしたよ。プロでもフジカラーを使うことはあるのとちがいますか」

才賀は、自分の間違いを指摘されたとでも思ったのか、不満そうに頰を膨らませた。

「もちろんそうですが、しかしこれは誰が撮った写真ですかねえ」

浅見は首をかしげながら言った。

「えっ？　そりゃ浦本さんが撮ったに決まっちょるでしょう」

「まさか……」

浅見は呆れて絶句した。可奈も目を丸くしている。

「浦本さんが亡くなったのは、キツネ踊りが始まる三日前のことですよ」

「あ……」

才賀はポカーンと口を開けて、次の瞬間、自分の頭をポカポカ殴った。

「なんちゅうアホじゃろか、ぜんぜん気ィつかなんだ。浅見さん、このことはうちの署の者には内緒にしちょってください」

「分かりました。人間に錯覚はつきものですからね」

浅見は苦笑した。

「いやあ、お恥ずかしいこっちゃ。そうか、すると浅見さんが言うたように、この写真を撮った人間がおるんやねえ。カメラを拾うたやつが、勝手に撮りまくりよったちゅうわけですかな」

「いえ、それは違うでしょう。カメラを拾った人が、海の家に届けたのは、たしか午前十時過ぎだったはずです。したがって、その人に拾われる以前に、誰かがカメラを手にして、夜の盆踊り風景を撮影していたことになります。つまり、その人物こそが本当の落とし主なのですね」

「えっ？　えっ？　ほんまの落とし主は浦本さんとちがいますか？」

「もともとの持ち主は浦本さんです。しかし、浦本さんはカメラを落としていなかったと考えるべきでしょう。つまり、奪われた……」

「なるほど……」

才賀の目がようやく光を帯びた。

「そうか、そうするとカメラにはそいつの指紋が付いておるちゅうことか。あ、そうそう、カメラ本体の指紋はゴチャゴチャじゃったけど、中のフィルムケースの指紋はかなりきれいなものがいくつか採取でけたそうです。少なくともそのうちのどれかが犯人のものであると考えられますな」

「才賀さん、浦本さんのご遺体を、もういちど調べてもらってくれませんか。肺の中に吸い込まれた水の成分を入念に検査していただきたいのです。ひょっとすると、第一現場の特定に結びつくかもしれません」

「分かりました。けど、海水はどこも大して変わりないのとちがいますかな」

「そうともかぎらないでしょう。東京湾の水質と姫島では、明らかに違いますよ。かりにこの付近のどこかの河口だとすると、淡水が混入しているかもしれません」

じつは浅見には、かつて福井県の三方五湖《みかたごこ》で起きた殺人事件の際、その「発見」によって難問を解決した経験がある（『若狭殺人事件《わかささつじんじけん》』参照）。

「河口ちゅうと、宇佐を流れる駅館川《やっかんがわ》の河口か、その先の山国川《やまくにがわ》が近いですな。ま、それはともかく、すぐに調べさせましょう」

才賀はいそいで署に電話をかけて、浅見の意向を伝えた。東京への身元照合作業に手間取り、遺体を茶毘《だび》に付すのが遅れていたことが、むしろ幸いしたかたちになった。

楽しいはずの食事が、一変して重苦しい雰囲気に包まれた。その責任はむろん才賀にあるのだが、電話から戻った本人は意気盛んである。「いやー、これでいよいよ面白いことになるかもしれん」と一座を見渡して、（あれ？——）という顔になった。

「あ、すんません。なんか場違いな話を持ち込んでしもうて……」

「いや、そんなことはいいですよ、ご苦労さまでした、まず一杯空けてください」

直樹が苦笑いしながら、あらためてビールを勧め、悄気《しよげ》かえった才賀を慰めた。

翌日の夕刻までに「検査」の結果が出た。浅見の思ったとおり、遺体の肺からは微量の塩分しか検出されなかった。そのわずかの塩分も、おそらく海中を漂流しているときに浸潤《しんじゆん》したという程度であり、大量に吸い込んだものとは考えられない。つまり、浦本は淡水の中で溺死した――という結論だ。

その結論を持って属家を訪れた才賀は、昨夜とはうって変わって、沈痛な面持ちで浅見の前に坐り込んだ。

「これはどういうことですかなあ。やっぱり浦本さんは姫島で亡くなったのではないちゆうことでしょうか」

「もちろんですよ。姫島には淡水で溺死できるような場所は、学校のプール以外にはないそうですからね。川はいずれも小川の状態で海に注ぎ込んでいます」

「しかし、それならば、なぜカメラが姫島にあったのか――ちゅう疑問が生じる。浦本さんはいったん姫島に来て、それからカメラを置き忘れたままどこかへ行って、事故に遭うたか、殺されたか、とにかく亡くなったちゅうことですかな」

「浦本さんのようなプロが、カメラを置き忘れるとは考えにくいでしょう。それより、浦本さんの死後、カメラが姫島に運ばれたと考えるべきですよ。つまり、カメラを盗んだ犯人が姫島にやって来たというわけです。その可能性のほうが高いと思いますね」

「ちゅうと、犯行目的はカメラを奪うことやったとですか」

「さあ、それはどうでしょうか。浦本さんを殺害してカメラを盗んだことは事実だとしても、それはあくまでも結果であって、本来の目的が強盗だったかどうかは疑問です。浦本さんは服装は粗末《そまつ》だし、どう見ても大金を持っているような印象のない人です。唯一《ゆいいつ》、金目の物といえばカメラということになりますが、もしカメラ欲しさの犯行だとすれば、そうまでして盗んだカメラを、あっけなく置き忘れて行くのは、いかにも理屈に合いませんからね」

「そしたら、本来の目的は何やちゅうことになりますか？」

「僕は浦本さん殺害そのものが、本来の犯行目的だったような気がします。もちろん動機は分かりませんが」

「しかし、あの嬢ちゃんに聞いたかぎり、浦本さんには、人から恨まれたりするようなことはないちゅうとりますぞ」

「日頃《ひごろ》、家族や世間からそう思われている、仏様のような人が、どんどん殺されている世の中じゃありませんか」

浅見は静かな口調で言ったのだが、才賀は頭をガーンと殴られたような顔をして、黙ってしまった。

当面の問題は浦本が溺死した場所がどこか——という点だ。姫島付近の周防灘の潮流はかなり複雑だが、総じて西から東へ流れるのが主流だという。該当《がいとう》する最寄りの川は、才賀が言った宇佐市付近で海に出る「駅館川」だが、それだとすると、国東半島を大きく迂回《うかい》して姫島に漂着したことになる。

「自分としては、むしろ山国川のほうが、可能性が高いのやないかと思いますがね」

才賀は主張した。山国川というのは、中津市の西側を流れる一級河川で、上流には有名な耶馬渓《やばけい》がある。そのときの川の水量にもよるが、そこから海に流出すれば、沖合まで出たあと、潮流に乗ってほぼ真東へ向かい、姫島に達することは十分、考えられる。

「中津市には、たしか属さんの造船会社がありましたね」

浅見は無意識に声をひそめて言った。

「ええ、中津造船所ちゅう会社ですが。それと本事件と、何か関係でもあるちゅうのですか？」

才賀はつられて声をひそめ、気掛かりそうに浅見の顔を覗き込んだ。

「いえ、そういうわけではありませんが、ただなんとなく……」

なんとなく——というのは浅見の実感だ。浦本の死と属家や中津造船所を結びつける要素など、何もありはしない。しかし、なんとなくそのことを連想した。なぜなのか、それは浅見自身にも分からない。

「行ってみましょうか」

「行くって、どこへです？」

「山国川の河口へ、です」

「なるほど、行きましょう。そしたら、明日の午前中にお迎えにきます」

才賀は腰を浮かせたところで、「あっ」と思い出した。

「そうじゃ、言い忘れちょったですが、遺体の身元照合が完了しました。東京の歯科医のカルテにあったレントゲン写真と、遺体の歯形とが一致したそうです。血液型も間違いありません。あの遺体は間違いなく浦本智文さんやったとです」

「そう、ですか……」

浅見はすぐに可奈のことを思った。可奈はまた環と一緒に音楽を聞いているはずである。

「明後日、茶毘に付すことになりましたが、あの子はそれでいいでしょうな」

「ええ、僕から話しておきますよ」

環の部屋に行って廊下から声をかけると、可奈は笑いの残る顔でドアを開けた。

「やっぱり、お父さんに間違いなかったそうです」

浅見はなるべく平板な口調で言った。

「はい」と、可奈は頷いた。何度も自分に言い聞かせて覚悟はできているのだろう。

「お骨にして、東京へ帰ることになるけど、それでいいですね」

「はい」

頷いた顔を、今度は上げない。足元にポタポタと涙が落ちた。後ろから、環がそっと可奈の肩を抱いた。

3

伊美港から国東半島の西側の付け根である豊後高田《ぶんごたかだ》市まで約三十キロ。さらにそこからほぼ三十キロで中津市に達する。

中津市は城下町として発達した。最初の中津城は『太閤記《たいこうき》』でお馴染《なじ》みの黒田官兵衛《くろだかんべえ》が建てた。黒田家が福岡に移封された後は細川忠興《ほそかわただおき》が入り、この時代に善政を布《し》き城も町も整備された。

細川氏が熊本に転封されると、次に小笠原《おがさわら》氏の居城となり、大手門前に京町《きょうまち》、博多《はかた》町《まち》などの呉服、織物の問屋が開かれ、のちの「商都」としての基礎が作られた。現在の城は昭和三十九年に再建されたものだが、細川氏が築城した当時の城は「扇城《おうぎじょう》」と呼ばれ、威容を誇ったものである。

もっとも、中津の誇りは『学問《がくもん》のすゝめ』と一万円札の肖像《しょうぞう》で知らない者のない、あの福沢諭吉《ふくざわゆきち》を生んだことだろう。市内には福沢諭吉旧居、記念館などがある。駅前のレストランで昼食にカレーライスを食べたあと、才賀はせっかくだからと、観光スポットを通る道順を選んでくれた。

中津は人口五万余の典型的な地方都市である。駅の南口側は比較的最近になってから開発が進められたので、区画整理が整い、ホテルや大型スーパーなどもあるが、旧市街である北口駅前は繁華ではあるけれど、少し雑駁《ざっぱく》な感じがする。ビルも商店もチマチマしているし、市内の道路も狭いところが多い。発展途上なのか、それとも老朽化しつつあるのか、活気が乏しいような印象を受けた。

その反面、古い土塀のある裏通りなどを通ると、なかなかいい雰囲気だ。その中に「赤壁の寺」というのがあった。黒田官兵衛が秀吉《ひでよし》の命を受けて、当時の豊前《ぶぜん》の有力者であった宇都宮《うつのみや》氏を謀殺によって滅《ほろ》ぼすのだが、そのとき、殺戮《さつりく》された武士たちの血が寺の壁を赤く染め、いくら洗っても落ちなかったので、ついに壁そのものを赤く塗ったという言い伝えがある。道路に面して赤い壁と黒い屋根、黒い腰板の塀が連なる光景は、物語を知らなくてもうす気味が悪い。

諭吉の旧居を見て、中津城の前を抜けると、あっけなく山国川の岸辺に出た。駅から歩いても五、六分というところか。思ったより小さな街であった。山国川はこの辺りではゆったりと流れ、満潮時にはかなり上流まで潮が上がってくると思われる。岸辺にもやってある漁船やボートが、午後の陽射《ひざ》しの下で、けだるそうに揺れていた。

中津造船所は中津市の海岸寄りの郊外にある。河口近くをコンクリート護岸で固め、三棟の工場と事務所棟が並ぶ。船台には建造中の船があり、注水した小さなドックには艤装中の船が浮かぶ。造船所というと、巨大タンカーなどを連想してしまうが、扱う船は大型の漁船からプレジャーボートなどが主体で、企業としてはそれほど大規模なものではなさそうだ。

お盆休みが明けて、今日から通常の仕事に戻ったということで、金属を叩《たた》く音が工場のあちこちから聞こえてくる。溶接の鉄の焼ける臭いが漂ってくる。こういう真っ当な労働を目のあたりにすると、浅見はわが身の虚業《きょぎょう》が恥ずかしくなる。

あらかじめ訪問を伝えておいたので、浅見と才賀はすぐに社長室に通された。建物はどれも古く、社長室も質素なものだった。

「ご覧のとおりの中小企業です」

属直樹は卑下《ひげ》して笑ったが、ひところの造船不況からは回復基調にあるのだそうだ。

「当社が独自に開発した、一般向けプレジャーボートが予想をはるかに上回る人気を呼びましてね、いまやフル稼働でも生産が受注に追いつかないで、嬉しい悲鳴を上げているといったところです」

自宅にいるときの「ただのおっさん」と違って、ここで見る直樹は、いかにも経営者然として頼もしい。

「じつは、浦本智文さんの死因が、淡水による溺死であることが分かりまして」

浅見は早速、用向きを話した。

「となると、海でなくどこかの川で死亡し、海に流れ出て姫島に漂着したということになります。その場合、もっとも可能性の高いものとして、第一現場はこの山国川であると考えられるのです」

「なるほど。しかし、この付近だと、山国川の水はかなり塩分を含んでいますよ。完全に淡水であるとすれば、海水が入り込まず、たえず上流から水が流れておらにゃならんでしょう。となると、国道10号を越えて、さらに上流まで遡《さかのぼ》らなければならんのとちがいますかな」

社長室の壁には大きな大分県全図が貼ってある。山国川に架かる橋は、下流から順に山国橋《やまくにばし》、JR鉄橋、山国大橋《やまくにおおはし》——。その山国大橋から七百メートルほど上流に堰堤《えんてい》がある。その付近まで潮が上がるという。

「それよりさらに上流で亡くなったということだと、この堰堤に引っ掛かるんでないでしょうかなあ」

直樹は首を傾げた。

「出水のときならどうでしょう。たしか、お盆の何日か前に、九州地方は台風で大雨が降ったのではありませんか？」

「ああ、そうやった、あのときは五百ミリ以上の豪雨でした」

才賀が言った。

「そんやったら、死体が沖合遠くまで流れ出ても不思議はないです」

「そうするとどこら辺りちゅうことになりますかなあ」

直樹は指先で川筋を辿った。市場橋《いちばばし》、恒久橋《こうきゅうばし》、新山国大橋《しんやまくにおおはし》——その先は地図の上では川筋が細くなり、しばらく橋もない。

「それにしても」と、直樹は地図から離れてため息をついた。

「ここで浦本さんを殺した人間が、姫島へ遊びに行って、浦本さんの遺体が流れ着いたところに遭遇したちゅうことやと、さぞかし恐ろしかったじゃろねえ」

「あっ……」

浅見は思わず声が出た。

「そうか、そうですね、それで分かりましたよ。カメラを置き去りにするほど、彼は恐ろしかったのですね」

「なるほど、そうやったんか」

才賀も膝を叩いた。殺人を犯すことまでして手に入れた高級カメラを、なぜ置き忘れたのか――という疑問が、これで氷解《ひょうかい》した。犯人にしてみれば、カメラと一緒に浦本の亡霊までついて来たような恐怖に襲われたにちがいない。憎しみは憎しみとして、そのときの犯人の心情を思うと切なくなる。三人はしばらくおし黙って、意味もなく壁の地図を眺めつづけた。

「さてと、どの辺りかなあ……」

才賀がしかたなさそうに地図に近寄った。山国川は大平《たいへい》村と三光《さんこう》村のあいだを遡る辺りから「耶馬渓」と呼ばれるようになる。その上流は、西岸は耶馬渓町《まち》、東岸は本《ほん》耶馬渓町《まち》となり、菊池寛《きくちかん》の小説で有名な「青《あお》の洞門《どうもん》」を過ぎるとまもなく、山国川は本流の山国川と支流の跡田川《あとだがわ》に分岐する。じつは跡田川のほうに「耶馬渓」という地名があるために、跡田川を「本耶馬渓」と呼んだりするのだが、いわゆる耶馬渓は山国川の上流部分を言い、水量も耶馬渓のほうが豊かで、川幅もかなり広い。

「まさか、耶馬渓の奥から流れ出たちゅうことはないでしょうなあ」

そこまで辿ってきて、才賀は自信なさそうに二人を振り返った。

「それは何とも言えんでしょう。ここまでのあいだでも、いくつもの堰堤があるが、大水のときにはそんなもん、どんどん乗り越えて流されるじゃろからなあ。遺体は相当傷《いた》んどったちゅうことじゃし、さらに上流の可能性もないとはいえん。むしろ耶馬渓より下流は景色もようないし、誰も川を見に近寄ったりせんでしょう」

直樹は重々しく言った。

「耶馬渓ですか……」

浅見は写真でしか見たことのない、奇岩怪石の名勝を思い浮かべた。

「けど、もしかして耶馬渓で殺したちゅうことやと、姫島で死体と出くわしたちゅうのは、これはもう運命のいたずらとしか言えんですなあ」

才賀が寒そうに肩をすくめた。地図の上で見ると、耶馬渓は河口から数十キロも遡った山奥である。そこと、はるか国東半島の沖合に浮かぶ姫島とは、どう考えたって結びつきそうにない。運命論者では決してないはずの浅見も、人智《じんち》の及《およ》ばない、何か得体《えたい》の知《し》れぬ力が働いていることを思わずにはいられなかった。

「いいです、とにかく署長に捜査班を作ってもろて、明日から山国川をどんどん遡って、聞き込みを行なうようにします」

「捜査本部の設置は無理ですか」

浅見は訊いた。

「そうじゃなあ、完全に殺人事件と断定するには、いまいち根拠に乏しいような気がするので、現段階では無理とちがいますかなあ。けど、いずれにしても自分はそっちのほうの捜査に重点を移しますよ。属優貴雄さんの事件は、本部の杉岡警部ががっちり仕切っちょって、自分がおらんでもどうちゅうことはないです」

露骨な皮肉を込めて言っている。やはり才賀は、杉岡の主導による県警スタッフ重視のいまの捜査本部の体制が不満なのである。それは浅見も感じていないわけではない。杉岡は外交辞令《がいこうじれい》は巧みだが、自負心と自意識に凝《こ》り固《かた》まった権威主義で、浅見のような素人の部外者や門外漢《もんがいかん》に対しては、最初から冷淡な体質なのだ。所轄の捜査係長である才賀ですら、軽視されるくらいだから、浅見の提言など、バックに刑事局長の存在がなければ、はなも引っかけないだろう。

「明日、可奈さんのお父さんを荼毘《だび》に付《ふ》して、そのまま東京へ帰ります」

浅見は直樹に言った。

「そうですか、ほんまに寂しかことですなあ。まだちっちゃいのに、可哀相《かわいそう》に……」

直樹は顔を歪《ゆが》めて、「あ、そうしたら、私はもう会えんちゅうことになりますな。今夜は姫島には戻らんもんで」

「そうでしたか。こちらにお泊まりになるのですか」

「いや、泊まるちゅうわけでなく、大抵、ウィークデーはこっちのマンションで独身生活ちゅうことにしちょるのです。往復三時間の通勤は、東京辺りでは当たり前じゃろうけれど、田舎の感覚ではちょっとしんどいよってですね」

「分かりました。それじゃ、可奈さんにはよろしくお伝えしておきます。僕はいずれ近いうちに戻って来ますので、その節はまたよろしくお願いします」

中津造船所を出ると、伊美港まで浅見を送って、才賀は国東署へ引き上げて行った。

才賀の意気込みは盛んだが、それを素直に署長が受け入れてくれるかどうか、浅見は気《き》掛《が》かりだった。

翌朝、属家の人々に別れを告げたあと、可奈はもういちど南浦の海を見たいと言った。朝の砂浜には観光客の姿も疎《まば》らで、朝凪《あさなぎ》の眠たげな波が、何もなかったようにタプーンタプーンと寄せているばかりだ。

芳樹と環の兄妹が港まで送ってくれた。途中、ラ・メールに寄って、浅見はキツネ踊りの人形を可奈に買ってあげた。中瀬古夫婦も朝子も別れを惜しみ、朝子は港までついて来た。芳樹は朝子より一学年上で、高校は別だが、島の中学では一緒の時期があったのだそうだ。

「僕は一浪して大阪じゃけど、朝子は優秀じゃから、東京の大学へ行きおったのですよ」

眩《まぶ》しそうに朝子を見た。

「そんなんじゃないわ。私だって芳樹さんと同じ大阪のほうが心強いし、大阪の大学へ行きたかったのを、お父さんが絶対にあかん言うから、しかたなく東京にしたのよ」

朝子はむきになっている。

「いや、そんなことはない。朝子はほんま、マドンナやったもんな。頭がよくておとなびていて、僕ら、同じ年代の者は相手にしてもらえんかった。浅見さんみたいな年上の人が、朝子には合うとるんとちがうかな」

「アホなこと言わんの」

朝子は顔を赤くして怒ったが、環は「私もそう思う。浅見さんがぴったしや」と言い、可奈も「そうですね」と真顔で保証した。中瀬古夫婦が本物の「申し込み」をしているだけに、浅見は笑うに笑えない心境だ。もっとも、そうと知ったら、芳樹の口からそんなジョークは出なかったにちがいない。

船が港を出るとき、三人の見送り人はちぎれるほどに手を振った。可奈もそれに応えながら、「もうこの島に来ることはないのかもしれませんね」と言った。

国東署に行くと、すでに段取りはできていて、署長自ら町の斎場に案内してくれた。才賀の姿が見えないので訊くと、耶馬渓の聞込み捜査に向かったということである。

「なんじゃや知りませんが、才賀君はえろう気張《きば》って、手空きの刑事を三人引き連れて早朝から出発しました。浦本さんが溺死した場所が耶馬渓じゃちゅうのは、浅見さんも認められたちゅうこつでしたが、ほんまに間違いなかとでしょうかなあ?」

杉岡ほどではないにしても、署長の口ぶりからは、素人の余計な口出しを迷惑がっている様子が窺える。浅見は才賀のためにも、なんとか自分たちの推理が的を射たものであることを、願わずにはいられない。

「耶馬渓とは断定できませんが、山国川の上流域である可能性は十分あると思います。

ただ、そんな少ない人数で、聞込み捜査が所期《しょき》の目的《もくてき》を上げることができるかどうか、心配なことではありますが」

「いや、それは大丈夫でしょう。耶馬渓の川沿いは、後ろにすぐ山が迫ったようなところばかりで、街道沿いに細長く点々と民家や店があるにすぎません。かなり長い距離でも、聞込み捜査は案外楽なはずです」

さすがにたたき上げの署長ともなると、全県的に土地柄の事情に精通している。これが中央から派遣されたエリートの署長や課長だったりすると、ほんの腰掛け程度のつもりでやって来るので、地理も民情もろくに知らないで、教条主義《きょうじょうしゅぎ》的な判断を下すから、深みのある捜査など望むべくもないのだ。

浦本智文は可奈と浅見と署長の三人だけに見送られ、かすかな煙となって天に昇った。骨壺は白木の箱に納め、紫の風呂敷に包んで可奈が抱《だ》いた。大きかった父親がこんなに小さくなって、自分の腕の中にいる事実を、しっかりと受け止めているように見えた。

署長は二人を大分空港まで送ってくれた。別れ際に丈夫な紙袋に入ったカメラを浅見に渡した。浦本の貴重な「遺品」である。

東京に戻り、中野《なかの》のマンションにある浦本家に着くと、気配を聞きつけた隣家の主婦が飛び出してきた。

「可奈ちゃん、お父さんが大変なことになったんですって？」

泣きだしそうな顔で、可奈の肩を押えかけ、紫の包みに気づいて「あっ」と立ちすくんだ。


「これ、そうなの？……」

「ええ、父です」

「まあ……」

もう涙が溢れて、言葉も出ない。

「とにかく中に入りましょう」

浅見が言って、可奈はドアの鍵《かぎ》を開けた。西日の当たる閉め切った部屋はムッとする熱気である。窓を開け風を通し、クーラーを入れ、ようやく人心地ついた。

隣りの主婦は浅見を浦本家の親戚《しんせき》か何かと思ったらしく、しきりに悔やみを言った。それから部屋の中を見回して、「あら、お仏壇がありませんのね」と気がついた。それらしいものといえば、亡くなった可奈の母親の写真が浦本の仕事机の上にあるだけだ。

「うちは無宗教ですから」

可奈が言うと目を丸くしたが、そういう経験があるのか、デスクや座卓を利用して手《て》際《ぎわ》よく祭壇を設《しつら》え、遺骨を載《の》せた。間に合わせにと、自宅から線香立てや小さな鉦《かね》を持ってきて、それらしい道具立てもできた。そうしておいて、「じゃあ、落ち着いたらおばさんのところにいらっしゃいね」と言い、浅見には「できることがあったら何でもいたしますから」と言い残して引き上げた。

「いい人がいてよかったね」

浅見が言うと、可奈は「ええ、そうですけど」と、少し困ったように微笑《ほほえ》んだ。

「でも、無宗教なのにお線香を立てていいんですか？」

「まあいいんじゃないかな。無宗教ってことは、何でもありだと思えばいい」

「そうですね……浅見さんて、芳樹さんも言ってたけど、ほんとに自由人なんですね」

「ははは、あまり感心するようなことではないですよ」

可奈はアルバムの中から選んだ父親の写真を写真立てに入れて、遺骨の前に母親の写真と並べて飾り、線香を立てて祈った。

カーテンに落ちていた西日の影が、しだいに面積を上へ上へと広げて、部屋の中が侘《わび》しくなってきた。

「そういえば、お父さんは『太陽の山』って言ってたんだっけね」

浅見は赤みを帯びた日の光を見て、思い出した。

「今度の大分行きは、もしかするとその太陽の山と関係があるんじゃないかって、僕には思えるんだけどな」

「ええ、浅見さんにそう言われてから、あのときのことを思い返して、私もそういう気がしてきました」

「そう、そう思うの？　だけど、何のことかは分からないの？」

「ええ、分かりません。ただ、太陽の山のことで、電話の相手の人と意見が合わなくて、少し口論になっていたっていう感じはあったと思います」

「たしか、お父さんは、『太陽の山には何もないはずだ』って言ったんだっけ」

「そんな感じです」

「電話の相手と言い争っていたのは、太陽の山に何かがあるかないかで、見解が分かれていたという感じなのかな？」

「そう……だと思います。違うかもしれないけど、私が知っているのはそれだけです」

「うーん……だとすると、その一点に賭《か》けるかどうかだな」

浅見はにっこり笑って、「賭けてみることにしましょう」と言った。

「でも、太陽の山が何だか分からないのに、どうするんですか？」

「もちろん調べるしかないでしょう。お父さんはきっと何か、手掛かりになるものを残

「していますよ」

浅見は仕事机の上に堆《うずたか》く積まれたアルバムやノートや写真集の山を眺めた。

4

太陽の山——という言葉から何を想像すればいいのか、浅見には皆目、見当がつかなかった。「太陽」「山」と単語を分解しても同じことだ。

「タイヨウ」という音《おん》を持つ名詞には「太陽」のほか「大洋」もある。言葉としては「大要」「態様」「耐用」「対揚」などというものもあるけれど、「山」につづくことからすると「太陽」のほかには考えにくい。太陽には本物の太陽のほかに『太陽』という雑誌もあるが、やはり「山」につづくことを考えれば、削除していいだろう。

「ヤマ」には「山」のほかは「矢間」しかないから、これは無視してもよさそうだ。広辞苑によると、「山」には、本来の山のほか、比叡山《ひえいざん》（延暦寺《えんりやくじ》）をさす意味もあり、鉱山、山陵・御陵、猪・鹿などを捕える落とし穴、堆く盛ったもの、ネジ山など山形になった所、山林や平地の林、山の形に盛り上げたもの（例・ひと山千円）、物事の多く積み上がるさま（例・借金の山）、物事の絶頂や分岐点（例・今日一日が山）のほか、ヤマカンなどいろいろな意味がある。しかし、「太陽の山」という言葉からいえば、ふつうの山の意味か、せいぜい比叡山、鉱山、御陵などが該当するものと考えてよさそうだ。太陽ではないが、「火の山」といえば阿蘇山《あそさん》のことで、阿蘇を東麓から仰ぎ、夕日の沈むさまを見ると「太陽の山」のイメージがあるかな——とも思ったが、これはいささかこじつけだろうか。それならむしろ、浦本が何度も訪れた「日出生台《ひじゅうだい》」のほうが太陽に近い意味を持っている。

(日出生台かな——)

浅見はそう思った。

角川日本地名大辞典《かどかわにほんちめいだいじてん》によると、日出生台の「日出生」とは玖珠《くす》郡玖珠町にある地名で、地名の由来は、かつて森《もり》藩領の陣屋から日の出る所——という意味でつけられたという。そうなると、ますます「太陽の山」を連想させるが、別府の北隣りには日出町《ひじまち》というのがあって、そっちはどうだということにもなる。日出生台は東は人見岳《ひとみだけ》、西は黒岳《くろだけ》、そして南は平家の落武者が住んだという平家山《へいけやま》に囲まれた大高原地帯をいい、周辺の原野を含めて日出生台と総称しているという。耶馬渓溶岩台地の南東部にあたり、広さは約五十平方キロ、標高は七、八百メートル。ほぼ不毛の草原で、明治三十四年に陸軍演習場になり、そのさい、先住の農民は移動させられた。第二次大戦後は米軍、つづいて陸上自衛隊の演習地となった。

前に書いたように、戦後の米軍駐留時期には、周辺の湯布院などで治安、秩序、風紀の乱れは目を覆うばかりだったそうだ。その記憶があるだけに、基地移転問題に絶対反対の姿勢をとる空気が強いのは当然なのだ。ことに、沖縄や佐世保《させぼ》での米軍兵による不《ふ》祥事《しょうじ》が相次いで起きていることからも、地元としては一歩も譲れない気運が高まっているにちがいない。

浦本が日出生台を訪れるのは、単に取材を目的としたものなのか、それとも、彼自身が基地反対「闘争」に参加していたのかは分からない。いずれにせよ、その過程で何らかのトラブルに巻き込まれた可能性は十分考えられるところだ。

新宿の滝沢で会ったとき、浦本はきびしい口調で日出生台の問題を語っていた。基地移転問題の騒ぎを利用して金儲《かねもう》けを企むやつがいる——ということを言った。推進派、反対派双方のあいだで錬金術《れんきんじゅつ》のように金を産みだす——とも言った。そして、姫島に米軍の保養施設を作る話が「まことしやかに流布《るふ》されている」ことも指摘していた。さらに驚くべきことには、殺された属優貴雄がその陰謀の手先だったかもしれないというのだった。優貴雄の義理の兄である属直樹も、それを裏付けるような話をしていた。しかも具体的に笠原の名前を挙げている。優貴雄は笠原に操られたことに気づき、反抗して、その挙げ句、殺された——とまで言い切った。

もしそれが事実だとすれば、浦本智文もまた優貴雄の轍《てつ》を踏《ふ》んで、笠原一味に抹殺されたということではないのか。

「浅見さんは大分へ行って、殺人事件の真相を解明すべきです」

浦本はそう言っていた。

浦本が、属優貴雄殺しには思いがけない大物が関係していると言ったとき、浅見は暴力団がらみの犯罪と見て、単に「興味が抱けない」という理由だけで見送った。そして、そのあとさらに浦本が、基地問題を食い物にする連中を殺してやりたいと怒りを語ったときも、その二つの「事件」に関連があることを思いもしなかった。だが、いまにして思うと、浦本はあの時点で、属優貴雄殺害の犯人とその背後にいる「大物」こそが、基地問題で暗躍する連中であることを見抜いていたのかもしれなかった。

そうして単身、敵中に入って、散った。

(あの時点で動いていれば——)という悔いが残る。もし浦本に言われた時点で、すぐに行動を共にしていれば、ひょっとするとむざむざと浦本を死なすことはなかったのかもしれない。浦本が可奈に「浅見さんはね、日本一の名探偵なんだ」と紹介した言葉が、浅見の胸を痛くする。

浦本が具体的に基地問題でどのように動いていたのかは、娘の可奈でさえもまったく知らないのだそうだ。「父は仕事のことも、そういう運動のことも、何も話してくれませんでした」と可奈は言っている。反対運動に共感を持っていたといっても、地元の人々や支援者と一緒になって闘争行動に参加していたのかどうか、浅見は疑問に思っている。浦本はあくまでも報道や記録の「目」として、カメラを通じて基地問題の一部始終を見届けようとしていたのではないだろうか。

いや、ことによると、ときには「敵側」に潜り込んで、暗躍する者たちの企みをつぶさに見ていたのかもしれない。たとえば姫島に米軍の施設を建設する「まことしやかな話」などは、敵の内側にいなければ摑めそうにない。さらにいえば、属優貴雄の事件と彼らとの関わりにしても、単なる想像だけでは、ああまで明言できるものではない。

浅見は七月の初めに姫島へ行ったとき、大分空港に着いた浦本を出迎えた、ランドクルーザーとカーキ色のジャンパーを着た迎えの男のことを思い出した。そのときは漠然と、取材スタッフかな――ぐらいの印象で眺めたのだが、その男の正体も疑わしく思えてきた。あのとき浦本は「日出生台へ行く」と言っていたのだが、同じ日出生台へ行くにしても、こちら側とあちら側、どちらサイドへ向かったのか――それによっては、あの男の素性が疑惑の対象にもなりうる。

迎えの男――から、浅見は姫島港の待合所に笠原政幸と一緒にいた、ボディガードらしき二人の男を連想した。才賀警部補によると、彼らはヤクザ上がりだという。浦本の言っていたバックにいる大物が笠原かどうかは分からないが、属優貴雄を殺害した犯人が暴力団関係者だとするなら、あの二人を疑ってかかる必要がありそうだ。ただ、遠目で見ただけなので、残念ながらランドクルーザーの男が、あの二人のどちらかと同一人物だったかどうかは、はっきりしなかった。

姫島から帰って三日連続で、浅見は浦本家を訪れ、浦本が残した「資料」に片っ端から目を通した。当然ながら写真が膨大な量だ。およそ二十年以上もプロカメラマンをつづけてきた浦本の、これは財産であり、彼自身の歴史そのものでもある。ポジフィルムもあれば紙焼きしたものもある。風景もあれば静物や人物写真もある。意外だったのは、モーターボートレースの写真がかなりの数あることだ。まだ芸術的な写真を撮るどころでない、ごく若いころの一時期の作品と思われる。多くは迫力満点の疾走《しっそう》するボートの写真だが、写真判定の線が入った写真が何枚かあるところを見ると、浦本はその当時、競艇場で写真判定の業務に従事していたのかもしれない。

撮影のデータは十数年前からきちんと取るようになったらしい。姫島には三年前に行っている。むろん盆踊りの情景を中心に撮影したものだが、キツネ踊りやタヌキ踊りばかりでなく、昼間の港や島民の生活描写などが、いかにも浦本らしい優しいレンズで撮られている。岩壁で網の繕《つくろ》いをする老人、半分に割れた大きな西瓜《すいか》を抱《かか》えた少女、山積みのタコ壺《つぼ》から髭を覗かせたコオロギ、天空に架かる竿《さお》いっぱいに干されたタコ――ついこのあいだ姫島で見てきたような風景が、そのまま写真となってここにあった。ラ・メールの写真もあった。浅見は気がつかなかったけれど、こうして写真になると、古い建物の多い島の中では、ちょっと異質な明るい土産物の店はユーモラスな存在に見える。そこに心を留めることのできる浦本の感性は、やはり並ではないということだろう。

日出生台の風景写真も、もちろんある。浅見は行ったことがないので、データを見なければそれと分からないが、荒れ果てた溶岩台地の光景は、独特の雰囲気がある。人物を入れ込んだ写真は思いのほか少ない。デモ行進の場面などは数枚しかなかった。一人草地に坐ってたばこをくゆらしている若い自衛隊員の横顔や、横たわった赤旗の竿にとまったトンボなど、人の世の虚《むな》しさ儚《はかな》さを感じさせるような作品が面白い。浦本のあのはげしい気性がこれらの作品の裏側に潜んでいることを思うと、いっそう味わい深いものがある。

ただし、反対派と推進派がぶつかりあうような、生々しい「闘争」の場面や、犯罪を告発するような記録写真はただの一枚もなかった。そういう騒動は日出生台ではなかったのか、それともあえて撮影することをしなかったのだろうか。

笠原一味の暗躍ぶりがカメラに収めてあるか――と期待しただけに、浅見はやや拍子抜けの感があることはいなめなかった。しかし考えてみると、万一、撮影現場を見られ、フィルムを没収されでもしたら、立ちどころに抹殺されていただろうし、怪しげな素振りを見せただけで、警戒され、二度と近づくことはできなかっただろう。

その証拠に、現実に浦本は殺されたのではないか――と、浅見は慄然《りつぜん》とした。

二日目に姫島の写真集を見つけた。『島びとの宴』と題したもので、盆踊り風景を中心に、姫島のくらしを描写している。バラで見た写真の多くが、ここに使われていた。浦本の三年前の姫島行はこの写真集の制作が目的だったわけだ。「一度この島の盆踊りを目《ま》のあたりにすれば、姫島の虜《とりこ》になってしまうだろう」と書いてある。

その大好きな島で浦本は死んだ――。不思議な運命というべきか。

可奈は気丈な娘であった。父親の突然の死という、とてつもない悲劇に見舞われながら、内心はともかく、見た感じはすっかり立ち直り、日々の暮らしはきちんとしたものだ。もっとも、役所への届けや保険会社との交渉などは、浅見がすべて代行してあげた。

マンションのローンの残金や、生命保険などは、可奈が語っていたとおりに納まりそうだ。そういう点でも、彼女が仕事人間の父親を、まるで母親の代わりを務めるようによく支えていたことが分かる。

「訊きにくいことだけど……」

浅見が躊躇《ためら》いながら言い、さらに口ごもっていると、「母のことですか？」と、先手を打たれた。

「そう、お母さんはいつどこでどうして亡くなられたの？」

「私がまだ三つのときですから、憶えてなくて、父に聞いた記憶なんですけど、家族で伊豆《いず》の海へ遊びに行って、暴走してきた水上スクーターにぶつけられたんです。そのとき父は私を抱いて泳いでいて、すぐ目の前で母が沈んでゆくのを見ながら、どうすることもできなかったのだそうです」

その悔恨《かいこん》が、浦本を海嫌いにしたということか。

「ごめんね、悪いことを訊いた」

「いいんですよ、事実ですから。ただ、父はそのときの警察や社会の冷たい仕打ちをすつごく恨んでいたみたいです」

「えっ？　それはどういうこと？」

「母は海に沈んだきり、とうとう遺体が上がらなかったんです。ぶつかった水上スクーターも逃げてしまって、事故のあったことを証明してくれる人もいませんでした」

「じゃあ、それっきり？」

「ええ、警察は父の訴えを、とりあってくれなくて、それどころか父に根掘り葉掘り、まるで犯人扱いで質問したんだそうですよ」

「それ、お父さんから聞いたの？」

「いいえ、母の実家に行ったとき、伯母なんかが聞かせてくれました。伯母は、ほんとはどうだったの？——って……」

初めて、可奈の顔に悔しそうな険しい表情が浮かんだ。

「なんということを……」

浅見は暗澹《あんたん》とした。浦本が親戚と付き合わない理由も、警察を信用しない理由も、これで理解できた。その浦本が、刑事局長の弟である自分に、いわば後事《こうじ》を託《たく》すようにして命題《めいだい》を残していったことを、あらためてずっしりと重く感じるのだった。

浦本家通いの合間に、浅見は折りにふれて国東署の才賀に電話を入れている。しかし才賀はいつも留守だった。耶馬渓での聞込み捜査が難航していることを想像させる。三日目の夕刻になって、ようやく摑まった。「やあ、どうも、浅見さん」と言う声に元気がなかった。

「成果はゼロです」

浅見が何も訊かないうちに、自棄《やけ》っぱちのように答えた。

「耶馬渓一帯の店という店は全部軒並みに調べましたが、浦本さんらしき人物を目撃したという情報はまったくありません。浦本さんの写真は三種類用意したのやが、見たちゅう話はついに出んかったのです。自分と部下三人きりの、情けない陣容やけど、それなりによく働いたつもりです。それでも何も出んかったちゅうことは、これは浅見さん、根本的に考え方が間違うちょったようですな」

「そうですか……」

浅見は自分にも責任の一端があるから、なんとなく難詰《なんきつ》されたような気分だった。

「ところで、あの嬢ちゃんはどないになりましたか？」

才賀は訊いた。

「あ、可奈さんは大丈夫です」

浅見はあれ以来の経緯を手短かに話した。才賀は「えっ、そしたら、あれからずっと浅見さんが面倒見てやっちょったですか？」と驚いている。

「いや、僕が面倒見なくても、可奈さんはきちんと自立していますよ。僕はいま浦本さんが残した資料類を引っ繰り返して、事件の手掛かりになるような物がないか探しているところです。こっちのほうも、まだこれといって決め手になる物は発見できませんが、浦本さんは三年前に姫島に行っているので、そのあたりに、何か今度の事件との接点があるのかもしれません」

「そうですか、浅見さんも頑張っておられるんですか……しかし、浅見さんの本来の仕事のほうは大丈夫なのですか?」

「仕事といっても、僕はいわば自由業で、おまけに居候暮らしですから、さぼるつもりならいくらでもさぼれるのです。まあ、来月はちょっと肩身《かたみ》の狭《せま》い生活になりそうですけどね。ははは……」

浅見はカラ元気で笑った。

「うーん……いや、そうでしたか。浅見さんがそういうことであるなら、自分らも夏バテなどと言うちょるわけにはいきませんなあ。もう一回、ふんどしを締め直して聞き込みを再開してみますよ」

「あの、ひとつだけ提案したいのですが、よろしいでしょうか?」

遠慮がちに言った。

「は? もちろん何でも言うてください。なんでしょう?」

「その聞込み捜査ですが、浦本さんの写真でなく、笠原氏とその周辺にいる人物の写真を見せて歩いたらどうでしょうか？」

「笠原の？……」

才賀は急に声をひそめた。

「ちゅうことは浅見さん、ホシを笠原に特定するちゅうことですか？　いや、そいつはやばいですよ。内偵ならともかく、そこまでおおっぴらに聞き込みをすれば、いずれ笠原のほうにも筒抜けになりますからな。これはまずいでしょう」

「では、直接笠原氏に当たってみるのはどうでしょうか？」

「えーっ？　そんなこと、できるはずがないですよ。浅見さん、脅かさんといてくれんですかなあ」

「いや、耶馬渓にいたかどうかを訊けば警戒されるでしょうけれど、浦本さんが亡くなった日に姫島にいませんでしたか——と訊くぶんには、彼も安心して答えるのではありませんか？　現に笠原氏たちは姫島にはいなかったのでしょう？」

「それは、笠原はもちろん取り巻きの連中もおらんかったと思います。おれば、隠れちょっても目につかんはずがない。笠原はどこへ行くにも、ド派手なロールスロイスですよってな。あの連中が姫島に来たのは、三宅先生が来島された日のこととやったはずですよ」

「だとすれば、笠原氏たちは、姫島でのアリバイには自信を持っているのです。ひょっとすると、その日は耶馬渓にいたと答えるかもしれませんよ。いまのところ、浦本さんは姫島で溺死したというのが警察の公式見解になっていますから、警察が山国川や耶馬渓に疑惑を抱いていることはおろか、浦本さんが淡水で溺死したことを摑んだことさえ、連中は知らないのですからね」

「うーん、なるほど、そうですなあ、やつらは安心しきっちょりますか……いや参りました。そういうことなら問題ないでしょう。笠原はもっか、三宅副総裁が滞在されておられる別府にベッタリ張りついちょる。耶馬渓へ行くよりはよっぽど楽ですな。早速、明日にでも笠原のところへ行ってみます」

「お願いします。すみません、素人が余計な考えを押しつけて」

「何を言われるんですか浅見さん、それを言うなら、こっちが礼を言わにゃならんのですよ。浅見さんこそご苦労さんなことです。自分らもせいぜい気張ってやってみます」

「ありがとうございます。ところでひとつお訊きしたいのですが、日出生台のことを、別名、太陽の山という言い方をするものでしょうか？」

「えっ？　日出生台をですか？　太陽ちゅうと、あのお日さまの太陽ですかね。いいや、そげえ呼び方をするちゅうとは、聞いたこともないですけどなあ。いちおう、地元に詳しい者に聞いてはみますが。けど浅見さん、その太陽の山がどうかしたんですか？」

「いや、それはいいのです。それではまた、吉報をお待ちしています」

その「吉報」は、翌日のうちにもたらされた。

第五章　日出生台《ひじゅうだい》

1

笠原政幸は別府《べっぷ》温泉最大のホテル「S」に滞在していた。ロイヤルスイートの広大な部屋である。十階の窓からは別府市街が一望に見渡せる。数十カ所の湯元から立ち上る白い湯煙りの向こうには別府湾が広がる。

笠原は革張りの大きなアームチェアに深々と沈み込み、両側に例によってボディガードを控えさせ、才賀警部補をまるで皇帝が小役人を接見するようなポーズで見据えた。

「社長さんは八月の十二日、姫島におられましたか？」

才賀はオズオズと、しかし余計な前置き抜きで訊いた。

「八月十二日？　なんじゃい、それは？」

「じつは、例のカメラマンが溺死した日でありまして。その日に社長さんが姫島におれたちゅう目撃談を耳にしたもので、真偽のほどを確かめたいのであります」

「なんでそんなもんにわしが関係するんじゃい？」

「それはですね、本件には若干、事件性があるちゅう見方をしておるわけでありまして、多少なりとも接点のある方には、いちおう、確認を取らせていただいておるのです」

「アホらしい、姫島におった者全部に確認を取ろうちゅうのかね。警察もつまらんことに労力を使いよる」

「はあ、おっしゃるとおりですが、ただ、社長さんはたしか亡くなった浦本智文さんちゅう人をご存じではないかと思いますが」

「なに？　そんなもん、わしが知っちょるはずがなかろう」

「そうでしょうか。浦本さんは日出生台のほうへよく出向いて、社長さんの新豊国開発さんの作業現場などで、写真を撮っちょったようでありますが」

「ふーん」

笠原は煩《わずら》わしそうに首を振った。

「そんなもん、わしは知らんがな。それで、わしが姫島におったかどうかを言えばええんかね。それやったら、そん日は姫島になど行っちょらんよ」

「間違いありませんか？」

「ああ、絶対に間違いない」

「伊美とか竹田津《たけたづ》とか、近くの港におられたちゅうこともありませんか？」

「くどいね、きみも。その日はあん近くには行っちょらん言うちょる……ははは、そうじゃ、行けん理由があったとじゃよ」

「行けん理由と言われますと？」

「あの日はきみ、台風で大雨が降った日やったろが。わしらは耶馬渓を中津方面へ向かっちょった途中、土砂崩れで通行止めにひっかかって、夜が明けるまで足止めを食らったんじゃよ」

「では、耶馬渓におられたとですか」

「そうや、間違いない。こん者たちも一緒やった、なあ」

左右に控えている二人の男に声をかけた。「はい」と、二人は同時に答えた。

「嘘《うそ》やと思ったら、耶馬渓へ行って訊いてみるがええ」

「耶馬渓はどのルートを通られたのでありますか？　やはり深《しん》耶馬渓のほうで？」

この点が気掛かりなところであった。

一般的に「耶馬渓」と呼ばれているのは、裏《うら》耶馬渓、深耶馬渓、奥《おく》耶馬渓、本耶馬渓などの総称である。それぞれに特徴があるけれど、その中で代表的なのは深耶馬渓と裏耶馬渓で、名勝の耶馬渓といえば、まずこの二つをさすと思っていい。とくに深耶馬渓がよく、道路もこっちのほうがいくぶん整備されている。ところが深耶馬渓には下流部にダムがあり、死体はそこで止まってしまうから、浅見の仮説は成立しないことになる。

「裏耶馬渓を通ったよ」

笠原は才賀の思惑に気づかずに言った。才賀は胸の内でひそかに快哉《かいさい》を叫《さけ》んだ。

「いつも通る深耶馬渓の県道が通行止めじゃいうので、裏耶馬渓にしたのだが、こっちも結局、通行止めになった。それでもって、伊福《いふく》いうところの、土産物屋で夜明かししちょったちゅうわけや」

伊福というのは裏耶馬渓の中ほどにある。土産物店などが谷沿いに点在する、全部で十軒あまりの小さな集落だ。もちろん、才賀たちは伊福でも聞込み捜査を行なったが、浦本の写真を見せて歩いても、誰一人、見たという者がいなく、徒労《とろう》に終わっている。

「そうでしたか。はるかかなたの耶馬渓におられたのであれば、姫島におられたわけがありませんなあ。お寛《くつろ》ぎのところ、とんだお騒がせをいたしました」

才賀は抑《おさ》えても笑いがこみ上げてくるのに困った。笠原の目にも、才賀のご機嫌な様子は不審なものに映ったかもしれない。ドアのところで才賀がもういちど挨拶したとき、不思議そうにこっちを見送っている笠原の目に、かすかな不安の色があるように思えた。

「まったく、知《し》らぬが仏《ほとけ》ちゅうやつですなあ」

才賀は上機嫌をそのまま持続したような声で電話してきた。

「耶馬渓町役場に問い合わせたところ、たしかに当日は台風の大雨で谷が増水し、午後には県道深耶馬玖珠線《しんやばくす》の深瀬《ふかせ》地先で土砂崩れがあって、全面通行禁止。その後、隣りの平原耶馬渓線《ひらはらやばけい》――つまり裏耶馬渓を通る道ですが、こっちのほうも午後七時に伊福の五百メートル下流で土砂崩落があってストップ。さらにそれから間もなく、伊福の上流一キロ付近でも落石が発生し、伊福が孤立状態になって、夜を徹した復旧工事にもかかわらず、翌日朝まで通行止めじゃったちゅうことです。笠原の言いよったことは、嘘ではありませんでした。明日になったら、どの店か確認して来ますが、どっちみち、これで耶馬渓が第一現場である可能性は高くなってきたと見てもいいでしょう」

報告を終えて、「あ、それとですな」と付け加えた。

「話の中でカマをかけて、日出生台の新豊国開発の作業現場を、浦本さんが写真に撮っておったちゅうことを言うてみたら、笠原と二人のボディガードが、不安そうな様子を見せたんです。これは自分の勘みたいなもんですが、あれは何か後ろ暗いことのある証拠じゃねかろうか思いました」

いかにもベテラン刑事らしい、抜け目なく頼もしい言葉であった。

電話を切ったあと、浅見は地図と地名辞典を広げてみた。裏耶馬渓というのは、正式には山国川の支流・金吉川《かなよしがわ》のことで、才賀の言った県道平原耶馬渓線は、ほぼ裏耶馬渓の屈曲をなぞるように谷を遡り、玖珠町で国道387号にぶつかる。玖珠から中津へは、この道と深耶馬渓を通る県道深耶馬玖珠線が最短距離になる。

浅見は、豪雨の中、通行止めに遭《あ》って立ち往生した笠原たち一行のありさまを思い浮かべてみた。

笠原のロールスロイスには、運転手とボディガードを合わせて三人か四人の同乗者があったと考えられる。そして、そこにはおそらく浦本智文もいたはずだ。彼がどのような形で乗り合わせていたのか——。少なくとも軟禁状態におかれていたか、ことによると睡眠薬で眠らされていた可能性もある。その時点ではまだ殺されてはいなかったが、もはや引き返せない状況にまで事態は進んでいたにちがいない。

いずれ殺害するにしても、死体をコンクリート詰めにして、海底の藻屑《もくず》と沈めるのがもっとも安全な方法だ。彼らにしても、そのつもりで中津へ向かっていたのだろう。ところが、深瀬で足止めを食い、浦本の処置に窮した。この場所で生身の人間を車に押し込めたままにしておくのは、きわめて危険だ。車のトランクに隠してあったにしても、何かのときに——たとえば落石事故などがあったら、たちまち犯行が露顕《ろけん》してしまう。

ことは急を要した。

そして目の前に増水した耶馬渓の奔流を見て、彼らとしては最善の方法を選ぶことになったにちがいない。漆黒の闇の中である。篠《しの》つくような豪雨である。切り立った断崖の底を鉄砲水のように流れる激流に向かって、浦本は生きたまま放り出された――。

浅見は浦本の悲鳴を聞いたような気がした。激流に弄《もてあそ》ばれ、もがき苦しむ恐怖を、まざまざと実感した。鼻に口に肺に容赦なく入り込む水と、五体をバラバラにする水圧で、あっという間に断末魔のときが襲ってくる。

(何があったのか？――)

恐ろしい空想から醒《さ》めて、浅見はじっと霧の中を見つめた。

そこまでにいたる過程で起きたであろう出来事を、彼らの立場に自分を置き換えて想像した。何があったにせよ、笠原一味は浦本を拉致《らち》し、車に監禁したことは間違いない。浦本は笠原一味の悪事に肉薄し、肉薄しすぎたために消されたことも間違いない。

(場所はどこか？――)

浦本が拉致された現場はどこなのか――目撃者はいなかったのか――笠原の車の出発点はどこだったのか――。

まだガイドブックや写真でしか見たことのない耶馬渓の谷を思い描きながら、浅見は彼らが走ったルートを逆に辿った。

県道平原耶馬渓線がぶつかった国道387号は、北へ行くと院内町《いんないまち》、南へ行くとJR久大本線《きゅうだい》の豊後森駅《ぶんごもり》を抜け、国道210号に合流する。

国道210号は、西へ行くと天瀬町《あまがせまち》から日田市《ひた》方面へ、東へ行くと九重町《ここのえまち》を通り、水分峠《みずわけ》を越えて湯布院町、庄内町《しょうないちょう》、挾間町《はさままち》、別府市、大分市方面へ行く。森でいったん210号と一緒になった387号は九重町で南へ分岐し、その先は小国町《おぐにまち》、中津江村《なかつえ》を経て熊本県菊池市《きくち》に達する。また、水分峠から分岐する「やまなみハイウェー」が阿蘇山方面へと繋《つな》がっている。九州中央山地のこの辺りは、道路が四通八達《しつうはったつ》する交通の要衝《ようしょう》でもあるのだ。

（どこから来たのか――）

浅見の視線は地図の上を彷徨《さまよ》った。

何といっても目に止まるのは日出生台である。日出生台は北の院内、西の玖珠、南の九重、東の湯布院と四つの町に囲まれ、前記の国道は日出生台を囲むように走っている。ただし、笠原たちの出発点が院内や湯布院に近ければ、あえて交通の難所である県道平原耶馬渓線などを通らずに、東寄りのルートを通って中津へ向かうのがふつうだろう。

となると、常識的には、玖珠、九重町付近が出発点だったと考えられる。あるいはさらに西の天瀬、小国や阿蘇山方面からということもありうるが、浦本がつづけていた仕事から、とりあえずは日出生台周辺が怪しいと見るべきだ。

どっちにしても、ばかでかいロールスロイスは、いやでも土地の人たちの目に触れるし、記憶に残らないわけがない。笠原自身にしても、「有名人」である自分が、どこにいたのかを隠《かく》し果《おお》せるはずはないと思っているだろう。耶馬渓にいたことを、むしろ自らあっさり認めたのは、下手に隠してもいずれは分かると判断したからにちがいない。

とにかく笠原たちは、耶馬渓でアクシデントに遭遇する前は、玖珠町からそう遠くないところにいたのだ。仕事なのか、それとも遊びなのか、その日その場所にいたことは事実なのだ。

才賀からの連絡は、前回よりもさらに声が弾んでいた。

「ウラが取れました。笠原たちはそん夜、午後八時ごろ、裏耶馬渓の伊福にある鹿乃屋《しかのや》ちゅう土産物屋に寄っちょりました。そこは旅館の設備はないので、泊まることはせんやったが、朝まで足止めを食ったちゅうのは事実であります。同行者は笠原のほか例のボディガードが二名の、合計三名のみやったちゅうことです。しかし、あと一人、浦本さんが乗っとったちゅうのは、まず間違いないですよ」

最後は怒りの声に変わった。

「問題は耶馬渓を下って来る前の、笠原氏たちの出発点がどこかですね」

浅見は地図上で調べた、玖珠町を中心に四通八達する道と、その先に展開する村や町の名を挙げたが、才賀は途中で説明を遮《さえぎ》って笑った。

「ははは、分かっちょりますがな浅見さん、任しといてください。この辺りのことやったら、自分の庭みたいなもんです。まず怪しかは日出生台でしょう。久住《くじゅう》高原かもしれん。いや、阿蘇ちゅうこともありえますか。タイヨー金山《きんざん》はどうやろか……」

「えっ、ちょっと待って」

浅見は心臓に電気が走ったようなショックを受けた。

「才賀さん、太陽金山ですか？」

「は？　いや、鯛生《たいお》ですよ鯛生金山。魚の鯛に生活の生と書いてタイオと……あれ？浅見さん、このあいだ言われとった太陽の山ちゅうのは、そのことですか？」

「いや、分かりません。分かりませんが、しかし、いまたしかに僕はタイヨーって聞こえたんです。才賀さんが言い直したときも、やはりタイヨーとおっしゃったように聞こえました。もしかすると、可奈さんが言ってたのはそのことなのかもしれません」

浅見は興奮で声が震えた。「鯛生金山」をきちんと発音すれば、「タイオキンザン」なのだろうけれど、「タイオー」と語尾をやや伸ばして発音すると、土地訛りのせいもあるのか、たしかに「太陽」と聞こえた。可奈が浦本の電話を脇で聞いていて、「太陽」と聞こえたのも頷ける。そして、「太陽の山って何？」と訊かれ、浦本が「なんのこと？」と戸惑った理由も説明できる。

「なるほど……そう言われれば、そう聞こえるかもしれんですなあ。けど浅見さん、その鯛生金山がどげえしたちゅうのですか？」

「かりに『太陽の山』が鯛生金山のことだとすると、浦本さんが電話で誰かと鯛生金山の話をして、そこには何もないはずだ――と、相手を詰《なじ》るように言っていたのを、可奈さんが聞いているのです。もしかすると、このことが今回のトラブルの原因になっているのではないでしょうか」

「うーん、鯛生金山ですか」

「それはどこにあるのですか？」

「中津江村ちゅうところにあります。さっき浅見さんが言われた国道387号を西へ、熊本県の菊池市へ行く途中の山の中です。けど、あそこはとっくに廃鉱になって、金も何も出んところですよ」

「それじゃ、本当に『何もない』ということになりますね」

「ああ、そうやねえ……」

才賀もようやく、容易ならぬことだと気がついたらしい。

「分かりました。そしたらとにかく、自分は鯛生金山に行って聞き込みをやって来ます。そこに笠原や、それから浦本さんが現われておらなんだか、なんぞトラブルがなかったか……こりゃ、だんだん面白いことになってきよったですなあ。それにしても浅見さん、なんとかこっちにおいで願うわけにはいかんでしょうか。浅見さんの目で見れば、まだ何か新しい発見が出てきよるかもしれん」

「ええ、僕も行きたいと思っています。属優貴雄さんの事件のこともありますしね。そっちのほうは才賀さんは、もっかのところ手がつかない状態なのでしょう？」

「そのとおりです。マル暴関係は杉岡警部が指揮を執《と》っちょるし、姫島のほうは部下に任せっきりです。どっちもその後、まるっきり進展せずちゅうところですな。しかし浅見さん、属優貴雄の事件も、結局は笠原一味の犯行ちゅうことやったら、浦本さんの事件を解決すれば、同時に両方の事件とも解決するんやないでしょうか？」

「さあ、属優貴雄さんのほうは、はたして笠原氏の犯行かどうかは分かりませんよ」

「えっ、別物ですか？」

「僕はやはり、姫島の中の犯行だと思っています」

「それはたしかに、姫島灯台下の事件ではありますけどな」

「いえ、そういう意味ではなく、犯人は姫島の人間ではないか——ということです」

「本当ですか？　したら浅見さん、犯人の心当たりでもあるちゅうのですか？」

「というより、島外の人間がやったという形跡がないから——という、きわめて消極的な理由によるものですがね」

「うーん、なるほど……まあ、ほかの者が言うたのであれば、ぜんぜん問題にはせんのですが、浅見さんの言葉となると、何やら信憑性《しんぴょうせい》がありますなあ。そういうことであれば、ますます早く来ていただかにゃならんですよ」

しきりに切望《せつぼう》されて、浅見も勇み立つような気分が湧いてきた。

2

八月最後の日曜日、別府のホテル「S」では、地元出身の力士を囲むパーティが催されている。長いこと怪我で不調をかこっていたのが、七月の名古屋場所でひさびさ十番の白星を上げ、幕内に返り咲いた、その祝賀と九月場所への壮行会の意味をこめたパーティであった。

その席上、三宅豪太郎は福富一雄と会った。福富のほうから近寄って、話しかけてきたものである。

「どうやら来たるべき選挙では、先生と一戦を交えることになりそうです」

福富は満面の笑みの中に闘志剝き出しで言った。この春まで地元テレビ局でキャスターを務めていた男だけに、表情が豊かで、人の気を逸《そ》らさない如才《じよさい》なさがある。それだけに逆に軽さを指摘されもする。

「メガネ、やめましたか」

三宅は福富の挑戦を無視して、訊いた。

「え？　ああ、コンタクトレンズにしました。どうも、メガネは冷たい印象を与えると言われまして」

「そうですかな。わしはそうは思わんかったですが。それに福富さん、人間は外観でない、中身ですぞ」

「おっしゃるとおりですが、しかし、先生と違って、私のような地盤もカバンもない人間は、虚名でも虚飾《きよしよく》でも、とにかくカンバンだけで戦うしかありませんから、見た目のよさが重要な武器になるのです」

「それはどんなもんですかなあ」

三宅は首を傾げた。

「政治には下らんことも多いが、根本的にはやはり理念です。ことに、あなたのようなお若い人が最初からスタイルだけを気にするのは、感心しませんな」

「いや、もちろん私だって理念を持っていますよ。しかし、とにかく当選を果たさなければ話になりませんからね。必要とあれば、虚飾を纏《まと》うこともいといません」

「悪魔に魂を売ることもですかな」

「は？　どういう意味ですか。聞き捨てなりませんねえ」

福富の顔から笑みが消えた。

「失礼があったら、この歳《とし》に免じて許してやってください。私はあなたを惜しむから言うのです。福富さん、なりふり構わぬのはよろしいが、相手は選ばにゃあかん。あなたほどの人が、目先にとらわれて物の本質を見失っては、せっかくの理念が泣きましょうが」

「それは……」

福富はすばやく周囲に視線を走らせた。

「笠原さんのことをおっしゃっているのでしょうか？」

「さよう。聞くところによれば、あの男の金がかなり入っておるようじゃが、それはやめたほうがよろしい」

「なぜでしょう。たしかに笠原さんの支援は受けていますが、すべて政治資金規正法の枠内で、合法的に処理されたものです。一片のやましいところもありません」

「義理は感じませんか？」

「は？……」

「物質的にはともかく、精神的な借りや負い目は感じませんかな？　もし感じないとすれば、あなたは冷酷な人だ」

「………」

「政治は、いや、世の中はすべてギブアンドテイクでしょう。受けた恩義は有形無形かはともかく、必ず返さなければならない。純粋に善意と無償の行為など、ないものと考えるべきです。無欲で敬虔《けいけん》な信仰者にしたって、とどのつまりは神の救いや来世の安寧《あんねい》を期待しておるのですからな。ははは、こんなことは釈迦《しやか》に説法《せつぽう》でしょうが、しかし人間、苦しいときには目先のワラにも縋《すが》りたくなるものです。心されるがよろしいですぞ」

言うだけ言うと、三宅は「ではごめん」と会釈《えしやく》をして、力士を囲んで賑わう辺りに向かって去った。

取り残されたかたちの福富に黒いスーツの男が近づいた。福富一雄の選挙参謀といわれる須藤隆《すどうたかし》である。五十代なかば、中肉中背のごく平凡な風貌だが、力士を後援するという趣旨《しゅし》のくだけた会合で、カジュアルな服装の多い中では、この地味すぎる恰好がかえって場違いな感じでよく目立つ。

「三宅のじいさんに、何か言われてましたかな」

須藤は福富の脇に立って、囁《ささや》くように言った。

「ああ、機先を制したつもりが、厭味を言われた」

「笠原はんのことでっか。それはしようがありまへんな、毀誉褒貶《きよほうへん》はつきものです」

「須藤さんはそう言うが、笠原さんのイメージが芳《かんば》しくないことは事実でしょう」

「そんなもん、承知の上です。彼が表面に出なければ問題はない。福富先生、ビビったら勝負には勝てまへんで。清廉潔白《せいれんけつぱく》を標榜《ひようぼう》するのはええけれど、政治には金も人の手もかかります。汚ない仕事は私らがやるよって、毒《どく》を食《く》らわば皿《さら》まで——とは言わへんが、すでに乗《の》りかかった船《ふね》から降りるわけにはいきまへん」

「それは分かっている。分かってはいるけれど、最初の選択を誤ったか——という憾《うら》みはあるのです」

「まだそんな弱気なことを。先生のパチンコ嫌いはよろしいが、いまやパチンコは三十兆円産業でっせ。ええ悪いはともかく力があることは事実や。人もぎょうさん集まる。

金と人、そこを割り切らなあきまへん。清濁《せいだく》併《あわ》せ呑《の》む言うやおまへんか。あ、テレビ屋さんが来よった。先生、スマイルスマイル、笑顔を忘れたらあきまへんよ」

地元テレビの記者がカメラを伴って近づいた。かつては福富と同じ場所で仕事をしていた仲間でもある。

「ちょうどよかった、須藤さんもご一緒のところで、福富先生の、この秋に向けての抱負や戦略を語っていただけませんか」

「おいおい、その先生はやめてくれよ、先生は」

福富は鷹揚《おうよう》に笑って、

「まあ、私は新人ですからね、選挙のための戦略なんてものは何もありません。誠心誠意のかぎりを有権者の皆さんにお伝えするのみで、あとは何から何まで、後援者の方々やスタッフに頼ることになります」

「日出生台の米軍基地移転問題については、どうお考えですか？」

「これは難しい問題で、私としては基本的には、一人の大分県民として、米軍基地には来てもらいたくない。しかし、かといって沖縄の人たちにだけ押しつけておいていいのかと言われれば、それもまたノーでしょう。現段階では基地が来ることはすべてマイナスとしてとらえられていますが、プラス志向で考えることはできないものか。災《わざわ》い転《てん》じて福《ふく》となす——と言うと語弊《ごへい》がありますが、たとえばゴミ問題にしても、ゴミをエネルギー源として活用するといった、プラスへの転回もありうるわけです。そういう方法を模索《もさく》する努力もしないで、頭から拒否するというのでは、これまで半世紀以上も犠牲を強《し》いてきた沖縄の人たちに申し訳が立たないと思います。何か方法はないものか。大分県民は一村一品運動の成果でも明らかなように、創意と工夫に長《た》けた人々でありますから、必ず打開の方途が開けると考えているのですよ」

「なるほど、これまでどなたも否定論ばかりおっしゃる中で、福富さんのようなプラス志向という考え方は初めてだと思います。当然ながら風当たりも強いのではないかと想像するのですが、その点はいかがですか」

「いや、必ずしもそうとのみは言えないのではないでしょうか。大分県にとってプラスになることがはっきり約束されれば、県民の多くが理解されると信じています。もっとも、それはあくまでもプラスであるという方向が見出せてのことですがね」

「プラスになる方法とは、具体的にどのようなものか、何か腹案《ふくあん》をお持ちですか」

「まったくないわけではありませんが、しかし、いましばらくは胸の内に仕舞っておくことにしましょう。いずれその時が来れば、皆さんにご披露させていただきますよ」

「そうですか、では楽しみにしております。ご健闘をお祈りします。どうもありがとうございました。福富一雄さんでした」

記者はいったん切ったマイクを、あらためて須藤に向けて「選挙参謀として、何か必勝の秘策がありましたらひと言」と言った。

「ははは、私はいいでしょう。黒衣《くろご》がでしゃばってはいけませんよ」

須藤は手でレンズを覆って、やんわりと断わった。

テレビ局が行ってしまうと、須藤は福富に頭を下げた。

「いや、さすがに立派なもんですなあ。それやったら何も言うことはありまへん。私が有権者なら、必ず福富一雄と書きますがな」

「ははは、贔屓《ひいき》の引き倒《だお》しにならないように願いますよ。それと、くどいようだが、笠原さんにはあまりおんぶしないように、くれぐれも注意したほうがいい」

「はいはい分かりました。あんじょうやりますよって、心配せんといてください」

須藤は宴会場を出ると、その足で笠原の部屋を訪れた。利用階を隠すために、いったんエレベーターを乗り換える用心深さだ。笠原は須藤の顔を見ると露骨《ろこつ》にいやな顔をして、「また金かね」と言った。

「いや、金は当分、結構です」

須藤は表情も変えずに言った。

「警察にあの日、耶馬渓におったことを話しはったそうですな」

「ああ話した。隠すのは具合が悪かろうと思うてな。嘘をつけば怪しまれるじゃろ。それに、刑事はあの日、姫島におらんかったかどうかを訊きよったんじゃ。耶馬渓におったちゅうことは、つまり姫島の事件現場におらんかった証明じゃないかね」

「姫島は事件現場ではないでしょう」

「それはそうやが、警察は姫島じゃと思うちょるがな」

「さあ、それはどうか分かりまへんで」

「なんでじゃい？　刑事はそう言うちょったがな」

「それなら、なんで刑事が社長のところに調べに来なならんのですか」

「やけん、姫島でわしらを見たちゅう者がおったとやそうだ」

「それは口実でしょう。社長たちがどこにいたのかを確かめるための」

「なんでや？　なんでわしらの居場所を調べなならんのじゃい？」

「さあ、それは分かりまへん……しかしとにかく、社長がなぜあんなアホなことをしたのか、私には分かりまへんな」

「アホなとはなんじゃい。あんたも承知の上で浦本を連れてきよったんだろうが」

「まさか……私は社長が浦本を説得するいうふうに思うてましたよ。もちろん、説得の方法に脅迫もあることは予測しとったですけどね。しかしほんまに殺すことはなかった。社長から、浦本をつれてきてくれと頼まれたのは、あくまでも浦本が社長を嫌って、ぜったいに会わん言うてるよって、なんとか会うて話して、現状を打開するためだと認識しとりました。それを……」

「しかしやね、浦本はなんぼ脅しをかけても、断固として言うことを聞かんのだ。最後には殺されてもええんかちゅうたが、ひとを小馬鹿にしたように笑いよって、どうぞ殺してくれとぬかしおった。わしはそのとき、浦本は死ぬ覚悟で来ちょったと思うたんや」

「それは私も認めますよ」

須藤は頷いた。

「たしかに、浦本には覚悟があったような気がしました。なんでか分からんが、彼は死を恐れておらんかったですな」

「そやろ、そうや、やつは死ぬ気でおった。死ぬ気で、わしの計画をつぶす気で来ちょった。やけん、わしは許すわけにいかんかった」

そのときの憤怒《ふんぬ》が蘇ったのか、笠原は仁王のように険しい顔になった。

「それによ、すぐ目の前の耶馬渓を、腹の底まで震わす滝のごと濁流が流れちょって、わしに『殺《や》れ』と命令しよった。やけん、わしも木堂《きどう》のやつに、殺れと言うたんじゃ」

「早まったことを……」

「それを言うても始まらんじゃろ。あんたかて、わしが浦本を殺るちゅうことは、分かっとったはずや。ほかに浦本の口を封じる方法はなかったんじゃしな。いまさら自分だけええ子になろうちゅうのは卑怯《ひきょう》だ。あんたらしくもない」

「私は自分だけええ子になろうなどとは考えてませんよ。こうなってしもうた以上、いずれにしても共犯いうことになりますさかいにな。しかし、それにしても前後の見境がないというか、分別がないというか。殺るなら殺るで、もっとましな方法があったのとちがいますか」

「後でなれば何とでも言えるがな。とにかくわしは、あん時の判断が間違《まちご》うちょったとは思わんで。殺るならばあのチャンスしかなかった。結果的にも、死体は海に流されて、わしらとの関係は断たれちょるんじゃしな」

「断たれてはおりまへんて。耶馬渓と姫島とは、川と海——つまり水で繋ごうとるやおまへんか。死体が海で溺死したのか川で溺死したのかぐらい、警察が識別でけんわけがありまへんがな」

「まさか、なんぼなんでも、耶馬渓と姫島が繋がるかいな」

「まあ、しかたありまへんな。社長がそう信じておられるんやったら、何を言うてもしようがおまへん」

須藤はお手上げの恰好をして、

「けど、そこから先、どこから来たかは言うたらあきまへんで。耶馬渓には浦本はおらんかったさかい、なんとかそれですみますが、その前の段階では、やつが目撃されておる可能性はなんぼでもありますよってな」

「ふん、それにあんたもそこにおったちゅうわけじゃしな。いや、元をただせば、お膳立てをしたんはあんたじゃ。わしらはそれを手伝うたにすぎん」

「よう、そないなことを言わはる。そもそも無茶するからあかんのです。属優貴雄があるなるまでは浦本も秘密を守っとったけれど、あの事件が浦本を硬化させましたよ。それにしても、なんで属を殺ったりしたのやろか」

「おいおい、なんやわしが殺ったようなことを言うな。わしはあの事件のことは何も知らんぞ」

「そんなこと、誰が信用しますかいな。それは社長が自ら手を下したとは思いまへんけどな。警察かて正豊組《しょうほうぐみ》を徹底的にマークしとって、この稼ぎどきに、あそこの連中は身動きひとつでけんと嘆いておりますよ」

「アホ言うたらあかんで。わしはほんまに知らんのじゃ」

「そしたら、あんた方でっか？」

須藤は二人の男に視線を向けた。

「冗談じゃないですよ」

二人は慌てて、同時に叫んだ。

「なんで自分らが優貴雄を殺らなならんのですか。だいいち、あんときは、自分らは社長と一緒に大分市のほうに行っちょったんです。それは刑事が調べに来よったときにそう言うて、警察も裏付けを取ったはずですよ」

「ふーん、そこまで自信があるんやったらよろしいけどな」

「自信ちゅうことでなくて、事実を言うちょるんじゃ」

笠原は面白くなさそうに言った。

「だいたい須藤さんよ、あんたがわしらを疑うてどうするちゅうんやね。わしらは一蓮《いちれん》托生《たくしょう》、隠しごとをせんちゅうことで結束しちょるんじゃないですかね。福富の先生を担ぐのに、わしらが縁の下の力持ちに徹して、表舞台には絶対に顔を出さんちゅう、割りの合わん提携をしたのも、互いに信頼関係があればこそや思うちょったが、そうやないちゅうことかな」

「まあまあ、そうお怒りにならないでください。私は何事も万全を期したいがために、いろいろと考えんでもええことを考え、悩んでおるのです。いまのところ、福富さんは順調に伸びておるし、基地誘致の問題かて、ちょっとずつ浸透しつつあります。県民の目は日出生台にばっかし向いておって、まさか姫島に持ってくるアイデアがあるとは、誰も気づかんでしょう。演習場はあかんけど、保養施設ならばどないだ――と突きつければ、また議論は沸騰《ふっとう》しますよ。まあ、どうせ反対に会うて、潰《つぶ》される結果は分かってますけどな。いや、潰されなんだら困るわけで……とにかく、そこへゆくまでは、福富さんのイメージはクリーンにしとかなあかんのです。たとえ噂であっても、犯罪に関わっているような気配があったら、すべてはパアですよ。慎重の上にも慎重を期してください」

「分かっちょるがな。そげえなことは言われんでも、よお分かっちょる。けどな、属優貴雄の事件には、ほんまのこつ、わしらは関係しちょらんちゅうことは……」

「もうよろしいですがな。私も社長のことは信用しております」

「そうかね、ならええのやが……そうじゃ、ひとつ気になることがある。浦本の娘が姫島に来よったとき、一緒にくっついちょった男がおるんや。そん男が国東署の才賀ちゅう警部補とつるんで歩きよって、なんか気になっちょったんやが、どうも、あん男が警察に何か入れ知恵しよったんでないかちゅう気がしてならんのや。中津造船所のわしの息のかかった者が、そん男が属直樹のところに才賀と一緒に訪ねて行きよったと報告してきた。話の内容までは分からんけど、それからまもなく、才賀がここに来て、さっき言うたように、わしが姫島にはおらんかったかちゅうて訊問みたいなことをしよったしな」

「その男というのは何者でっか？」

「浅見とか言うちょった」

「浅見？……浅見光彦でっか？」

「さあなあ、下の名前までは聞かんかったが……ん？　あんた、知っちょるのかね、そん男ば」

「名前は知っとります。ほれ、以前、旭光製菓《きょっこうせいか》の菓子に毒物を入れた恐喝事件（注『白鳥殺人事件』参照）がありましたやろ。あの事件のとき、大阪府警に協力した男です。もしそいつが浅見光彦だと、ちょっと厄介なことになるかもしれまへんな」

須藤は眉間に深い皺を寄せ、細い目を固く瞑《つぶ》った。

3

浅見家に思いがけない客があった。中瀬古朝子が予告もなしに訪れたのである。駒込駅からタクシーで来たというのだが、汗びっしょりで、バッグを下げ、大きな荷物を抱いていた。

「大学が始まるので早めに出てきました。あの、これは父が姫島の車エビをお持ちするようにと言うものですから。なんだか、それしか能がないみたいですけど」

玄関で恥ずかしそうに差し出した。生きた車エビをおが屑《くず》詰めにした箱を、さらに保冷剤を入れた発泡《はっぽう》スチロールのクーラーボックスに収めてあるから、かなりの重量だ。

「いやあ、それは感激ですねえ、こんなに重い物を……だけどよかったなあ、行き違いにならなくて。明日か明後日、姫島へ行くつもりだったんですよ」

「そうだったんですか。じゃあもう少し島にいれば……」

朝子は残念そうな顔をした。

「しかしとにかくよかった、僕がいるあいだで。もう少ししたら出掛けるところだったのですよ。さあ、上がって上がって」

「いえ、浅見さんがお留守でも、車エビをお届けするだけのつもりでしたから。じゃあ、これで失礼します」

「何を言ってるんです。とにかく上がってくださいよ」

しり込みする朝子の腕を引っ張るようにして家に上げた。浅見から車エビの箱を渡された須美子が、複雑な眼差《まなざ》しで朝子を見つめている。

「須美ちゃん、悪いけど、冷たい紅茶を二つお願い。いいですね、紅茶で？」

「はい、でも、すみません」

朝子は須美子に申し訳なさそうにお辞儀《じぎ》をした。

応接間に入ると、朝子は「いまの方は、どういう？……」と、廊下の遠くを窺うようにして訊いた。

「この家の面倒を見てもらっているんです。もうかれこれ十年近くになるのかな」

「おきれいな方ですね」

「ん？　そうかなあ、ははは、慣れちゃってるから、気がつきませんけどね」

「嘘でしょう、すてきな人ですよ」

「そうですか。じゃあ、いま来るから、そう言ってあげよう」

「だめ、だめですよ、そんなこと言ったら叱られますよ」

「どうして？　褒《ほ》めるんだから、怒られる道理はないでしょう」

「そんな単純な……浅見さんて、わりと女性の気持ちが分かってないんですね」

「うーん、それは言えてますね。まったく僕は唐変木《とうへんぼく》なんだから」

「そんなことないと思います」

「え？　どっちなのかな？」

「両方」

二人は顔を見合わせて笑った。

須美子が「坊っちゃま、お電話です」と呼びに来た。ちょうど紅茶を運んで来るところに電話が鳴ったらしい。電話台の脇に紅茶のグラスを載せたトレイが置いてあった。浅見が受話器を取るのと入れ替わりに、須美子はトレイを捧げ持って応接間へ向かった。

電話は才賀からだった。「大当たりでしたよ」と、大声を出した。

「鯛生金山博物館の事務所で聞いたところ、女性の一人が、八月十二日に、確かに笠原のもんと思われるロールスロイスが駐車場にいたのを目撃しちょったんです。その日は台風の前触れの雨が強く降りよったし、午後には大雨警報が出ちょったから、夏休み中やちゅうのに、お客はほとんどおらんかったそうです。ガランとした駐車場に大きな派手な車がポツンとあったもんで、よう憶えちょるいう話でした。なにしろ、あの車は金ぴかのモールで飾った、派手なやつじゃからすぐ分かる。ただし、笠原や部下たちの姿には気がつかんかったちゅうことでした。そんからやなあ、そんより少し前、たぶん四時ごろに、浦本さんらしき人物を見かけたとも言うちょります。二人でやって来て、ふつうにチケットを買うて、金山博物館の中に入って行ったそうです。雨がきつう降っているなか、早う帰ってくれればいいと思って、ジロジロ顔を見たら、そんせいか、すぐに帰って行きよったと言うちょります」

「二人というと、もう一人は何者でしょうか？」

「いや、そら分からんようですな。浦本さんのほうは写真を見せたら、この人に間違いないと言うたが。しかし、相手のほうも、もう一度写真か顔を見れば分かるじゃろとは言いよったけどなあ」

（あの男かな――）

浅見は大分空港で浦本を出迎えた男のことを想起《そうき》した。

応接間に戻ると、朝子と須美子が打ち解けて話をしていた。おたがいに自己紹介をしたらしい。浅見が入って行くと、急に話をやめ、首をすくめて笑ったので、何か噂をしていたのかもしれない。

「やっぱりすてきな人じゃないですか」

須美子が部屋を出て行くとすぐ、朝子は言った。

「それにとっても頭のいい方ですね。浅見さんの長所も欠点も、ちゃんと見抜いていらっしゃいます」

「ふーん、どんな長所と欠点があるって言ってました？」

「それはナイショ」

いたずらっぽく笑って、急に真顔に戻って言った。

「あの、両親が浅見さんに言ったこと、あんなことは忘れてください」

「えっ、いや、そうですか……」

浅見はうろたえた。どうもこういう話になるとだらしがない。

「だって、浅見さんにはきっと、すてきな人が大勢いらっしゃるのでしょう？　私なんかの出る幕はありませんよ」

「そ、そんなことはない……」

思わず声が大きくなった。

「そういうことより、あなたこそ、僕みたいなオジンを相手にする必要がないのだから、あの話は気にしないほうがいいです。あれはご両親の何かの間違いでしょう」

「間違いということはないと思いますけど」

朝子は唇を尖《とが》らせた。

「でなきゃ勘違いかな。ははは、親なんてものは、いろいろ心配するものですからね。大学をあちこち受けるのと同じで、僕はさしずめ滑り止めっていうやつかな」

朝子がまだ何か言いそうなので、浅見は急いで話題を変えることにした。

「大学っていえば、あなたは大阪の大学へ行きたかったのに、お父さんはだめだっておっしゃったって、あれはどうしてですか？」

「父は大阪が嫌いみたいなんです。大阪に長いこと住んでいたのに、おかしいんですけどね」

「だけど、お母さんと出会ったのも大阪なんでしょう？」

「そうなんですけど、そのころの話をあまりしたがりません。何かいやなことがあったのかもしれません」

「ふーん……そのころ、大阪では何をしておられたのかな？」

「競艇の選手だったそうです」

「競艇？」

「ええ、変わっているでしょう。でも、この話は内緒ですよ。誰にも言ったらいかんて、命令されているんですから」

「お母さんとはどうして知り合ったんですか？」

「母は大阪の大学を出たあと会社勤めをしていて、父と知り合って結婚したんです。ただ、その馴《な》れ初《そ》めがおかしいんですよね。父が住んでいたのは大阪の姫島っていうところなんですけど、そこに姫島にあるのと同じ姫島神社があるんです。そのことを知った母が、たまたまその神社にお参りに来て、ヤクザみたいなのに絡まれたのを父が助けてくれて、それがそもそものきっかけになったっていう話です」

「へえー、ちょっとしたドラマですね」

「そうでしょう。それから父に競艇場の招待券をもらって、あちこちのレースを見に行ったりしているうちに、かっこいいと思ったんじゃないかしら。でも、その話を母がしたときも、父はあまりいい顔をしなくて、あとで母は叱られたみたいで、それっきり大阪の話はしなくなりました」

「どうしてかな？」

「ですから、よっぽどいやなことがあったんですよ、きっと。父が競艇をやめて、大阪から姫島に引っ越したのも、祖母が亡くなったためだけじゃなかったのだと思います」

競艇——から、浅見は浦本の家で見た競艇の写真を連想した。理由は分からないが、何か胸騒ぎのようなものを感じた。

「そうですか、大阪にも姫島神社があるんですか。それが縁結びの神様になったたっていうわけですかねえ」

こっちの思考を覗かれないように、浅見は大して意味のないことを言った。

「もともと姫島の姫島神社は大阪にあったんだそうですよ。このあいだお話しした比賣《ひめ》語曾姫《ごそひめ》っていうのが、難波《なにわ》から姫島に移って来たっていう話があるんです」

「ふーん、そうなると、ますます運命的な出会いに思えてくるなあ」

浦本が競艇の写真を撮っていたのは、もしかすると、ちょうど中瀬古大志が現役の選手だったころかもしれない。それにしても、当時の中瀬古はまだ若かったはずなのに、なぜ競艇選手をやめてしまったのだろう。

「あの、私もう失礼します」

朝子が言ったので、浅見はわれに返った。「そうですか。じゃあ送って行きます」

「いいんです。帰りは歩いて帰ります」

「遠慮しなくていいですよ、どうせ出掛けるところだから。お宅はどこですか？」

「中央《ちゅうおう》線の高円寺《こうえんじ》駅の近くです」

「えっ、それはちょうどよかった。僕は中野まで行くんです。そうそう、あの子の家ですよ、浦本可奈さんの」

「あ、そうなんですか、可奈さんは中野なんですか。じゃあ近いんですね」

中野は高円寺のひとつ手前だ。

「それじゃ、折角だから浦本さんのところに寄って行きませんか。そうだ、あなたに見せたいものもあるし」

浅見は浦本が写したラ・メールの写真のことを思い出した。とたんに、またしても胸騒ぎを覚えた。

朝子が帰る段になって、母親の雪江が現われた。

「せんだってても頂いたばかりですのに、またあんなにたくさんの美味《おい》しいお土産を頂戴して、ありがとうございます」と礼を述べ、「本当に、光彦にはもったいないくらい」と、浅見の顔を意味ありげに見て、言った。もったいないのは車エビのことなのか、それとも彼女のことなのか——と思わせる科白《せりふ》だ。

「お母さまもすてきな方ですねえ」

玄関を出ると、朝子は感にたえない——というふうに首を振り振り言った。東京の典型的な古風な中流家庭をかいま見て、ちょっとしたカルチャーショックを受けたらしい。気に入ったとなると、なんでもよく見えるものらしく、あげくの果て、ソアラにまで感激して、「センスがいいですねえ」とため息をついている。

「それに、浅見さんて、須美子さんに坊っちゃまって呼ばれているんですね、そういう言葉が現代に生きて使われているなんて、びっくりしました。やっぱり浅見さんはええとこのボンボンなんですねえ」

「冗談じゃない。あれは先代のばあやさんからの習慣みたいなものでしてね。このあいだもあなたのお父さんに言われたけれど、まったくみっともないでしょう」

「そんなことありませんよ。お邸も大きくて立派だし、これではうちの両親が参ってしまうのも無理がないですね。でも、あれは私の関知しないことですから、ほんとになかったことにしてください」

「ははは、そこまで強調されると、なんだか嫌われているみたいだなあ」

「違いますよ、嫌ってなんかいません」

いっそうムキになって言って、「いやだわ、恥ずかしいわ」と下を向いた。

何となく気まずくなって、それから中野まで、車の中の会話は弾《はず》まなかった。

可奈は朝子を見て満面に喜色《きしょく》を浮かべた。「昨日、朝子さんのお母さんからお手紙をいただいたばかりだったんです」

嬉しくてたまらない——と、手紙を広げて見せた。気を落とさずに頑張って、また姫島にいらっしゃいという内容だった。

「あれから、いろんな人から手紙が来ました。父が亡くなったことを悲しんでくださる人がとても多いのに、びっくりしました」

その手紙の入った文箱《ふばこ》を持って来て、手紙を一通ずつテーブルの上に並べて見せた。封書も葉書もとりまぜて、全部で三、四十通はありそうだ。雑誌社からのもの、写真仲間らしきもの、作品のファンの葉書、女文字のものとさまざまだ。大分県からのものが「中瀬古芳江」以外にも何通かあるのは、基地反対運動の関係者だろうか。こうしてみると、浦本は決して孤独ではなかったようにも思えるが、しかし、情と現実とのあいだにはギャップのあることも思わなければならない。浦本の死に同情はしても、彼と共に戦う人はごく稀《まれ》なのだ。

「父は人間嫌いみたいでしたけど、本当は人間が好きで好きで、だからこそ、大好きな人々が悲しい思いをするのを、黙っていられなかったんじゃないかと思います」

可奈は目に涙を浮かべながら言った。こんなふうに立派なイメージを娘に遺《のこ》して逝《い》った浦本を、浅見は心から尊敬した。

「この手紙、いつまでも大切にしておいたほうがいいですね」

浅見は言い、可奈も「ええ、そうします」と、大事そうに文箱の中に仕舞った。

可奈が麦茶を取りに行った合間に、浅見は問題のラ・メールの写っている写真を取り出して朝子に見せた。朝子は目を丸くして驚いた。

「えーっ、可奈さんのお父さん、いつ姫島に見えたんですか？」

「三年前の盆踊りのときです。この写真集のための撮影に行ったのでしょう」

浅見は写真集と、ラ・メールの写真同様、写真集に収載されなかった、バラのままの写真を出した。写真集を見た瞬間、朝子は「あっ」と思い出した。

「じゃあ、もしかしてあのときの……可奈さんのお父さんの写真、あります？」

「ええ」と可奈がデスクの上の写真立てを持って来た。朝子は食い入るように見て、大きく頷いた。

「間違いないわ、憶えています。大学に入ったばかりの夏に初めて帰省して、お店を手伝っているとき、港のほうからうちの写真を撮っている人がいたんです。あの人が可奈さんのお父さんだったんですねえ」

「それで、それからどうしたか憶えていませんか」

浅見は昂《たか》ぶる気持ちを抑えながら、訊いた。「確かそのあと、うちの店に来て、いま撮った写真を写真集に使わせてもらいたいって言って、それから父と話し合っていたと思うんですけど……」

朝子は眉をひそめて記憶を呼び戻そうとしていたが、諦めたように首を振った。

「それからどうしたのか、憶えていません。盆踊りでお店が忙しかったし……」

「その写真を使うことは、たぶんお父さんは断わったのでしょうね。この本には使われていませんから」

「ええ、断わったはずです。父はその人――浦本さんと難しい顔をして話していて……あ、そうだ、それから浦本さんと一緒に奥へ行ってしまったんです。だからその後のことを憶えていないんですね」

「お店が忙しいというのに、奥へ行っちゃったんですか」

浅見は首をひねった。

「ええ、きっとややこしい話になったんじゃないかしら。店の写真なんか使ってもらえばいいのに、宣伝にもなるし。私はそう思いましたけど、結局お断わりしたんですね。父は妙に頑固なところがありますから」

「浦本さんはどんな様子でしたか？　がっかりしていたとか、怒っていたとか」

「あ、それは分かりません。脇の住居のほうの玄関から帰られたので、見ていないんです。でも、だいぶん長いこと交渉していらっしゃったみたい。父が店に出て来るまで、ずいぶん時間がかかりましたからね。きっと分からず屋の父に憤慨《ふんがい》したと思いますよ」

父親の非礼を詫びるように、可奈に向けて小さく頭を下げた。

「だけど、可奈さんがその浦本さんのお嬢さんだったなんて、なんだか不思議な縁ですねえ。父が聞いたらびっくりしますよ」

「可奈さんの浦本っていう名前を聞いても、お父さんは気がつかなかったのは、お忘れだったのかな、それとも浦本さんの名前は聞いてなかったんですかね？」

「さあ……写真家という職業も浦本さんていう名前も、どっちも珍しいですよね。あんなに長く揉《も》めていたんですから、お名前を聞いていれば忘れるはずはないと思います。お聞きしてなかったんじゃないでしょうか」

そうだろうな――と浅見も思った。しかし、そうではない可能性のほうも、頭の片隅に保留しておいた。

朝子のアパートは高円寺駅から中野寄りに少し来たところで、浦本家のマンションから歩いて行けるほどの距離だという。

「このマンションに較べたら、ゴミ箱みたいだけど、今度、夜でもいいから遊びにいらっしゃいよ。けっこう美味《おい》しいケーキ屋さんがあるの」

朝子は可奈を誘い、住所と電話番号を教えた。可奈もその気になったようだ。近くに頼りになる知人が出来てよかった――と浅見は思ったが、その朝子もあと半年ほどで姫島へ帰ることになる。

朝子は浦本家にはそれから少しいて、可奈が淹《い》れてくれたコーヒーを飲んでから引き上げた。歩いて帰るというのを、浅見は無理やり送った。もっとも、車に乗ってからは、ほんの五分あまりで朝子のアパートに着いた。ゴミ箱みたいな――というほどのことはなく、白いサイディングボードの、女性好みの洒落《しゃれ》た建物だ。朝子に「お寄りになりませんか」と言われたが、まさかそんなわけにはいかない。

浦本家に引き返すと、浅見はまた資料と写真の山に挑戦して、鯛生金山関係のものがないかどうか探した。しかし、それらしいものは見当たらない。その代わりに競艇の写真がやけに目についた。

どうやら、浦本はその当時、判定写真のアルバイトをしながら、競艇の写真を撮りつづけていたらしい。確かに、疾走するモーターボートは迫力満点の被写体だ。ただし、浦本はボートの写真ばかりでなく、レース直前やレースを終えた後の選手を熱心に撮影している。壁に寄り掛かって、放心したように天を仰《あお》いでいる横顔。暗い通路へと肩を落として消えてゆく後ろ姿など、どちらかというと敗者を狙った作品がいかにも浦本らしく、心惹《ひ》かれる。

浦本と中瀬古には接点があった――と浅見は確信した。少なくとも浦本のほうには、レンズを通して中瀬古を見つめた記憶が鮮明にあったに違いない。写真家の映像に対する集中力は、音楽家の音に対するそれに匹敵すると聞いたことがある。あたかも印画紙に焼き付けるように、網膜や脳膜に対象物の姿かたちは焼き付けられているのだろう。

そうして、思いがけなく、国東半島を出はずれた姫島で、浦本はかつてのレーサーに会った。たがいに変貌を遂げていたから、初めは気がつかなくても、もしや——と疑うところから話しかける……中瀬古が迷惑げに渋い顔になり、急いで浦本を奥へ引っ張り込んだ様子が目に見えるようだ。

そのときに、浦本が中瀬古に名乗らなかったとは考えにくい。いや、名乗らなくても、中瀬古は浦本を憶えていたと考えられるが、もしそうでなければ、浦本は必ず名乗ったに違いない。

だとすれば、姫島の海岸に漂着した死体の主が「浦本」であった時点で、中瀬古はあの浦本と同一人物であると気がつきそうなものだ。「浦本」姓は比較的珍しい。たとえそのときは見過ごしたとしても、可奈が訪れたときには逃げようがない。しかし中瀬古は鉄面皮《てつめんぴ》のようにその事実を隠し通した。

大阪で競艇選手だったころのことを、中瀬古はなぜそうまで隠したがるのだろう——。浅見の胸には、中瀬古への疑惑が急速に膨らんでいった。

4

浅見は競艇の世界のことはまったく知らない。競馬にはロマンを感じるけれど、競輪や競艇はどうも――というのは、ひょっとすると食わず嫌いというものかもしれないが、何となく近寄りたくないダーティなものを感じてしまうのだ。

しかし必要とあればそんなことも言っていられない。大学時代からの友人で、スポーツ新聞の記者をやっている貴島《きじま》という男に電話して、基礎的な知識を仕入れることにした。貴島は学生のころからこまめで親切だったが、浅見の面倒な頼みに気軽に応じて、古いデータをファックスで送ってくれた。

その結果――中瀬古大志は二十年前までは正式に大阪選手会《おおさかせんしゅかい》所属のA級選手として活躍していた。若手の中では群を抜いて強く、ホープとして期待されていたことは、当時のデータを見れば一目瞭然だ。

「ところが二十年前、まだ三十三歳の若さだというのに、とつぜん、中瀬古の名前はそれ以降のデータから消えちまった」

電話の補足説明で、貴島はそこのところが理解できないと言っている。

「どうして辞めたのかな？」

浅見は訊いた。

「あるいは死んだのかもしれない」

「いや、中瀬古は生きているよ」

「ふーん、なんだ、浅見は知ってるのか」

「生きてることは知っている」

「だったら、選手を辞めたってことだ」

「三十三といえば、僕らと同じ歳か」

「ああ、これからっていうときだ」

「そうか、三十三はこれからか。僕なんか、これ以上歳をとるのが恐ろしいけどね」

「いや、おれたちのことはともかく、競艇選手としてはこれからさ。ファックスのデータを見れば分かるが、辞める直前まで、抜群の成績だ。稼ぎも多かっただろうし、人気もあったに違いない」

「怪我でもしたのかな」

「さあねえ、データだけではそこまでは分からない。その当時の事情を知ってるやつに当たるには時間がかかるな」

「当たってみてくれよ」

「相変わらず人使いが荒いやつだな」

文句を言いながらも、貴島は引き受けてくれた。

資料をもらって初めて、浅見は全国に競艇場が二十四カ所あることを知った。桐生《きりゅう》、戸田《とだ》、江戸川《えどがわ》、平和島《へいわじま》、多摩川《たまがわ》、浜名湖《はまなこ》、蒲郡《がまごおり》、常滑《とこなめ》、津《つ》、三国《みくに》、琵琶湖《びわこ》、住之江《すみのえ》、尼崎《あまがさき》、鳴門《なると》、丸亀《まるがめ》、児島《こじま》、宮島《みやじま》、徳山《とくやま》、下関《しものせき》、若松《わかまつ》、芦屋《あしや》、福岡、唐津《からつ》、大村《おおむら》――の二十四カ所である。こうしてみると、競艇場の北限（？）は群馬県で、それ以北には存在しないことになる。もっとも、冬季に結氷したり雪が降ったりでは、レースにならない。

傾向としては西日本のほうが多そうに見えるのは、気候のせいなのか、立地条件のせいなのか、それともギャンブル人口が多いせいなのだろうか。とくに、住之江、尼崎、鳴門、丸亀、児島、宮島、徳山、下関――と、瀬戸内海を囲むところに集中している。

選手は都道府県ごとに選手会に所属していて、各地の催しに転戦するシステムらしい。当然のことながら、地元の競艇場の出場回数が多く、たとえば大阪の中瀬古選手の場合、住之江、琵琶湖、尼崎、香川県の丸亀、福井の三国などが多い。

A級選手の中瀬古といえども、その場所ごとに得手不得手《えてふえて》があるものなのか、勝率に驚くほどバラつきがある。たとえば鳴門では、連対率がわずか一二パーセントにすぎないのに、徳山では六八パーセントも連勝に絡んできている。いくら得手不得手とはいえ、ここまで差があると、なんとなく背景に不正があるのでは？——と疑いたくなる。同じ人間が操縦するボートである。もし、船やモーターの性能のせいだとするならば、そんな差が出るようなマシンを使わせるモーターボート協会のシステムに問題があるのではないか。浅見が漠然と競艇を嫌っていたのは、そういうところに原因があるのかもしれない。

それにしても中瀬古の徳山での連対率六八パーセントというのは驚異的な数字だ。つまり七割近くは一、二着に入るというのである。それが鳴門では一割ちょっと。これでは何を信じて舟券《ふなけん》を買えばいいのか分からない。いったい徳山には、中瀬古選手を勝たせる魔物でも潜んでいたのか？——

地図を広げて、ぼんやり眺めていて、浅見は「あっ」と声を出した。徳山のほんの少し南——地図の上ではわずか三センチほど下のところに、あの姫島があった。

何の不思議もない当たり前のことにすぎないのだが、この事実はまるで天《てん》の啓示《けいじ》のような衝撃であった。

その夜遅くになってから、貴島が電話してきた。遠いベルの音を聞いて、浅見が勘よく部屋を飛び出し、居間へ向かいかけたところへ、パジャマ姿の須美子が呼びに来た。

浅見家では雪江未亡人の主義で、陽一郎の書斎は別格だが、居間以外の各部屋には電話をつけないことになっている。「ひとつ屋根の下で、こそこそ余所様《よそさま》とお話ししているようなのは、好ましいことではありません」というのが雪江の主張である。家族の断絶は子供部屋に電話を入れたりするところから発生するのだそうだ。そのたびに居間まで出掛けるのは不便でしょうがないのだが、母親の説にも確かに一理はある。まして居候としては抵抗出来ない。ようやく最近になってファックスだけは認めてもらったが、電話として利用するのはご法度《はっと》という、きついお達しつきである。

「悪いね、夜中なのに」

浅見は受話器を握りながら、須美子に向けて詫びを言い、頭を下げた。

「いや、気にするな、おれたちの商売には夜中なんて関係ねえよ」

電話の向こうの貴島の声が聞こえた。少し酒が入っているらしい。貴島は気のいい男だが、酒だけは欠点である。

「あれからあっちこっち調べまくってさ、そのころのことに詳しい先輩にも当たって、それでようやく突き止めたんだが、中瀬古という選手はヤクか八百長《やおちよう》問題に関係して、それが原因で辞めたんじゃないかっていう話だ。ただし、そいつは消息通のあいだでの噂みたいなもんで、プレスのデータバンクなんかを漁《あさ》っても出てこなかった。競艇ってのは、モーターボート競走会連合会が運営しているんだが、いわば公営のギャンブルみたいなもんで、それだけに八百長なんかの不正事件については神経を尖らせている。かりに何かがあっても刑事事件になる前に握りつぶされちまうだろうな。その代わり、関係した人間に対する処分はきびしい。中瀬古もそれではじき飛ばされたのではないかというのが、ひとつの見解だ」

「ひとつの——というと、別の見解もあるわけか?」

「ああ、これも憶測の域を出ないけど、マル暴に八百長を強要されて、嫌気《いやけ》がさして辞めたという説もあった。中瀬古というのは強くて真面目で、もっとも信用出来る選手の一人だったそうだ。それだけに連対から外れて穴が出ると、配当が目茶苦茶《めちゃくちゃ》に大きい。そこにマル暴の狙い目がある」

「なるほど、データを見ると、確かにおかしな点があった」

浅見は開催地によって、連対率に著しい落差があることを話した。

「やっぱりそうか、そいつは臭いよ。もしそうだとすると、中瀬古に対して、おそらく生命の危険を感じるような強要があったのだろう。それじゃ、八百長を受けるか選手を辞めるかしなきゃ、選択の余地はない。真面目で融通《ゆうずう》がきかない人間なら辞めるしかなかっただろう。自分だけならともかく、そのころ、中瀬古は結婚して子供も出来て間《ま》がなかったそうだからな」

浅見の脳裏を、朝子の面影が過《よぎ》った。

「ただし浅見よ、それはひとつの仮説にすぎないよ。さっきも言ったとおり、ヤクの疑惑だってないわけじゃないんだからな」

「分かった、ありがとう」

「あ、おい、ちょっと待てよ。なんだっていまごろ、中瀬古を洗っているんだい？　何か事件でもあるのか？」

「いや、そうじゃない、ちょっとした縁談があって、その絡みで調べているんだ」

「なんだ、近頃は素行調査みたいなケチなこともやってるのか」

「まあそう言うなよ。それじゃまた」

そうでなくても自己嫌悪を感じているところだった。浅見は放り出すようにして、受話器を置いた。

まったく、事件を解明しようとすると、いろいろと人の暗部を暴《あば》きたてることになる。誰にしたって、触れられたくない過去はあるものだ。麻薬か八百長か知らないが、たとえそういうものがあったにせよ、いまはその世界から足を洗い、姫島に引っ込んでささやかで平凡な暮らしを営んでいる。その中瀬古の古傷に指を突っ込んで、中瀬古ばかりか夫人や朝子にまで不愉快な思いをさせるかと思うと、闘志も萎《な》える。

とはいえ、これでいろいろなことが少しずつではあるけれど、クリアになってきた。

二十年前に「何か」があって、中瀬古は花形レーサーの栄光と収入を捨て、芳江夫人の里《さと》である姫島にひっそりと隠れ住んだ。比喩《ひゆ》的な意味でなく、本当に隠れたと考えてもいいだろう。

三年前、その過去を知る浦本智文が姫島を訪れ、中瀬古と出会った。浦本にとっては、かつてのスターを思いがけないところで発見して、驚くと同時に懐かしく、またカメラマンとしての意欲をそそられるものがあっただろう。

反面、中瀬古にとっては迷惑な相手の出現だったに違いない。といっても、浦本が中瀬古を恐喝《きょうかつ》したということは考えたくない。しかし、浦本が誰かにその話をしたことはありうるし、その誰かが中瀬古を恐喝する可能性もある。

浅見はまず属優貴雄を思った。朝子との結婚を含めて、優貴雄が中瀬古に無理難題を押しつけていた背景には、そのことがあったのかもしれない。ただ、どう考えても浦本と優貴雄に接点があるようには思えない。浦本と優貴雄はまったく異質な、水と油のように溶け合うことのない性質の人間同士だ。浦本が優貴雄ごときに心を許し、分別《ふんべつ》もなく中瀬古の経歴を喋《しゃべ》ることは考えにくい。

しかし、浦本から直接ではなく、何かのルートを迂回《うかい》して優貴雄にその話が伝わった可能性は考えられる。そのルートの上に介在《かいざい》するものとして、笠原政幸の関係者が挙げられる。あるいは笠原自身かもしれない。浦本が笠原一味と接点を持っていたことは、今回の鯛生金山や耶馬渓の一件でも明らかだ。

それにしても、浦本は笠原のグループにどのようなかたちで接触していたのだろう？　そのことが、この事件の謎を解く最大の鍵になるはずだ。

羽田空港や新宿の滝沢で会ったとき、あるいは電話でも、浦本は熱っぽく日出生台の基地問題について語っていた。関心はあっても、ほとんど何もしようとしていない浅見に対して、「戦場」に駆《か》り立てようとするほどの熱意とひたむきさが感じられた。基地問題をエサにして、不当な利益を釣り上げようとする悪の存在を摑んで、それを暴《あば》こうとする、その戦いの戦友が、浦本は欲しかったのではないだろうか。

何もしない政治や、何もしてくれなかった警察に背を向けて、一匹狼で不正に立ち向かおうとしていた浦本の孤独な戦いが、いまごろになって浅見にも見えてきた。周囲がみな敵のような日々だったに違いない。まだ幼い可奈を抱えて、用心深く、細心の注意を払う毎日だっただろう。探り出したはずのデータが自宅からひとつも見つからなかったのは、その顕《あら》われと考えることもできる。いつ何どき敵が忍び入って、スパイの証拠を発見しないともかぎらない。かといって、警察に告発できるほどの犯罪の確証を摑んだわけではないのだ。

捜査権のない市民が、たった一人で組織的な悪に立ち向かうのはまさに「蟷螂《とうろう》の斧《おの》」にひとしい。大嫌いな警察の、その幹部の弟である浅見に接近しながら、あいまいな形でしか情報を伝達できなかった浦本のもどかしさが、いまの浅見には痛いほど分かる。

（遅いんだよ――）

浅見は自分を叱咤《しった》した。

しかし後ろ向きに物事を考えてばかりいては何も始まらない。不毛のように見える行く手や、進むのも困難なような隘路《あいろ》の先に向かって足を踏み出さなければ、何も解決しないし、それだからこそやり甲斐《がい》があるともいえる。その点、浅見はいつも前向き志向の人間だ。山中鹿介《やまなかしかのすけ》のごとく「われに七難八苦を与えたまえ」の精神である。

それにしても、浦本には本当の意味での「同志」はいなかったのだろうか。基地問題に関しては、地元ばかりでなく反対運動に参加する人々は多いはずである。可奈にお悔やみの手紙をくれたような人々の中にも、気を許せる者は、ただの一人もいなかったのだろうか。

もっとも、そういう人々とあまり親しく付き合っていては、「敵」の内部に潜入したり、秘密情報を摑んだりは出来ないに違いない。

それに、反対運動の参加者だからといって、必ずしも信用していいものとは限らない。現に、行政の不正を監視するはずのオンブズマンの幹部が、恐喝もどきの不正を行なっていたという事件が北海道であった。

そういう状況下で、浅見をパートナーとして選び、接近してきた浦本の気持ちを思い、彼の期待に応えることをしなかったおのれの不甲斐《ふがい》なさを思うと、浅見はまたしても慚《ざん》愧《き》の念にたえない。その夜、浅見は一晩じゅう、あれこれと思い悩みながら、ほとんど一睡も出来なかった。

翌日、寝不足の頭でワープロに向かっているところに、属直樹からの速達が届いた。浅見の礼状に対する返礼の文面だったが、最後に「浦本さんが亡くなった事件について、私見を申し上げたいと思います」とあった。速達にした理由はどうやらこれらしい。

「警察は浦本さんの死は事故死であるとの見方のまま調査を終結してしまいそうですが、私はあれは殺人事件であると考えています。と申しましても、べつに証拠があるわけではありませんが、刑事局長さんの弟さんである浅見さんのお力ならば、警察に捜査を促すことが出来るのではないかと思いまして、失礼を顧《かえり》みず、あえてこのようなお手紙を差し上げる次第です。優貴雄を殺害した犯人と同一人物である可能性も考えられますので、出来ましたなら再度のご来駕《らいが》を賜《たま》わりまして、浅見さんの手でお調べいただけないものでしょうか。もちろん費用その他は不十分ながら当方でご用意させていただく所存であります。浦本さんの死を犬死にしないためにも、何とぞ浅見さんのお力をお貸しください」

やむにやまれぬ思いで書いたことを想像させる文面である。

(そうか、属直樹か——)

浅見は目《め》から鱗《うろこ》が落《お》ちた思いだった。属直樹は笠原と敵対関係にあるという意味では、もっとも純粋な人物だ。

浅見と可奈が属家で厄介になった日、彼が笠原を指弾《しだん》する話をしたときのはげしい口調は、不倶戴天《ふぐたいてん》の敵に対する憎しみに満ちていた。パチンコのプリペイドカードによる不正や、姫島に不当な手段で何かの施設を作ろうとしていることなど、かなり具体的に笠原の悪事も把握しているようであった。

そのとき、属直樹は気になることを言っていたのだ。「私の息のかかった者が、笠原のところで見取り図のようなものを見た——」というような意味のことである。姫島に建設を計画している施設の見取り図らしいとも言った。

その「息のかかった者」が、ひょっとすると浦本智文ではなかったのだろうか。浦本がもし笠原一味の中に食い込んでいたのなら、それらしい図面を目撃するチャンスはあったかもしれない。

浅見は思わず椅子から立ち上がった。

浦本──属直樹の結びつきは想像もしなかったが、そのあいだに中瀬古の存在を想定すると、二人には接点が生じる。直樹は浦本からの情報を得て、笠原一味の動きを察知していた。浦本が死んだとき、即座に笠原一味によって消されたことを悟ったに違いない。とうぜん、警察も殺人事件として捜査を開始すると思っただろう。だが、いつまで待っても警察は動こうとする気配《けはい》を見せない。その苛立ちがこの「告発文」を書かせたのだろう。

しかし──と浅見は、ほとんど怒りにも似た割り切れぬ気持ちを抱いた。

浦本は属直樹のいわば私怨《しえん》のために殉《じゅん》じたことになるのではないか──。

第六章　金山《きんざん》博物館

1

九月二日、浅見は三たび姫島へ向かった。秋晴れを思わせる爽《さわ》やかな日で、羽田《はねだ》から大分まで、快適なフライトであった。見下ろすと、瀬戸内海《せとないかい》は紺碧《こんぺき》の空を映して、行き交う船の白い航跡が長く尾を引いていた。

大分空港のチケットロビーに見送りの人が群れていた。その中をかき分けるようにして歩いているのは三宅豪太郎副総裁である。浅見は属家を紹介してくれたことへの礼を述べたかったたが、さすがに群衆を突破するだけの自信はなかった。三宅はすぐに貴賓室のほうへ姿を消した。

タクシーに乗って、「国東警察署」と行く先を告げてから、運転手にいま見たばかりの見送り風景の話をした。

「政治家も夏休みは終わりなんですねえ」

「そやけど、夏休みも何もなかったんとちがいますか。静養中も東京と何度も往復されとったようだし、今度の選挙は三宅副総裁にとっててんきびしいですのでなあ。対立候補は無党派の新人じゃけんど、知名度が抜群じゃし」

「ほう、対立候補は有名人なんですか」

「福富さんちゅうて、大分や九州ではちょっとしたもんです。テレビのキャスターをやっちょったし、その前は福岡の新聞社でスポーツ記者から評論家みたいなことで、けっこう人気があったんですよ。東京の人は知らんやろうけどなあ」

「福富さんていうんですか」

「そうです、福富一雄……お客さん、ご存じないでしょう」

「そうだなあ、福富一雄さんですか。どこかで聞いたことがあるような気はするけれど、やっぱり知らないなあ。そうでなくても、僕は人の名前は弱いほうだから」

いちおう、地元への敬意をこめて言った。しかし、どこかで聞いたような——というのは、あながち嘘ではなかった。「フクトミ・カズオ」と聞いて、すぐに「福富一雄」という字面《じづら》で記憶が再生したような気もする。念のために運転手に確かめてみた。

「そうですよ、一に雄と書いて一雄です。穴狙《あなねら》いのフクちゃんちゅうてですね」

「アナ狙いのフクちゃん……」

浅見は瞬間、卑猥《ひわい》な連想をした。運転手のほうもそれを予測していたように、バックミラーの中からこっちを見て笑った。

「へへ、お客さん、おかしなほうを考えたらわりいです。そうやねえで、ギャンブルの穴ですがな。競馬、競輪、競艇、何でも穴予想で、これがけっこうズバッときよるのです。それに、新聞に書きよることが面白うて人気があったんです。肥えた馬乗《うまの》るな痩《や》せ馬担《うまかつ》げ――とか無理《むり》な追《お》い買《が》い事故《じこ》のもと――とか、昼《ひる》の月見《つきみ》て○《マル》を買《か》え――とか標語みたいなのがじつにうもうて、そんだけでも新聞を買うた値打ちがあったんですよ」

「なるほど……その、昼の月見て○を買えっていうのは、どういう意味ですか？」

「ほれ、昼間に白い月が出よることがあるでしょう。そんときは本命対抗を買えちゅうことです。理屈は忘れてしもうたが、月の引力と関係があるちゅうことでしたか」

「天才的ですねえ」

浅見は感心した。物書きの端《はし》くれとして、そういうアイデアには敬服する。

「そのフクちゃんが、テレビのキャスターになって、今度は衆議院の選挙に出馬するちゅうもんで、ふだんは政治に関心のなかような自分らでも、なんか面白そうじゃなと思うてやな。うちん女房なんかファンレターみたいなもん出しよってから、そしたら、ちゃんと返事が来ちょったんですよ」

「へえー、ずいぶんマメな人ですねえ。それくらいでないと政治家には……」

言いながら、浅見は（あっ――）と気がついた。

（そうか、あそこで見たんだ――）

浦本家で可奈が披露した手紙の束の中に、確か「福富一雄」の差出人名があった。活字で印刷されたものだから、形式的なお悔やみなのかもしれないが、それにしても、大分の立候補予定者が東京の中学生にお悔やみを送っても票にはならない。

（どういう関係だろう？――）

浅見の思案に関係なく、運転手は新聞の予想欄の話をつづけている。適当に相槌を打ちながら、煩《わずら》わしいのに耐《た》えていると、運転手の言った「競艇」という言葉が耳に飛び込んできた。

「……唐津ではあかんかったが、福岡でバッチリ取らしてもろた……」などとつづけているのを、「あっ、ちょっと待って」と怒鳴《どな》った。

運転手は慌ててブレーキを踏んだ。

「えっ、お客さん、こっかえ？」

左右が畑で、何もないところだ。「おしっこでかえ？」と振り返った。

「いや、そうじゃなくて、いまの話だけど、福富氏の後援者は誰ですか?」

「えっ?……」

なんのこっちゃ——と、少し膨《ふく》れっ面《つら》をして、車をスタートさせた。

「そりゃたぶん県民党ちゅうとるから、一般大衆ちゅうことになるんやねえかな」

「しかし、選挙資金など、バックアップする人はいるでしょう。たとえば、新豊国開発の笠原氏なんかはどうですか」

「へえーっ、お客さんようご存じじゃねえ。あんまり表に出ちょらん話やけど、確かにそげな噂はあるですよ」

「笠原氏というのは、あまり評判がよくないんじゃないんですか?」

「さあ、それはどげじゃろかなあ……」

とたんに運転手の口が重くなった。


国東警察署は、捜査員が出払って、山奥の分教場のように閑散としていた。予告なしに来たので、才賀警部補も不在だ。代わりに署長自ら応対してくれた。

「いま、大分空港で三宅副総裁にお会いしてきました」

浅見が言うと、「あ、そうでしたか、それはそれは」と、署長は緊張した。空港で会ったのは嘘ではないが、副総裁の名前が思いのほかの効果を発揮するのには驚かされる。虎《とら》の威《い》を借《か》る狐《きつね》というけれど、これは詐欺師がやりそうな手口だな——と、後ろめたい気持ちがした。

捜査の進捗《しんちょく》状況の話になると、署長は難しい顔になった。

「詳しいことは杉岡君に聞かなければ分かりませんがね、どうも、これまでに当たった目ぼしい連中は、いずれも事件当日のアリバイがありましてね、やっぱり当初から言いよったように、マル暴関係はあの日、姫島には行っちょったちゅう形跡がないのでありょうます。となると、これはいわゆるヒットマンちゅうプロの殺し屋の仕事かなどという意見まで出ちょりますよ。しかし、ああいう属優貴雄さんのような素人さんを殺《や》るのに、ヒットマンを頼むかちゅう疑問はあるわけでして」

「あの日、姫島にいなかった人物による犯行という可能性はありませんか？」

「ん？　それはどういう意味です？　姫島におらんかったら、犯行に及ぶことはでけんのとちがいますか」

「その瞬間だけ島に上陸するのです」

「つまり船で来て殺したちゅうわけですか。もちろんそれも考えんわけじゃないですが、しかし、それにしてもアリバイは問題になりますな。現在までに洗った連中はすべて犯行時刻前後には、実行不可能な場所におったことがはっきりしちょるんです」

素人が考えそうなことは、警察でもちゃんと織り込みずみだ——という顔である。

「だとしますと、捜査の対象が間違っているということになりませんか」

「まさか、そういうことはねえでしょう。杉岡警部の判断が間違っちょるとは、私には考えられんかったですがね。彼は彼なりの信念をもって動いちょる思いますよ」

きわどいところで、責任の所在を杉岡警部に押しつけている。

「才賀さんのほうはどうなのでしょうか。才賀さんは確か、所轄のみなさんと姫島の関係者を中心に捜査しているのでしたね」

「そのとおりです。しかし、やっぱりこっちのほうも成果は上がっちょらんですなあ。それと、才賀君はもっか、浦本さんの死亡事故について、洗い直しをするほうに専念しちょって……それは浅見さんの進言によるものじゃちゅうことでしたな」

「ええ、そうです。僕が申し上げました。ご迷惑をおかけしているのでしょうか？」

「は？　いや、迷惑ちゅうことはないですけどな。疑問点があれば、徹底的にクリアにするのが警察の役割でありますよ。と言うても限度があるよって、ここ二、三日中に目処《めど》がつかん場合は、調査を終結せいちゅうことは言うちょります。対外的にはとっくに事故死ちゅうことで終結宣言を出しちょるが、才賀君の熱意と浅見さんの進言ちゅうことに配慮した、これはあくまでも非公式なものでありますので、いつまでも継続するわけにはいかんのです。それでよいですな？」

「もちろん署長さんのご判断が最終の結論です。それに……」

浅見はわずかに微笑《ほほえ》んで言った。

「ここ二、三日のあいだに事件が解決するというのも、正しいご判断だと思います」

「えっ？　いや、私は事件が解決するとは言うちょりませんよ。ははは、まさかそんなことはねえ、浅見さん」

何をアホなことを——と、当惑したように署長は笑った。

才賀は別府から中津江村を回ってくるということだ。

「中津江ちゅうのは、鯛生金山博物館ちゅうのがあるところでして。これはけっこう遠いのですよ」

浅見がすでに知っているとは思わずに、署長は説明を加えた。日出生台のさらに先で、物理的にいっても夕刻までは戻れないだろうという。浅見はひとまず姫島へ行って、才賀からの連絡を待つことにした。

まだ夏のなごりを惜しむような海水浴客がいるらしい。姫島から来る連絡船からは、かなりの客が降りて来た。しかし、姫島行きの船はガランとしたもので、忍び寄る秋の気配を感じさせる。島の空には赤トンボが舞っていた。

宿はホテル新海にした。フロント係のおばさんは浅見の顔を見たとたん、「あれっ」と怯えた表情になった。警察にサシたことを憶えているのだ。

「やあ、いつかはどうも。また来ました。お部屋、ありますか？」

浅見は何もなかったように陽気に言った。それでおばさんも安心したらしい。

「今回は、夕食は六時でいいですよ」

浅見は言い置いて、部屋に入った。クーラーが効くまで窓を開けた。海からの風が心なしか涼しく感じられる。

時間を見計らって、可奈のところに電話した。まさにピタリ、可奈は学校から帰ったばかりだった。

「浅見さんて、どこかその辺で見ていたみたい」と、可奈は笑った。

「そうだよ。いつでもきみを見守っているからね」

浅見も笑いながら言ったのだが、可奈はしんみりして、「だと嬉しいんですけど」と沈んだ声になった。

「このあいだ見せてもらった手紙だけど」と、浅見は急いで用件に移った。

「その中に確か、福富一雄さんていう人からの手紙があったと思うけど。その文面をもし差し支えなかったら読んでください」

可奈はすぐに手紙を持ってきた。

――拝啓　とつぜんお便りを差し上げる失礼をお許しください。私は福富一雄という者ですが、先日、姫島にて浦本智文さんが亡くなられたということをお聞きしました。じつは私は、浦本さんが競艇の写真をお撮りになっておられるころ、仕事の関係で何度もお会いして、いろいろとお世話になりました。その後、浦本さんは有名になられ、お目にかかることがなくなって、かれこれ十数年にもなろうかと思います。ところがこの四月、思いがけなく大分で再会することができまして、以来、ときどき旧交をあたためさせていただいておりました。それがこのたびのとつぜんの訃報《ふほう》に接《せつ》しまして、まことに悲しく、申し上げる言葉もございません。この手紙をお読みになるのは、たぶんお嬢様かと存じますが、お父様のご霊前にご報告などしていただければ幸いであります。末筆ではありますが、どうぞお気を強くお持ちになって、お父様の分までお幸せにお過ごしくださいますよう、心よりお祈り申し上げます。敬具――

聞きおえて、浅見は福富という人物に好感を抱いた。政治活動に忙しい毎日の中で、このようなまったく政治色のない真摯《しんし》な文章を綴《つづ》るのは、福富の純粋さを物語っている。と同時に、浦本との交友関係が邪《よこしま》な目的を持ったものではないことを認めざるをえない。これは浅見に意外であった。

タクシーの運転手に福富一雄と笠原との繫《つな》がりを確かめたとき、浅見は福富と笠原を同類と見て、浦本は彼らの策謀の中で非業《ひごう》の最期《さいご》を遂《と》げたと思ったのだが、この手紙の文面を見るかぎり、その憶測は誤りらしい。

手紙を読みおえても、浅見が黙りこくっているので、可奈は心配そうに言った。

「浅見さん、この手紙がどうかしたのですか？」

「あ、ごめん、そうじゃないんです。その福富さんという人と、明日、会うことにしたので、ちょっと予備知識を仕入れておきたかっただけですよ。それじゃ、また何かあったら電話します。風邪引かないように、気をつけてね」

いったん置いた受話器を握り直して、フロント係のおばさんに福富一雄氏の事務所はどこか、訊いてみた。おばさんは「よう知らんけど、宇佐が地盤じゃちゅうことは聞きよりました」と言った。

福富の事務所はやはり宇佐にあった。電話番号を聞いてかけてみると、元気そうな若い女性の声で「はい、福富一雄事務所です」と叫ぶように言った。隣りでも同じような賑やかな声が聞こえているから、電話の本数は複数あるらしい。

「福富さんはいらっしゃいますか。東京の浅見という者ですが」

唐突かと思ったが、ほかに言いようがないのでそう言った。女性は「福富はただいま外出しておりますが、代わりの者でよろしければ承《うけたまわ》ります。どのようなご用件でしょうか」と訊いた。きれいな声で、マニュアルどおりに訓練されたことを感じさせる。

「じつは、先日姫島で亡くなられた浦本さんのことで、ちょっとお訊きしたいことがあるのですが」

これはマニュアルにはない、意外性のある話題だったろう。女性は「少々お待ちいただけますか」と当惑げな声になって、オルゴールの「荒城《こうじょう》の月《つき》」が流れ出てきた。ひょっとすると福富は滝廉太郎《たきれんたろう》と同じ竹田《たけた》市にゆかりがあるのかもしれない。しばらく音楽を聞かされてから、男の声で「お待たせしました、お電話代わりましたが、どのようなことでしょうか？」と訊いた。かすかに関西系の訛りがある。周囲のざわめきが遠くなったのは、どこか別の部屋に電話を切り換えたに違いない。

浅見はさっきと同じことを言った。

「その浦本さんとおっしゃる方の、どういったことをお訊きになりたいと？」

「福富さんご本人でないと、お分かりにならないと思いますが」

「そうですなあ……あ、申し遅れましたが、私はここの責任者の一人で須藤いう者です。福富が不在の場合はたいていのことは私で処理しておるのですが、もしよろしければ、私が承って、福富にお伝えしますけれど」

「いえ、やはりお目にかかってお話しするような性質のことですから」

「そうですか……分かりました。それで、浅見さんはいつ、こちらのほうにおいでになるのでしょう？」

「いま姫島に来ております。三日間ほど滞在する予定ですので、福富さんのご都合のいいときに、いつでもうかがえますが」

「そうでしたか。そうしましたら、明日はいかがでしょう、明日の朝十時というのは」

「結構です。どちらへうかがえばよろしいのでしょうか？」

「いえ、こちらからお迎えに参ります。十時に伊美港の駐車場でお待ちしています。目印はと……そうですな、こちらはランドクルーザータイプの車で、その前に中年男がカーキ色のジャンパーを着て佇《たたず》んでおりますので、すぐに分かると思います」

笑いを含んだ声で言った。

そのとき、浅見の脳裏にはまたしても、大分空港で浦本を出迎えた男の姿が浮かんだ。

2

夕刻、才賀警部補から電話が入った。いま署に戻ったところで、これから姫島へ行くとだけ言って、慌ただしく電話を切った。浅見はフロント係に、夕食を一人前、追加してくれるように頼んだ。

六時を少し回ったころ、才賀はやって来た。額の汗を拭き拭き、せかせかした足取りで食堂に入って、

「いやあ、来てくれたのですなあ」と嬉しそうだ。何か、よほどいいことがあったらしい。理由は分からないながら、浅見も才賀の笑顔を見ると、全身で笑いたくなった。

「浅見さん、大発見です。例のあの男、浦本さんと一緒に鯛生金山へ行った男ちゅうのが分かりました」

テーブルにつきながら、一秒を惜しむように言いだした。

「えっ、もう分かったのですか？」

さすがの浅見も驚いた。

「そうです、分かったです。悪事千里《あくじせんり》ちゅうか天網恢々《てんもうかいかい》ちゅうか、思わんところからバ

レるもんですなあ」

「まあ、お話は食事をしながらお聞きしましょうか」

テーブルには二人分の料理が並んでいる。浅見は才賀のために心尽くしのビールも頼んだ。才賀は「えっ、えっ、これ食うてもええんですか?」と喜んだ。昼飯にうどん一杯食べただけで、空腹だったそうだ。

「じつはですな、昨日、鯛生金山博物館の女性から電話があって、問題の男をテレビで見たちゅうことなのです」

「テレビで?……」

いやな予感が走った。

「テレビで見たというと、まさか福富一雄氏じゃないでしょうね?」

才賀は「えっ」と驚いた。

「浅見さん、なんで知っちょるんです?」

「じゃあ、福富氏だったのですか?」

「いや、そうじゃねえんやけどな……」

才賀は周囲を見回し、誰かに聞かれないことを確かめてから、さらに声をひそめた。

「その福富一雄さんの、いわゆる選挙参謀みたいなことをしちょる男で、須藤ちゅう人物です」

「須藤……」

浅見は背中が寒くなった。

「そうです。アナウンサーが福富さんにインタビューしちょる脇のところに、その須藤ちゅう男が映っちょるのを、たまたま鯛生金山の女性が見ちょったんやなあ。もちろんテレビを見たときは、その女性は名前までは知らんやったが、福富さんの脇には、男が一人しかおらんやったちゅう記憶は確かでした。そこで、さっきテレビ局の別府支局に寄って、そのビデオを見せてもろて、コピーを一本、借りてきました」

才賀はバッグからビデオテープを出して、戦利品のように掲げて見せた。

「このビデオを見たら、間違いなく須藤でした。署のほうに福富さんが挨拶にみえたときにも一緒じゃったし、あの男のことは自分らはよう知っちょります。となると浅見さん、浦本さんを殺ったのは、須藤っちゅうことになりますな。いや、かりに本人が直接手を下さんでも、事件に関わったことは間違いねえちゅうことですよ」

「おそらくそうでしょうね」と浅見は頷きながら言った。

「明日、その須藤氏と会うことになっています」

「は？……」

才賀はキョトンとした目になった。浅見は浦本可奈のところで福富の手紙を見て以来の経緯を話した。

「なるほど、なるほど、いよいよもって天網恢々やなあ……」

才賀はまるで動かぬ証拠をつきつけられた容疑者のように、呆然《ぼうぜん》とした。その気持ちは浅見も同様だった。世の中は、人知を超越した何かの力によって支配されている——ということを思わざるをえない。

しばらくのあいだ、二人とも通夜《つや》の客《きやく》のように湿っぽくなって、黙々と料理を口に運んだ。ひとしきりあって、才賀はふと気掛かりそうに浅見を見て言った。

「そうじゃ、浅見さん、これは言うちょかにゃならんこつじゃけんど、須藤があの日、浦本さんと一緒じゃったちゅうことがはっきりした以上、ここから先は警察が正攻法で事情聴取を進めますよ。よろしいですね？」

「ええ、もちろんそれで結構です。ただ、その前にいちど、須藤氏という人物と会うチャンスをください」

「それはまあ約束ちゅうことじゃし、浅見さんがそう言われるんじゃったら、自分は認めざるをえんが……けどなあ、浦本さんの例もあるこっちゃし、須藤に会うちゅうのは、ちょっと危険じゃないですか」

「いや、大丈夫ですよ。まさか、殺されることはないでしょう」

「冗談じゃなくてですな、無茶せんと、十分、気をつけてもらわんと」

真顔で心配する才賀に、浅見は深々と頭を下げた。

「ところで才賀さん、モーターボートについては詳しいですか？」

「詳しいちゅうほどではねえですが、海岸べりで勤務しちょるときは、船舶関係の事件事故が多かったんで、多少は知識がありますけどな」

「モーターボートというのは、時速何キロぐらい出るものですか」

「船の場合はノットちゅうことじゃけど、そうじゃねえ、最近の船は性能がようなっちょるけ、ごく小型のもんでも二〇ノット——つまり三五、六キロは出るし、ちょっと大きくなれば三〇から四〇ノットは軽く出せるんじゃねえですかなあ」

「つまり、時速五〇キロから七〇キロ近くは出るのですね」

「そういうことになりますな。けど、それがどげしたんかえか？」

「じつは属優貴雄さんの事件のことなのですが」

浅見はポケットから地図を出した。姫島が中心になるようにコピーしたものである。

「僕はずっと、姫島と最短距離にあるのは伊美港だとばかり思い込んでいましたが、考えてみると、伊美のある国東半島の先端まで、半島のつけ根の、たとえば豊後高田や宇佐辺りからだと、陸路と連絡船を合わせて一時間半ほどかかるのですね。ところが、モーターボートを使って海路、直接姫島に行くには、対岸の山口県からでも、直線距離で四十キロ足らず、一時間もかからずに行ける。往復で一時間半程度です。きょう、飛行機から瀬戸内海を行き来する船の航跡を見下ろしていて、つくづくそう思いました。どうでしょうか、そのあたりに何か、捜査の盲点があるような気がするのですが」

「ああ、それは浅見さん、船を使うちゅうことは、警察もいちおうは考えちょったんですよ。けど、その時間帯にアリバイのないやつが、どげしてん見つからんのです。杉岡警部が先頭に立って、前歴者を中心に、これはと思う連中を片っ端から洗っちょるのじゃけど、つまらんようですなあ。もちろん、被害者と直接間接に利害関係のある、たとえば笠原本人も含めて、笠原に近い連中なんかもすべて網羅《もうら》しちょります。とくに正豊組ちゅう県内随一の暴力団については、徹底的に追っかけちょるんやが、自分らが見ちよっても気の毒なくらい成果が上がらんのですよ」

「ええ、そのことは署長さんからも聞きました。ですから、僕は捜査の対象を間違えているのではないかと言ったんですが」

「ちゅうと、浅見さんはどこを対象にせえちゅうことです？」

「もちろん、前から言っているように、姫島の人たちですよ」

才賀は前屈みになって、またいっそう声を小さくした。

「それはですな、自分ら所轄の刑事が鋭意捜査中ではありますが、正直言うて、こっちのほうは、疑いを抱《いだ》こうと思えば疑える相手はなんぼでもおります。とにかく、ご承知のとおり、属優貴雄ちゅう男は島じゅうの嫌われ者じゃったよってですな。けど、殺すちゅうところまでは誰も考えちょらんですよ。ずいぶんすさんだ世の中じゃけんど、人一人殺すちゅうのは、よっぽどのことです。それに、姫島の人間にとって、本庄屋ちゅうのは、先祖代々伝え伝えてきた、一種の聖域みたいな存在で、その一族である優貴雄を殺したいほど嫌うちょっても、ほんまに殺すちゅうことはとてもできんのとちがいますか。それに、浅見さんもたったいま、外からボートを使うて姫島に来たのではないかと、言われたではないですか。やっぱし島の外の人間の、いわゆる行きずりの犯行じゃねえですか」

「しかし、いまの段階でそこまで枠を広げるとなると、ほとんど迷宮入《めいきゅうい》りということに等しいのではありませんか？」

「おっしゃるとおりです」

痛いところを突かれた――というように、才賀はそっくり返り、目の玉を天井に向けて、大きくため息をついた。

「事件発生から一カ月半経過してこの状態じゃと、これはたぶんあかんのじゃなかかちゅうのが、自分らの偽らざる心境です」

「分かりました」

対照的に、浅見は小さく頷いた。才賀は仰向いたままの恰好で、目だけ浅見に向けて、「は？」と言った。口がポカンと開いた。

「警察がその状況なら、僕は気が楽です。だめでもともと——というつもりで、自由に推理を進めてみることにします」

「推理を進めるちゅうて……浅見さんは何か目処《めど》でもありますのか？　それじゃったら教えてくれてもよかろうがえ」

不満そうに口を突き出した。

「ははは、教えるなんてとんでもない。そこまではっきりしていたら、苦労はありませんよ。いまのところは、ただ漠然とイメージが浮かんでいるだけです。それに、いろいろ実験もしてみないと」

「実験ちゅうと、どんな実験です？」

「それはまだ言えません」

浅見は少年のように、茶目っけのある表情で笑った。

3

翌朝は雨になった。風はなく、けぶるような小雨だが、気温がかなり下がった。昨日までは邪魔物扱いだったブルゾンをまとい、ホテルで借りたビニールの安っぽい傘を傾け、浅見はラ・メールの店に背を向けるようにして歩いて行った。人気《ひとけ》の消えた港は侘しい風景であった。

伊美港の前も車が少なく、須藤のランドクルーザーはすぐに分かった。約束どおり、車の前に登山帽をかぶりジャンパーを着た男が立っていた。そう思って見れば、大分空港で浦本を出迎えた男であり、遠目でも、昨夜見たビデオに映っていた人物であることが分かった。

浅見が近づくと、先方もひと目でそれと察したらしく「浅見さんですね、須藤です」と名乗った。

「すみません、雨の中をお待たせして」

「いや、いま車から出たところです。それに、この程度の雨はむしろ歓迎ですよ。どうも暑いのは苦手でして」

車にはほかに誰も乗っていなかった。二人が乗り込むとすぐ、須藤は国東町の方角へ車を走らせた。

「福富さんは宇佐ですか？」

「いや、今日は国東町に来ております。それで何とか浅見さんともお会いできるというわけでして」

「そうですか、それは幸運でした。お忙しいのに、恐縮です」

伊美港から国東まで、あまり会話は弾まなかった。国東港のある田深《たぶか》という商店街を過ぎ、右側に役場を見て、橋を渡るとすぐ左手に国東署がある。鉄筋コンクリート三階建ての、なかなかきれいな建物だ。

「この辺りは鶴川《つるがわ》といいましてね、国東町の中心であるとともに、かつては国東半島東部の中心として栄えてきたところですよ」

須藤は説明して、「そこ左です」と十字路を指さした。

「私が住んどった子供のころは、漁師たちがドンチャン騒ぎをして遊ぶ港町やったのですが、いまはすっかり過疎化が進んで、寂《さび》れてしまいました」

ゆるやかな坂を上った辺りが商店街。

「ここは親不孝通《おやふこうどお》りいうて、その頃は漁師が一晩で懐ろをはたいてしまう飲み屋街でした」

その一角にレンガ模様のタイルを貼《は》った、ちょっとしゃれた造りの喫茶店がある。須藤はその前の道路に車を停めた。

店にはまだ「準備中」の札が下がっていたが、須藤は構わずドアを開けて、浅見に「どうぞ」と言った。親しい関係なのだろう。

店の中に客が一人いた。主人かな？——と思ったが、スーツを着て、ドアの開閉に構わず、向こうを向いたままなのは客の証拠に違いない。須藤はその客と背中合わせの椅子に浅見を坐らせ、自分はドアに近い側に向かい合って坐った。

カウンターの向こうにマスターが現われて、「コーヒーでよろしいですな」と言った。こんな時間じゃ、コーヒーしか出来ないと言いたそうな素《そ》っ気《け》なさだ。

「ところで、浅見さんは東京の方やそうですな」

須藤はたばこを取り出して、店のマッチで火をつけながら言った。

「お仕事は何をされておいでですか？」

「フリーのルポライターをやっています」

そのとき、背後の客が弾《はじ》かれたように動いた。ガタガタと椅子を退《の》けて立ち上がり、浅見の顔を覗き込んだ。

「あれっ、浅見さん、やっぱり浅見さんじゃないですか」

大分県警の杉岡警部だった。浅見も驚いて「あっ、どうも」と立ち上がった。

「なんや、杉岡警部さん、知ってはったのですか」

須藤も驚いて、三人が立ったまま、それぞれの顔を見合わせた。マスターは呆れ顔でこっちを見ている。

「知っているも何も……」

杉岡は須藤の耳に口を寄せて、マスターに聞かれないよう、囁いた。須藤はやや大げさに驚きのポーズを作り、「ほんまでっか」と言った。それから笑いだして、「いやあ、そうとは知らず、とんだご無礼をばいたしました」と頭を下げた。

「じつはですね、浅見さん」と、杉岡はちっとも面白くない顔で、須藤の隣りに坐ったが、須藤が「まあまあ」と手を上げて制し、すばやく目配《めくば》せをして、マスターの存在に注意を促した。マスターはコーヒーだけを出すと、あとはわれ関《かん》せず焉《えん》とばかりに、店の奥に引っ込んだ。その足音の遠ざかるのを確かめてから、杉岡は言った。

「須藤さんから、福富先生に脅しをかける不逞《ふてい》の輩《やから》がおるので、ひとつ立ち会うてくれちゅう依頼を受けたもんで、まあ、様子を見に来たちゅうわけですが、なんのこっちや、浅見さんでありましたか」

「いや、そうと知っておれば警部さんに声をおかけするような真似をしますかいな」

須藤は恐縮しきった様子だ。

「とにかく警部さん、お忙しいところをお騒がせしました。ほな、コーヒーだけでもお飲みになって、お引き取りください」

「そう言われても、本来の職務が詰まっておりますので、呑気《のんき》なことを言ってはおられんのですよ。とにかく、こういうことであれば、われわれの出番はないというわけですので、これで失礼します。浅見さん、お帰りのついでに、国東署のほうにお寄りくださ
い」

杉岡は憤然と席を立ったが、浅見に世辞を言うのは忘れなかった。

杉岡が店を出て行くと、「いやあ、どうもとんだことで」と、須藤はまた大げさに恐縮して見せた。浅見の目からは、須藤の芝居気が透けて見える。須藤はこっちの素性《すじょう》を知りながら、自分の潔白を誇示《こじ》するためにひと芝居打ったのだ――と浅見は思った。

「ではあらためてお訊きしますが、浅見さんは浦本さんとはどういうご関係です？」

「仕事上の知人です。以前、何度か一緒に仕事をしたことがあります」

「なるほど……それで、今回うちの福富に浦本さんの件でお話とは、どういうことでし

ょうか？　いや、もちろん福富に直接会ってお話しになるのは結構やけど、なにぶん福富は多忙をきわめておりまして、もし私ですむことやったら、そうさせていただきたいと思いましてね」

「それはむしろ、僕もそのほうがいいと思っていました」

「は？　といいますと？」

「福富さんより須藤さんのほうが、事情に詳しいと思いますから」

「はあ……その事情とは？」

「浦本さんの失踪から死にいたる経緯についてです」

「おっしゃっている意味が、よう分かりませんけどね。浦本さんは姫島で水死されたというふうに聞いておりますけどな」

「あなたにいまさら、そのことをご説明する必要はないと思います」

浅見は冷ややかに言った。

「浦本さんが亡くなった日、鯛生金山博物館で浦本さんが須藤さんと一緒だったことは分かっているのです」

「ほう……」

須藤は視線を外して、上体を後ろに反らした。このルポライターがどこまで知っているのかを推《お》し量《はか》っている。

「念のために言っておきますが」と、浅見は追い打ちをかけた。

「この件については警察もすでにある程度事実関係を把握しています。おそらく、今日じゅうか遅くとも明日には捜査員があなたに接触して、事情聴取を行なうことになるでしょう」

「事情聴取？　ははは、なんや、私がまるで容疑者のように聞こえますな」

「いえ容疑者ではなく、現段階では参考人といったところでしょうね。しかし、場合によっては容疑の対象にもなりうるかもしれません」

「ははは、脅《おど》かさんといてくださいよ」

虚勢を示すように笑ったが、浅見はニコリともしない。

「脅《おど》しではありません、事実を言っているのです」

「しかし、それやったら浅見さん、あんた、警察の重要情報を洩らしてしもて、問題やおまへんのか。お兄上の立場にも関わってくるのとちがいますか」

「分かっています。それを承知の上であなたにお話しするのは、須藤さんの――いや、はっきり言えば福富さんのためを思えばこそなのです」

「私や福富のため？」

「僕は福富さんが好きです。まだお会いしたこともない人のことを、好きだなどと言うのはおかしいかもしれませんが、ある出来事があってから、好感の抱ける人だと思っています。須藤さんはどうなのですか？　福富さんを好きで選挙のお手伝いをしているのじゃないのですか？」

「は？　いや、それはもちろん私も福富を好きやから、なんとか当選させたい思うて、日夜努力をしておるのですがね」

「福富さんのどこが好きなのですか？」

浅見に見据えられて、須藤はうるさそうに首を振ったが、すぐに昂然と頭をそびやかすようにして言った。

「彼の自由さが好きですな。既成概念に囚《とら》われずに自由な発想で、つねに前向き志向で物事を考え、実行しようとする。ベンチャービジネスでも成功しそうなアイデアマンでもある。それと……」

須藤は照れくさそうに頬を歪《ゆが》めて、「優しさがよろしいな」と言った。

浅見は意外な気がした。ジョークか皮肉かと思った。この男に福富の優しさを言ってもらいたくないようにも思った。

「浅見さん、福富いう男はずっと長いこと、仕事を通じて愚《おろ》かな連中のことを見、付き合うてきたのですよ。競馬、競輪、競艇、パチンコ、それにヤク……そういったもんに取りつかれて、泥沼に足を突っ込んだように抜けられんことになってしもた、どうしようもない連中です。ふつうであれば、そんな連中のことは見下げて、相手にもせんでしょうな。けど福富は違う。彼はそういう連中も見捨てない。正義の味方いうのはなんぼでもおるけど、彼は悪の味方にもなりうる人間です。世の中は妙なもんで、競馬やパチンコを作りだしておいて、競馬狂いパチンコ狂いの連中を罵倒《ばとう》しよる。いま問題になっとるプリペイドカードなんていうのも、あれはあんたの兄さんの仲間、警察のOBが考え出したもんでっせ。それだけやない、もともとパチンコなんてもんは、庶民のささやかな遊びにすぎんかったのを、CR機なんていうギャンブル性の強い機械を奨励した。政治は金を効果的に吸い上げる方法なら、何でも認可し奨励しやがる。競輪かて、もとは地方自治体の金欲しさから生まれたもんや。宝くじも同じ。すべて国民の射倖心《しゃこうしん》を煽《あお》り上前《うわまえ》をかすめ取《と》る公営ギャンブルやおまへんか。そういうものを作り出しておいて、それに溺《おぼ》れてどうしようもなくなった者を、アホ呼ばわりしよる。アホどもは必死になって稼いだ金をギャンブルに注ぎ込み、身をすり減らして政治の資金作りに貢献しよる。その金で政治家や官僚は好き勝手なことをしよる。これが実態や。こんな汚ない国で正義の味方いうのは、いったい何者でっか？　警察が正義の味方などとは、言うてほしくないですな」

須藤は浅見の向こうに警察があるかのごとく、ジロリと鋭い目で睨《にら》んだ。

「福富は頭のええ男や、仕事も人一倍でける。それでいて、ギャンブルの虜《とりこ》になってどうしようもなくなったアホな連中のことをアホ呼ばわりしたり見捨てたりはせんのです。その優しさが、私は好きやねえ。そやから、福富が政治をやりたい言うたとき、私はやめときなさい、言うたんです。政治家になるには、彼は善人すぎる。しかしどうしてもやる言うよって、それなら私も力を貸しましょう。その代わり私のやり方でやらしてもらいます言うて、選挙参謀を引き受けた。福富には知名度も魅力もあるが、金のないところが欠点やさかい、そっちのほうを任してもらうことにした。けど、なんぼ私かて、錬金術師《れんきんじゅつし》やないよって、何も材料のないところから金を生むことはでけまへんな。当面、利用でけるもんは何でも利用せなあきまへん。それは浅見さんのような、きれいごとの世界に住んでおられる人からすれば、おそらくダーティにしか見えんやろけど、金は金です。さっきも言うたように、大蔵省の金かて元をただせばダーティそのものです。銀行の金なんかもっと汚ない。汚なかろうが悪かろうが、泥《どろ》は私が引《ひ》っ被《かぶ》ればよろしい。『泥中《でいちゅう》の蓮《はちす》』いうやおまへんか。泥の上にポカッと大きな花を咲かすことがでければ、私はどうなろうとかまへんのです。それが福富のための——いや、私自身のための、私の戦いです」

一気に喋《しゃべ》って、須藤は息も切らさず、ひっそりと椅子の背に凭《もた》れた。

4

浅見はしばらく言葉もなかった。須藤に説得されたというのではないけれど、予想外の展開であることは認めなければならなかった。浅見の予測としては、須藤はのらりくらりと言《げん》を左右《さゆう》にして、浅見を翻弄《ほんろう》してかかろうとするのではないかと思っていた。それを一歩ずつ、外堀を埋め内堀を埋めして追い詰めてゆくかたちを想像していた。

ところが実際は違った。須藤は自分の信念というか、本音に近いと思われるものを、一挙に吐露《とろ》した。

何よりも浅見が参ったのは、須藤に「きれいごとの世界」の住人である事実を突かれたことだ。これには反論のしようがない。

正義が相対的なものであり、絶対正義などというものはこの世の中には存在しないことは、浅見も同感出来る。宗教といえども、自分の神が唯一無二《ゆいつむに》の正義だとおたがいに言い合っているのは、むしろ滑稽《こっけい》な矛盾でしかない。だからその点はいいとして、しかし、それでは正義はないのかと言われれば、ある——と答えたい。少なくとも、正義の存在を否定するゆえに不正を行なってもいいという道理にはならない。それはテロリストの論理である。人間社会は、あるかないか分からないほどの、か細い信頼関係によって成立しているようなものだ。正義という概念は、たとえ概念にすぎなくとも、そのひとつの拠《よ》り所《どころ》であるはずなのだ。

「泥中の蓮」と須藤は言った。自分を泥と貶《おとし》めて言っている。こういう開き直りを見せた人間に対しては、賢《さか》しらな論理を突きつけても意味はない。先方は何もかも百も承知の上での確信犯なのである。

「逃げきれますか」

浅見はポツリと言った。論理をすべて省略した、それが結論であった。

須藤は「ん？」と目だけを浅見に向けた。彼もまた意表を突かれたに違いない。

「逃げるとは、何からでっか？」

「殺人の共犯、または教唆《きようさ》です」

「ははは、私がいったい何をした、言わはるんでっか？」

「無駄なことです」

「無駄、とは？」

「あなた自身が何もかも知っていることを、僕に説明させるのは無駄でしょう」

「あんたが私の何を知っとる言うんや」

「僕や、それに警察が知っているのは、須藤さんと浦本さんが鯛生金山に一緒に行ったことと、そこに笠原氏と彼のボディガードの乗るロールスロイスがあったこと、そこから先、浦本さんの姿を見た者がないこと、その後、ロールスロイスが耶馬渓の伊福で立《た》ち往生《おうじょう》したこと、三日後に浦本さんの死体が姫島に漂着したことなどです。それを繋《つな》げば、事件ストーリーは簡単に書き上げることができますよ」

「確かに鯛生金山に行ったことは事実やけど、浦本さんとはそこで別れた。その後、私はまっすぐ別府に戻ったし、彼がどこへ行ったのかは知らん。だいいち、鯛生金山の山奥と姫島とが、どないして結びつくんやね」

「鯛生金山とは結びつかなくても、耶馬渓と姫島は水で繋がっていますよ。あ、言い忘れてましたが、浦本さんの死因は淡水による溺死であることは分かっているのです。おそらく、さらに詳しい成分分析が行なわれて、すでに耶馬渓特有の物質が検出されていると思いますが。あ、それから、浦本さんのカメラが五日後に姫島で拾得物として発見されまして、その中のフィルムケースから、笠原氏の部下の木堂《きどう》という人物の指紋が採取されました。しかも、そのフィルムにはキツネ踊りが写っていたのですよ」

「ばかな……」

須藤は顔を歪めて言った。

「たとえ浦本が耶馬渓で水死し、木堂がそれに関わっていたとしても、それが私に何の関係があると言うんかね」

「ははは……」

浅見は少し悲しげに笑った。

「僕は警察ではありません。あなたを逮捕する気もありません。いま考えているのは、好きな福富さんのことだけです。あなたはご自分を泥だと言われた。泥が花を沈めますか。それでいいのですか」

「………」

須藤は黙って、視線を逸《そ》らした。

「遅くとも明日には、警察はあなたのところに来て事情聴取をするか、場合によっては任意の出頭を求めますよ。最初は浦本さんとの関係について訊問するでしょう。とうぜん、福富さんと浦本さんの関係にも話が及びますね。鯛生金山に浦本さんを誘い出したのはどちらだったのかも、重要なテーマです。いったい何をエサにして浦本さんを罠《わな》にかけたのか、なぜ抹殺《まっさつ》しなければならなかったのか、そういったことについて、あなたの大嫌いな正義の手先どもが、寄ってたかって、泥田の中に花を沈める作業を始めるわけです」

「浦本は……」と、須藤は顎《あご》で蠅《はえ》を追い払うような仕種《しぐさ》をした。

「彼は福富のシンパとして私と知り合うた。福富を代議士にする夢という点では、私と意気投合した。警察アレルギーという点でも共通していた。浦本は日出生台の基地問題の取材を通して、反対闘争のグループに深く関わっとったから、それを足掛かりに福富の票田《ひょうでん》を開拓しようということやった。日出生台を選挙に活用しようというのは、私も同感やったが、方法論がまったく異質で、彼は反対運動の連中の支持を得ることばかりを考え、そこから抜け出せへん。そんなものが票にはならんいうことが、彼にはどうしても理解でけへんのやね。保守党の三宅かて、同じ方法を取っとるやろうし、だいいち、そういう運動をやっとる人間が全部真っ白で、打算なんかないように思うとるのやから、どないもしようがなかった。選挙資金をどうするのかと言うと、そんなもんがなくても法定費用で戦えるはずだと言う。もう救いようがなかった。それで私は彼とはべつに私の方法論を実行することにした。どういう方法かは想像してもらうよりしかたがないが、目的は金と票やね。とにかくこの二つがなければ、選挙には勝てへんのは当たり前や。ところが浦本はそれを汚ないと言う。ことごとに私の邪魔をしよった。あげくの果て、もしやめへんのやったら、重要な秘密を公開するとまで言いだした。何もかもぶち壊すつもりや。浦本は福富を勝たせることが目的やなくて、彼が正義と信じるもので戦う、そのことに意義を感じとったんや。勝ち負けはどうでもええのや。そんなもん、はいそうですかと言えまっか？」

「それで殺害することにしたのですか」

「ははは、説得言うてもらいたいな。笠原がわしに任せろと言うたのです。もっとも、どういう説得をするつもりかは想像でけんこともなかったですがね。しかし殺すところまでゆくとは思わんかったが……とにかく、そういうわけで笠原に任せることにした。というても、浦本は笠原を嫌って、会わん言うとるので、作戦をたてた。浦本に電話して、三宅副総裁派の後援者が、鯛生金山で新鉱脈を発見したと言うて、中央の企業から融資を引き出そうとしておるが、そのような事実はあるのかどうかと訊いた。浦本は以前、鯛生金山を取材して、奥の奥まで詳しゅう知っておるのですよ。彼はそんなはずはない、それはガセだと主張した。それやったら、これはスキャンダルとして使えるやないかと私が提案して、ようやく彼も乗ってきた。八月十二日、台風接近のなか、彼は大分にやって来おったのです」

須藤はまるで勝利者のように、誇らしげな顔を天井に向けた。しかし、その顔はすぐに醜く歪んだ。

「いまにして思うと、浦本はそのとき、私のつくり話の嘘を、うすうす察しとったのかもしれまへんな。嘘と承知の上で、罠かもしれんと分かっとって……ひょっとすると、死ぬことさえ予感しとったのかもしれん」

（やはりそうだったのか――）と、浅見は思った。浦本が大分へ向かうとき、可奈に「もし、おれに何かあったら、浅見さんに相談するように」と言い残したことには、死への予感というより、むしろ覚悟に近いものがあったのかもしれない。

（しかし、なぜ――）

浅見の疑問を、まるで見抜いたように、須藤が言った。

「なぜそう思うかいうとですな、大分空港から鯛生金山へ行くまでのあいだ、彼はしきりに奥さんのことについて話しとったのです。奥さんを殺してしもうたことをです」

「殺した？　浦本夫人の死は事故死だったはずですよ」

「それは私も知っとりますがな。けど浦本は殺したと言うてました。殺したみたいなもん――いうのやなく、はっきり殺した――とです。まあ、そこまで罪の意識が強いいうことかもしれんが、夫人が亡くなって多額の保険金が入ったことは事実なのです。すぐ目の前で溺《おぼ》れよる奥さんを、助けようとして助けられんことはなかったんやないか――

これが警察の疑惑であり、浦本自身の自分に対する疑惑でもあったのでしょうな」

「もしそれが事実なら、警察よりむしろ保険会社のほうが徹底的に調査するはずですよ。保険金の支払いだって行なわれない可能性があります」

「そやけど保険金が支払われたいうことは、何も不正はなかったいうことなのでしょう。しかし結果はそうであっても、浦本の気持ちの中では清算でけへんものが、いつまでも尾を引いとったのとちがいますやろか。そうして彼は、話の結論のように、人間はもっとも効果的なときに死ぬべきだ――みたいなことを言うてました。まるで、自分に言い聞かせるように、です」

「なぜなのですか。なぜ浦本さんは死を覚悟しなければならなかったんですか」

「さあ、それは私には分かりまへん」

「それは須藤さん、あなたの詭弁《きべん》でしょう。浦本さんには可奈さんというお嬢さんがいます。可愛いし、これからがまだ大変な年頃《としごろ》です。そのお嬢さんを残して、なぜ死を覚悟することなど出来るのですか」

「ですから、それは私には分からん言うてるのです。分からんけど、とにかく私にはそう思えた。いま話したことを聞いて、浅見さんはどない思います？　やっぱりそうとしか思えへんのとちがいますか？」

「それは、あなたの話が事実であり、脚色《きゃくしょく》されていなければそう思うかもしれませ
ん」
「それやったらそのとおりです。私は何も脚色など加えておりまへん。いまさら嘘《うそ》をつ
いても始まらんでしょう。私かて……」
須藤は不敵な笑《え》みを浮かべ、浅見の顔をジロッと見て、言った。
「……効果的な死に方を選びますがな」
「………」
浅見はドキリとした。相手はもしかすると自分より一枚《いちまい》も二枚《にまい》も上手《うわて》で、何もかも見《み》
透《す》かされているのでは——と思った。
「浅見さん、あんたが刑事より先に私のところに来たのは、優しさですか、それとも冷
酷さですかな」
「それは、僕は、優しさのつもりです」
「さいでっか、素直にそう受け止めておきましょう。そやけど浅見さん、優しさいうも
んは、ときとして最大の冷酷さにもなりうるもんですなあ」
「僕はそうは思いません。最悪の事態の中でどうするのがいいのか、その選択を委《ゆだ》ねる
ことが冷酷だとは思いません」

「それが辛《つら》い。委ねるのであって押しつけでないいうのが、辛いのですよ。いっそ真っ直ぐ突き刺されたほうが、なんぼ楽かしれんのですよ」

須藤は「ははは」と乾いた笑いをして、「それでは、さっきの話のつづきをしましょうか」と、表情を引き締めた。

「あの日は日出生台を過ぎるころから、ものすごい豪雨になった。鯛生金山のある中津江村いうのは、えらい山奥でしてな、帰りの道路が心配になるほどやった。鯛生金山に着いたのが四時少し前ごろで、風も雨もますます強くなってきていた。博物館の女性が、いまごろから入って——みたいな迷惑そうな顔をしとりましたよ。浅見さんは鯛生金山博物館はご存じないのでしょう？　まあ、佐渡島《さどがしま》や伊豆の土肥《とい》にある金山博物館と似たり寄ったりと思うてもろてよろしい。廃坑《はいこう》の中をぐるっと回って来る仕掛けです。私らは足早に歩いた。見学が目的やなくて、鉱山の実態を見るのが目的ですのでな。けど、実際は二人ともその目的も嘘やいうことは分かっとって歩きよったのです。私はもちろん、浦本もちゃんと分かっとったのですよ。十分もかからんと入口まで戻って来て、浦本は何もないじゃないかと怒ったような口調で言うた。この前来たときと、何も変わっていない……私もそうやな、何もないなと……それで、どんどん歩いて、博物館を出て駐車場のところまで行くと、笠原たちが待っとった。笠原はちょうどええところで出会うた、どこぞで開発計画の打ち合わせをしようと、まあ猿芝居《さるしばい》みたいなことを言うてました」

須藤は自嘲《じちょう》するような口調で言い、

「けど浅見さん、私の……いや、浦本の名誉のために言うときますけどな、浦本は笠原たちに拉致《らち》されたのとはちがいますよ。彼は自ら進んで、笠原の車に乗り込んだのです」

「えっ……」

「ははは、意外に思われるかもしれんが、それが事実です。騙されたいう見方をするのも自由やが、私はそうは思わん。彼は何もかも分かっとって、自らそれを選択したのやと思っとります。その証拠に、最後に浦本は窓を開けて、笑顔で私に手を振って『さよなら』と言うたのです」

無意識にそうしたのか、須藤は右手を小さく上げて、かすかに左右に振った。いまにも泣きそうな顔であった。

5

才賀は、国東署の玄関先からそぼ降る雨の中に出たり引っ込んだりして、浅見の来るのを待っていた。そのくせ、ビニール傘《がさ》をさした浅見が、ほんの目と鼻の先までやって来るまで気づかずに、「あれっ、浅見さん！」と素っ頓狂《すっとんきょう》な声で迎えた。

「なんじゃ、どこから現われたんです？」

てっきり、逆方向から車に乗って来るものと思っていたらしい。

「鶴川の街を見物してきました」

浅見は陽気に言って、才賀を追い立てるようにして建物に入った。

「そげえ呑気なこと言うちょってから、こっちは心配しちょったんですよ。どげなったんです？」

せっつく才賀を「まあまあ」と宥《なだ》めて、取調室に入った。取調室がいいと言ったのは浅見のほうである。誰にも邪魔されず、秘密の話が出来る場所としては、うってつけだ。

「須藤氏はよく話してくれましたよ」

浅見はあっさり、結論を言った。

「よう話したちゅうと、ゲロしたちゅうことですか？」

「いや、僕は警察ではありませんから、そこまではいきません。そうではなく、浦本さんとの関係や、浦本さんと鯛生金山へ行った経緯について話しました」

「つまり、犯行を認めたわけじゃないんですか」

「それは今後の才賀さんの取調べいかんでしょう。彼は鯛生金山で浦本さんと別れたところまでは認めましたが、それ以降のことについては知らないと言っています」

「それは嘘に決まっちょるでしょう」

「たぶん……少なくとも、笠原氏とその部下が浦本さんと一緒に行ったことは知っているのだから、その後、何があったかも想像がつくはずです。ただし、それも僕はあえて問《と》い質《ただ》すことはしませんでした。もちろん、そこから先は警察の仕事ですからね」

「分かりました。いいです。いや、それ以上のことを浅見さんがするんじゃねえかと、それがむしろ心配じゃったんですよ。じつはですな、この件を署長に内々に話して、今後の捜査の進め方を話し合うたとです。署長は非常に気い使うて、十分、配慮の上にも配慮せい言うちょるのです。選挙を控えて、選挙妨害じゃとか、人権侵害じゃとかいうことになったら、うるさいちゅうて……うちの署長は気が小さいよってですな」

「分かります、分かります」

浅見はかすかに笑った。

「そんで、明日、とりあえず須藤に接触して、遠回しに事情を聴取するところから始めることになったんです。いちおう、下準備として彼の経歴その他のデータを集めつつありますが、彼には前歴がありましたよ」

「ほう……」

「ずいぶん古い話やけど、二十年ほど前、兵庫県の尼崎競艇場を舞台にした八百長《やおちょう》事件ちゅうのがあったそうです。暴力団と競艇選手二人が関係した事件やが、その仲立ちをしたちゅう容疑で、当時、尼崎競艇場の事務局に勤務しちょった須藤が逮捕されちょるのです。暴力団に脅かされたためちゅう情状があったため、結局は起訴猶予《きそゆうよ》に終わったが、選手は処分され、須藤は依願退職《いがんたいしょく》しました」

「依願退職ですか。それはまた、ずいぶん軽くてすんだのですね」

「まあ、いろいろあるんでしょう」

「というと、上のほうにも後ろ暗いことがあったとか——ですか」

「それは分からんですがね。ところで、その八百長に関係した選手じゃけんど、そのうちの一人がなんと、意外な人物でした」

「中瀬古さんですか、ラ・メールの」

「えーっ、浅見さん、知っちょったんですか？」

「いえ知りませんよ。ただ、そういうこともありうるかなと」

「驚きましたなあ……」

才賀は口を丸く開けて、呆然と浅見を眺めた。

「それより、須藤氏のその後を聞かせてくれませんか」

才賀は手帳を出して、メモを読みながら言った。

「警察の記録に残っている須藤のデータによれば、それから五年後に四国の丸亀の選挙違反事件で、彼の名前が捜査線上にのぼっちょります。結果は時効で不起訴。さらにそれから三年後、長崎県大村の選挙違反でも須藤の名前が浮かんだが、これも時効。その間、須藤は完全に潜伏してどこにおったのかも掴めんかったようです」

「丸亀に大村ですか。どちらも競艇場のあるところですね」

「えっ？　あ、そうじゃったですか。ふーん、それは偶然とは思えんですなあ」

「その先はまだあるのですか？」

「ああ、比較的最近では七年前に大阪で恐喝で告訴されたが、これは原告が告訴を取り下げ、逆に須藤に誣告罪《ぶこくざい》で告訴されそうになって、示談《じだん》ですませたちゅうのもありました。それ以外は何もありません。つまり、前歴があるちゅうても、前科にはなっちょらんのですな。須藤の社会的な職業は著述業ちゅうことになってます」

「しかし、いまの話を聞いたかぎりでは、その実体は仕事師というイメージですね」

「まさにそんとおりやな。それも相当な知能犯ちゅう感じです。こんだけ派手なことをやってきちょって、前科もつかなければ、殺されもせんかったちゅうのは、なみのワルと違いますな」

「ははは、感心してちゃいけません」

「ん？　いや、もちろん感心しちょるばかりではないんです。今度ばかしは須藤も年貢《ねんぐ》の納《おさ》め時《どき》でしょう。殺人の正犯ではないとしても、浦本さんを鯛生金山まで呼び出したのは間違いねえ。従犯か教唆《きょうさ》は免《まぬが》れないところでしょうな。けど、そうすんと福富さんはとんだとばっちりを食うことになるなあ。ようやっと人気が定着してきたちゅうのに、気の毒なこっちゃ」

「そうですね」

浅見は頷いたが、才賀の危惧《きぐ》するようなことになるとは、思っていなかった。

国東署を出ると、浅見はバスを乗り継いで宇佐へ行き、さらに電車で中津まで行った。所要時間はおよそ三時間——思いがけぬ長旅であった。むろん才賀にそう言えば車で送ると言うだろうから、伊美まで、田舎のバスで帰りたいのだと嘘をついた。

中津駅から造船所までは車でわずか三分。運転手があまりいい顔をしないわけだ。

属直樹は浅見の突然の来訪に驚いた。

「知らせてくだされば、お迎えに行ったものを……」

「いえ、じつはさっきまで国東署にいて、これから東京へ帰る途中なのです」

「と言われると、私が手紙でお願いしたことで来られたわけですか？」

「それもあります」

「そうでしたか、それはまことにありがたいですなあ。わざわざ遠いところをご無理言うて、ほんとに申し訳ありませんでした」

「浦本さんの事件は、まもなく新しい展開を見せることになるでしょう」

「ちゅうと、やっぱり笠原たちがやったんですか？」

「それは僕の口から申し上げるわけにいきません。いずれ数日中には分かることです」

浅見は席を立って、窓辺に近寄った。ここからは目の前に、見渡すかぎり周防灘が広がっている。雨は上がって、対岸の低い陸地が霞《かす》んで見えた。

「それよりも属さん、もうひとつのほうの事件についても、解決しなければなりません」

直樹に背を向けたまま、言った。

「もうひとつの事件ちゅうと、優貴雄の事件のことですか」

「そうです。警察の捜査は相変わらず進展が見られないようですが、僕は根本的に捜査方針が間違っているのではないかという気がしてならないのです」

「それはですから、私が浅見さんに言うたとおりでしょう。才賀警部補以下の刑事さんたちは、いまだに島での聞き込みをつづけちょる。犯人は島の者ではないと言うちょるのに、まるで分からんのです。そうすんと、そっちのほうの事件も浅見さんが解決でけるちゅうことですか？」

「そうですね……」

途切れた言葉の先を、直樹はじっと待っている。

「ひとつお願いがあるのですが」

浅見はクルッと振り向いて、元の席に戻りながら言った。

「お宅の会社で作られた船に乗せていただけませんか」

「は？　そげなことならお安いご用です。いつでもどうぞ言うてください。試乗用のモーターボートでよければ、私が乗せて差しあげますよ」

「じゃあ、いまからいかがですか」

「いまから……よろしいでしょう。雨も上がったし風も波もないし、いいボート日和《びより》ちゅうところですな」

「ただし、ちょっと遠くまでですが」

「はあ、どこまでです？」

「下松《くだまつ》です」

「下松……山口県のですか？」

属直樹は顔を曇らせた。

「ははは、ちょっと遠すぎますか。東京へ帰るのに都合がいいと思ったものですから。いや、ご迷惑ですね」

「そんなことはないです。遠慮せんといてください」

直樹はかぶりを振った。

「下松までやったら、三時間もあれば往復でける距離ですよ。そうや、浅見さんを送ったあと、真っ直ぐ姫島に帰ることにします。そうすれば、暗くなるまでには姫島に着きます。ぜんぜん気にせんでください」

支度を整えて、すぐに岸壁へ下りた。社員がボートの準備をしてくれて、燃料も満タンになっていた。白い船体にブルーのラインが入った美しい船だ。全長九メートルほどもあり、浅見の目にはボートというより船に見える。定員は十二名。二〇〇馬力で、トップスピードは三五ノットまで出る。

「もっとも、クルージングスピードは、だいたい二七、八ノットがいいところです」

直樹は謙遜《けんそん》するように言ったが、それでも楽に、時速五〇キロ近くで航走するということだ。魚探兼用のナビゲーションシステムが装着されているのは、島の多い瀬戸内海で、ことに夜間の航行には威力《いりょく》を発揮《はっき》するに違いない。

山国川の河口を出はずれると、ボートはトップスピード近い速度で疾走した。直樹は性能のよさをひけらかしたいのかもしれない。そのときになって浅見は、エンジン音に負けじと、大声で言った。

「折角ですから、途中、姫島に寄ってみていただけますか」

直樹は一瞬、キョトンとした目で浅見を見たが、すぐに「ＯＫ」と怒鳴り返した。

直樹が言ったとおり波もなく、ときどき船舶の通ったうねりに出会って、バウンドするような豪快な波切りがあっても、船酔いをするようなものではなく、むしろ爽快な気分だ。四十分ほどで前方に見覚えのある島が見えてきた。ナビシステムの画面には、細長い島の形がくっきり描き出されている。

姫島までは約五十分。姫島の北側を回って灯台下まで行き、そこから北へ針路を取った。姫島から下松まではおよそ三十五キロ。ただし、下松のある笠戸《かさど》湾は左に竜宮《りゅうぐう》岬、右に笠戸島《かさどしま》の火振《ひぶり》岬が突き出しているので、そうそうトップスピードというわけにはいかない。湾内に入ると十数ノットに減速した。

右手に笠戸大橋《かさどおおはし》を見る辺りから、湾内はほとんど静水《せいすい》に近い。とくに下松港内は湖のようだ。正面に二つの大きな埠頭《ふとう》が突き出している。中型の貨物船が二隻と砂利運搬船や曳《ひ》き船《ふね》のような小型船舶が数隻いるほかは、埠頭の上の砂利の山ばかりが目立つ。

直樹は巧みにボートを操り、右側の埠頭を右から迂回《うかい》した。埠頭の根元は大きく深くくびれていて、そこは漁船の船溜《ふなだ》まりになっている。船の数は決して少なくないが、岸壁にはかなりの余裕がある。レジャーボートも数隻停泊していた。そのあいだに割り込むように、ボートを岸に着けた。時計を見ると、姫島からジャスト一時間――トータル二時間弱の行程であった。

「ほんとにここから帰るのですか？」

船縁から岸壁に移る浅見に、直樹は心配げに訊いた。

「ええ、でも、またすぐにお邪魔するかもしれません」

ありがとうございました――と笑顔で手を上げて、ボートが埠頭の陰に消えるまで見送った。

それから地図を頼りに下松駅へと向かう。港湾施設を抜けるとまもなく広い通りにぶつかる。たぶん国道188号で、交通量はかなり多い。右へ二百メートルほど行ったところに交差点がある。信号で一分ほど待った。道路を渡るとそこから先は商店街というより、飲食店ばかり目立つ街並みがつづき、約二百メートルで駅前広場。そこがもう山《さん》陽《よう》本線の下松駅であった。

港からここまでは八分足らずで来る。時刻は六時。晴れた空はまだ明るい。

（さて――）と浅見は、これからの数時間をどう過ごすべきか思案した。山口県には何度も訪れた浅見だが、下松というところはまったく知らない土地だ。どこへ行けば何があるのかもさっぱり分からない。駅前も商店街もあまりぱっとしない街である。大きな看板に「二十一世紀へのまちづくり」と大書してあるから、きっとこれから再開発を進めるところなのだろう。

観光案内所でもらったパンフレットに「歴史と伝説の町下松」とある。それによると、推《すい》古《こ》天皇のころに星が降って、七日七夜輝いた――という伝説があるらしい。流星にしては七日間も輝くのはおかしいから、ひょっとするとＵＦＯかもしれない。だとすると、日本最古のＵＦＯの記録ではないか――などと勝手に空想した。

観光の目玉はやはり笠戸湾に尽きるようだ。それは確かに保証出来る。左右の岬に抱かれた入江は美しかった。湾内で採れる「笠戸ひらめ」というのが美味だというので、なるべく安そうな店を選んで入った。愛想の悪いおやじが、「ヒラメじゃったら、お造りかから揚げやな」と勧める。どっちが安いか聞いたらから揚げのほうが実質的だというので、それにした。確かに美味い。頭からムシャムシャ食うと、おやじが「お客さん、魚好きやね」と感心した。

ヒラメとご飯と味噌汁で一時間ねばって、それから喫茶店に入った。コーヒー一杯で八時半までいて、ついに万策尽きて駅へ行くことにした。

下松駅の駅舎は高架橋上にある。階段を上がって入口を入ると待合所と出札窓口と改札口がある。待合所にはベンチがいくつかあって、ひまそうな老人が数人、缶ビールを手にしながら無駄話をしている。

驚いたことに、駅員の姿は一人も見られなかった。改札口は開けっ放しである。浅見は自動出札機で普通乗車券を買ったが、当然のことながら、改札口は切符なしで通過しても誰も咎める者はない。そのまま上り線のホームに降りて行った。

二〇時五四分の上り普通列車が到着し、出発して行った。乗降客は呆れるほど少ない。列車の発着時だけホームに駅員が出て、列車に合図を送っているが、列車が出てしまうと事務室に引っ込んだ。

やがて二一時一一分発の特急「富士」が入ってきた。ホームにいる客は浅見のほかにはたったの二名。浅見はなるべくほかの客から離れて4号車に乗った。

かつての花形寝台特急「富士」は、老朽化し、薄汚ないほどであった。新幹線が出来て以来、長距離列車はどこも肩身の狭い思いをしているに違いない。

デッキに佇んでいると、およそ三分後に車掌が来た。浅見の切符は下松で買った普通乗車券のみである。

「すみません、さっきの普通列車に乗り遅れてしまったもんで、柳井《やない》まで行きたいのですが、構いませんか」

「それは構いませんよ。だめだと言っても、降りるわけにいかないでしょう」

ジョークの分かる車掌だが、特急料金はしっかり取られた。

「それにしても、僕が乗ったことがよく分かりますねえ」

浅見は訊いてみた。

「そりゃ分かりますよ。何人乗ったかぐらいはね」

「しかし、もし僕がどこかに隠れたら、どうやって探すんですか?」

「ははは、だめだめ、使用中の寝台は全部控えてありますからね。姿が見えなければ、ひとつずつ確かめます。もちろんトイレも」

「じゃあ、すでに使用中になっている寝台に乗ればいいわけですか」

「は？　どういうことですか？」

車掌は何が言いたいんだ？――というように、疑わしそうな目で、妙な客を窺《うかが》った。

浅見は満足した。あとは柳井の宿が心配だが、いつか泊まったことのあるビジネスホテルなら、なんとか予約なしでも大丈夫だろう。

第七章　売国奴《ばいこくど》

1

新豊国開発のビルは国道10号の北側に建っている。十二階建ては近くにあるホテルとともに、中津《なかつ》市ではもっとも背の高い建物である。最上階にある北向きの社長室の窓からは、眼下に日豊《にっぽう》本線中津駅、さらにその先に広がる市街を越えて周防灘《すおうなだ》が望める。そのことがビルの高さを決定する要因であった。

もっとも、笠原にとってはこの眺望がいらだちの原因にもなっている。はるか市街地のはずれ、山国川の河口近くに見える造船所一帯の土地がどうしても手に入らない。属直樹の抵抗さえなければ、そこが笠原の思い描く「拠点」の建設地になるはずなのだ。しかし、その代替地の候補である姫島のほうが、立地条件としては理想的だ。ただし、ことが思惑どおりに進めば――の話ではあるが。

社長室に須藤が来ている。黒い服を着て、憂鬱そうな顔である。これでネクタイが黒なら、葬儀社の人間か、地獄からの使者にしか見えない。

「姫島での計画は、その後、どないなってますのやろ？」

須藤は税務調査のような、冷ややかな口調で言った。

「どないもこないも、あんたも知ってのとおり、あれっきり何も進んでないがな」

「見通しはどないです？　福富は姫島の再開発計画をひとつの目玉として選挙を戦うつもりでおりますので、それがまったく見通し立たないいうことだと、笠原さんとの提携が意味を持たないことになるどころか、マイナスイメージでしかないと言うてますねん」

「マイナスイメージちゅうと、何かい、わしがマイナスイメージちゅうことやないか」

「失礼ですが、正直申し上げて、それはそのとおりでしょう。新豊国開発さんには正豊組との関係など、とかくの噂があることは事実ですのでな。しかし、笠原社長さんが、今後は企業の利益をなげうってでも、社会のために貢献したい言わはる。それはたいへん結構なことや、ぜひ協力しあいましょう——こういう素直で自由な発想のでけるところが、福富の政治家としての資質のユニークなところやったのです。けど、社長さんがおっしゃっておられた姫島の再開発計画が、じつは絵に描《か》いた餅《もち》やったいうことですと、まことに困りますな」

「困るちゅうたって、いまごろそげなこと言われたら、わしのほうが困るがな。だいいち、本庄屋のアホ息子があげなことになってしもうて、当分のあいだは動きがとれんのは、あんたかて分かっちょるじゃろが」

「ということは、属優貴雄さんの事件で警察の捜査が行なわれておるあいだは、動かへん言われるのでっか?」

「まあ、そうやね」

「つまり、あの事件はやはり社長が……」

「なんば言うちょっとね。違う言うちょるじゃろが。わしは関係ない。どこかのアホがやりおったこっちゃ」

「どこかのアホとは、組の者でっか? それともやはり木堂さんあたりが……」

「違うちゅうとる」

「しかし警察はそうは思わへんでっしゃろなあ。現に木堂さんについては警察のマークがついております」

「えっ、ほんまかね?」

「ええ、警察はすぐそこまで来てますよ」

「えっ？　どこにじゃい？」

笠原は思わず窓に視線を走らせた。須藤は「そうやなくてですな」と苦笑した。（このアホが――）と、表情に出そうなのを辛《かろ》うじて抑えている。

「浦本が耶馬渓で消されたのを警察はすでにキャッチしておるいうことです」

「そんなアホな……あんたがサシよったんとちがうか？」

「なんで私が？　私がなぜそないなことをせななりませんねん？」

「けど、警察は浦本は姫島の海で溺死したちゅう発表をしちょったがな」

「あの時点ではそうでしたが、その後の解剖の結果、浦本は海水やなくて淡水で溺死したいうことが分かったのです。これは警察筋の信頼でける人物から聞きました」

「やけんど、淡水ちゅうだけで、なんで耶馬渓ちゅうことが分かるんじゃい？」

「死亡時刻前後に、社長さんたちが耶馬渓におられたいうことが分かっておるからです。しかもそこに浦本も一緒やった」

「浦本が一緒におったちゅうことは、あんたが喋らんかったら分からんやろが」

「それは、私は警察に調べられても、たぶん黙っとるつもりです。しかし、浦本が鯛生金山に私と一緒に行ったこと、鯛生金山で私と別れたこと、そこに社長さんの車があったことは第三者によって証明されてます。しかも浦本がその後、社長さんたちと行動を共にして、最期《さいご》の瞬間《しゅんかん》まで一緒だったことも分かっているのです」

「なんでや？　なんでそげえなことになっちょるんや？」

「カメラですよ、カメラ」

「カメラがどげえしたんじゃ？」

「浦本のカメラを木堂さんが盗んで、しかも姫島に置き忘れてきたやないですか。それにばっちり、木堂さんの指紋が付いておったのです」

「なんやて？……」

笠原の顔面が紅潮《こうちょう》した。

「そげなことがあったんかね。わしは何も知らんぞ」

「ふーん、社長も知らんかったのですか。もちろん私かて知りまへんでしたけどね。しかし間違いありまへん、さっき言うた警察の筋からの情報ですさかい。嘘や思うのやったら、ご本人に確かめてみたらどないです？」

笠原は電話で木堂を呼び出した。二人のボディガードの片割れである。木堂は電話の笠原の声にただならぬ気配を感じたのか、怯えた目でドアを入ってきた。

「きさま、浦本のカメラを盗みよったちゅうのは、ほんとのことか」

いきなり言われて、木堂はグッと喉《のど》を詰《つ》まらせ、反射的に須藤の顔を見た。

「そうなんか、盗んだんか。そんカメラはどこへやった？」

「…………」

「ドアホッ、そんカメラを姫島に置き忘れてきよったやろが。何ちゅうことをしくさったんや。そのカメラに指紋が残っちょって、警察はきさまを浦本殺しで追っ掛けちょるそうや」

「けど、あれは社長が殺《や》れと……」

「なんばぬかしよっと、浦本を川に放り込んだんはきさまじゃ。浦本はきさまが殺ったんや。それしか、しようがない。こうなった以上、それが男の責任の取り方ちゅうもんやろが」

「そげえなことおっしゃられても……」

「うるさい！　黙らんかい。男にはな、往生際《おうじょうぎわ》ちゅうもんがあるんや。ええから自首せえや。後んことはちゃんと面倒見てやる。長うても十年か、早ければ六年ぐらいで出て来られるよってな」

「しかし社長、自分には女房もガキもおるんです」

「じゃから、面倒は見てやる言うちょる。心配せんでもいい」

「それはあんまりひどかないですか。自分が社長に忠誠を尽くしてきよったんは、社長もご存じやないですか」

「アホ、泣くやつがあっか……」

笠原はにがりきって、床の絨毯《じゆうたん》に唾《つば》を吐《は》いた。

須藤が立ち上がった。

「そしたら私はこれで」

木堂から顔を背《そむ》けるように、スッとドアへ向かった。

「ちょっと待ちいな須藤さん。あんた、この収まりはどげんするつもりや？」

「それはいま社長が言われたとおりの方法でええんとちがいまっか。もっとも、それで警察が納得するかどうかは分かりまへんけど。とにかく、私はその日の午後四時三十分ごろに、鯛生金山で浦本氏と別れた。あとのことは何も知りまへん。では……」

「そう言うてもやね……」

笠原の言葉の途中で、ドアは閉まった。

「あんちきしょう、ぶっ殺したろか……」

木堂が唇を震わせた。

「おい、いま何ちゅうた？」

「…………」

「何ちゅうたかと訊いちょる」

「社長、なんであの男の言いなりにならんといけんのですか。須藤は社長のこと、コケにしちょりまっせ。おいしいところは全部持って行きよって、ヤバイことは社長に押しつける。浦本のことかて、あの男が鯛生金山まで連れて来ちょったんとちがいますのか？　ほいやけん……」

「そげんこつを訊いちょるんじゃない。いま言うたことをもう一度言うてみい」

「それは、ぶっ殺したろか、と……」

「ええやないか、ええ度胸《どきょう》しちょるやないか。さすがに元正豊組の若い衆や——と言いたいところやが、口先だけちゅうのがきさまの欠点よ。浦本のときもドジを踏みよって、コソ泥みたいにカメラなんぞ盗みくさって。いっちょう前の口を叩くんやったら、それだけのことをせんかい。殺れるもんじゃったら殺ってみい」

「殺ったろうやないですか」

木堂の青黒い顔に朱が差した。

「このままやったら、須藤のやつは何も知らんちゅうて、全部自分らに押しつけるに決まっちょります。やつの口先のうまかことには、勝てへんよってですね、やつを殺ってしまえば、そん口を塞《ふさ》ぐことがでけます。それでもって、須藤の命令で殺ったと言えば、裁判かて軽くなるでしょう。どうせ食らい込むんやったら、あの野郎を道連れにしてやりますよ」

「よしよし、よう言うた。そげえなこととして、おまえ一人が何もかも背負ってくれちょったら、木堂よ、おまえはわしと新豊国開発の恩人や。五、六年して出て来よったときには重役にしたるがな」

「ほんまですな、ほんまに約束してくれますな」

「アホ、男の約束じゃ、嘘はない。やけんど、急がんならんな。警察が来る前に殺らんならん」

「分かっちょります。今夜にでも……そうじゃ、やつの今夜のスケジュールを確かめてもらえますか？」

「ああ、そうやな……」

笠原が電話に向かいかけたとき、ドアがノックされて、須藤が入って来た。笠原と木堂はギョッと全身をこわばらせた。

「すんまへん、忘れ物をしました」

須藤は何も気づかず、呑気な笑顔で、ソファーの背凭《せもた》れの後ろに置いたバッグを拾い上げると、「そや、木堂さん、あんたと一度話したいのやけど、今夜、どこぞで会わんですか」と言った。

「えっ、そりゃ、自分はよろしいですが」

「そしたら八時ごろ、車で迎えに来ますさかいに、社の前で待っとってください」

須藤が帰って行って、しばらくして、笠原と木堂は呪縛《じゅばく》から解《と》かれたようにゆっくりと動いた。木堂が窓の下を覗くと、須藤のランドクルーザーが走りだすところだった。

「帰りよりました。あんちきしょう、脅かしおって……」

「ははは、ちょうどよかったやないか。向こうから絶好のチャンスを作ってきよった。こうなるちゅうのは、これは運命やな」

笠原は厳粛《げんしゅく》な顔をしてみせた。

須藤は国道10号を宇佐《うさ》まで走って、宇佐神宮《うさじんぐう》近くの宅配便の店の前で車を停めた。バッグからテープレコーダーを出して、巻き戻し「再生」に入れた。やや録音状態は悪いが、音声ははっきり聞き取れる。須藤はときどき自分の声に苦笑しながら、長い会話を聞きおえた。テープを入れたままテープレコーダーを、用意した箱に詰めて、宅配便の店に向かった。

宛先に「国東警察署気付　浅見光彦様」と書いて、明日の十時までに着くように——

と一万円を渡した。「釣りはいらんよ」と言うと、渋い顔だった店番の若い男は、「ありがとうございます」と張り切って答えた。

宇佐の福富事務所には五時少し過ぎに着いた。事務の女性が「六時に大分日日《おおいたにちにち》の戸垣《とがき》さんがおいでになるそうです」と言った。

それからしばらく、須藤は片付け物に精を出した。自宅のほうは概《おおむ》ね済《す》んでいる。もっとも長年の独り暮らしだ。ガラクタ以外にこれといった品はない。残しておいては具合の悪いものを、不自然にならないよう捨てることで苦労した。あまりきれいに整頓《せいとん》しては、まるで死を覚悟したように思われる。

六時、大分へ行っている福富から定時の連絡が入った。べつに何も変わったことはありません——と答えた。「それじゃ、お疲れさん」と、いつもどおりの挨拶をした福富を、「あ、ちょっと……」と呼び止めた。

「なんだい?」

べつに言うべきことはなかった。

「いえ、結構です。帰られたときにお話しします」

「そうか、それじゃ」

「ほな、さいなら」

「ははは、さいならか。珍しいな」

電話が切れたあとしばらく、須藤は受話器を握ったままでいた。福富の声がこんなに懐かしいものだとは、いままで気がつかなかった。

大分日日新聞の戸垣が来た。

「なんかいい話が聞けるそうですね」

「ああ、いつもお世話になっているので、たまにはお返しをせんと」

ちょっと出ましょうか——と連れ出して、近くの喫茶店に入った。

「うちの先生は、新豊国開発の笠原氏の支援を断わる方針になりましたよ」

須藤はいきなり本題を言った。

「えっ、ほんまですか？　新豊国開発グループの支持を得ていることは、ぶっちゃけた話、福富さんにとって、金と票の面でかなりのメリットだと思いますが」

「メリットはともかく、福富は、選挙ばなれしている庶民にも、ぜひ政治に関心を持っていただきたいという希望があって、それでパチンコ業界に強い笠原氏の協力申し入れを受け入れたのだが、その後、笠原氏および新豊国開発の事業計画に疑惑が生じたために、今回の措置《そち》を決定したのです。はっきり言って、笠原氏側には福富を利用しようという本音《ほんね》のあることが分かったということですな。福富はあくまでも庶民の味方であって、庶民を食い物にするような事業に手を貸すがごときことは断じて出来ないのです。戸垣さん、そこのところ強調しとってくださいや。よろしゅうお願いします」

「はあ、そりゃまあいいですが……いやあ驚きましたねえ。須藤さんがそんな硬い口調でものを言うのは、初めて聞きました」

「ははは、そりゃ私かて、標準語で喋ることはめったにありまへんものな。しかし、冗談でなく、今回、笠原氏の謀略に気づかなかったことは、ひとえに私の失策でして、その責任を痛感しておるところです。したがって、その責任を負うかたちで、本日かぎりをもちまして福富事務所から身を引くことになりました」

「えーっ、ほんとですか。しかし、選挙参謀の須藤さんに辞められたら、福富さんは困るんじゃないですかねえ」

「なんのなんの、困ることはあらしまへん。福富は私らみたいなプロやのうて、アマチュアの皆さんにおんぶしてもろたほうが似合う男ですがな。私が消えた分の百倍も千倍も、一般市民の皆さんが力を貸してくれはりますがな。いや、そうあってほしいいうのんが、私からの最後のお願いですな」

須藤は真剣な目で戸垣を見つめてから、照れくさそうに笑って、「ここんとこ、ぜひとも書いてくださいや」と言った。

2

目が覚めて、ここが柳井のホテルであることを思い出すのに、少し時間がかかった。時計を見ると午前九時半。予定ではもう少し早く起きるつもりだったが、浅見にしては珍しく、体が重いのを感じた。さすがに昨日の疲れが残っているのだろう。

十時過ぎにフロントに下りて、勘定をすませながら時刻表を調べた。驚いたことに、この時間帯に山陽本線を走る列車は、すべて普通列車なのであった。柳井発七時四二分の下り特急「あさかぜ」以降はその日一日、特急はおろか急行も走らない。要するに、ご用とお急ぎの方は徳山《とくやま》で新幹線に乗り換えろというわけである。新幹線が出来たのはいいが、おかげでかつての「幹線」の多くはローカル線になり下がってしまった。

で、柳井発一〇時五〇分の列車に乗ると、徳山着一一時二五分、徳山発一一時四九分の「こだま」で小倉《こくら》着一二時三五分、小倉発一二時五二分「にちりん」で宇佐着は一三時四八分——つまり、順調に行って柳井から宇佐までは約三時間かかる。そこから国東まではさらにバスでえんえん二時間かけて行くことになる。

「まったく不便だなあ」という浅見のぼやきを聞いて、フロント係が「どちらへ行かれるのですか？」と訊いた。

「大分県の国東へ行くんだけど」

「それだったら、徳山からフェリーで行かれたほうがよろしいですよ」

「あっ、そうか、そんな手があるのか」

昨日、属直樹のボートに乗って来たばかりだというのに、そういう定期船のあることをうっかりしているのだから、盲点というほかはない。

徳山からのフェリーは約二時間で国東半島の竹田津に渡る。日に一便だけ国東へ直行する便もあるのだが、それには間に合わなかった。竹田津から国東までは三十キロ足《た》らず、これなら早いし、列車の乗り継ぎ乗り換えがないのがいい。

浅見は一二時〇〇分発の船に乗った。姫島の船よりはかなり大型だ。昨日よりはいくぶん波があるけれど、瀬戸内海の船旅は快適であった。左手に姫島が過ぎてゆくとまもなく竹田津港である。そこからバスで、国東署にはちょうど午後三時に着いた。

国東署に入ると、どうも署内の様子がおかしい。なんとなくざわついているようで、そのくせ妙によそよそしい。刑事課に上がって行くと才賀が飛んで来て、いきなり「浅見さん、えらいことになったんですな」と言った。悲痛な顔である。瞬間的に、浅見は何が起こったかを察知した。

才賀を廊下に引っ張りだして、小声で「須藤氏ですか？」と訊いた。

「えっ、そしたら浅見さん、まだ知らんかったのですか」

「ええ、知りませんでした」

「驚きましたなあ。いったいいままで、どこにおったんですか？」

まるで非難する口調である。浅見が柳井にいたと言うと、何か別世界の人間でも見たような、信じられない顔をした。

「けど、それやったら、なんで須藤さんのことが分かったんです？」

「それは……勘です。それより、何があったのか、最初から話してくれませんか」

二人はまた取調室に入った。

「昨夜、須藤さんが撃たれたのです」

「それで、生死は？」

「それは……あれ？　浅見さん、あんまり驚きませんなあ」

才賀は刑事特有の疑わしい目で、浅見の表情を窺った。浅見はじれったそうに「どうなんですか」と催促した。

「腹部貫通《かんつう》で重体です。現在、中津総合病院で集中治療を受けておりますが、半分半分ちゅうところのようですな」

「中津ですか」

「そう、中津です」

木堂次男《つぐお》が「人を撃った」と、中津警察署に出頭して来たのは、昨夜の八時五十三分と記録されている。手に拳銃を所持していたので、とりあえず銃刀法違反の現行犯で逮捕するとともに、木堂の案内で署員七名がパトカー三台を連《つら》ねて現場に急行した。同時に救急車の出動も要請している。

現場は山国川を遡った、相原《あいはら》という集落に近い堤防上の道路である。被害者は腹部を撃たれ、血を流して倒れていた。直《ただ》ちに救急車で病院に運ぶいっぽう、被疑者を連行、署内で事情聴取を行なった。

被疑者は中津市内に住む木堂次男三十六歳で、新豊国開発社員であった。新豊国開発は中津署からほんの百メートルあまりのところにあり、署員の中には木堂と顔見知りの者もいた。

木堂は刑事の訊問に対して概ね素直に答えたが、その中で驚くべき事実が明かされた。八月十五日に姫島で発見された溺死体——浦本智文を殺害したのは木堂次男であり、それを唆《そそのか》したのが、木堂に撃たれた被害者だというのだ。

さらにショッキングな事実は、その被害者が、次期衆議院議員選挙に出馬が予定されている、あの福富一雄事務所の責任者・須藤隆だったことである。

浦本は、笠原が須藤と組んで姫島に進めようとしていた開発計画の、いわば裏計画の機密情報を掴んで、それを反対派に公表すると脅した。公表されれば、笠原や新豊国開発はともかくとして、須藤やその背後にいる福富一雄にとっては致命的《ちめいてき》なダメージとなる。そこで須藤は浦本を殺す必要が生じ、実行を木堂に依頼した——というのが、木堂の語った殺害の動機だ。

「ただしこれは木堂の一方的な言い分で、信憑性《しんぴようせい》の確認は取れておらんのです。また、木堂の言う裏計画ちゅうのがどういうものであるのかについては、頑《がん》として口を割らん。したがって、マスコミに公式発表したのは、加害者と被害者の素性だけで、二人のあいだに何らかのトラブルがあったと思われる——というのが、現時点でのマスコミ報道の内容ですがね」

警察内部でも、中津署と、姫島の事件に関わっている国東署の、それも幹部クラスを除けば、まだ事件の背景に関する部分は知らされていないという。オープンにするには、あまりにも衝撃的すぎるのだ。

「ところが、一社だけ、事件直前の須藤さんの談話を載せているのがあったとですよ」

才賀はポケットから、皺《しわ》くちゃになった新聞の切り抜きを出した。大分日日新聞の記事で、公式発表どおりに須藤の事件を報じたあと、別枠で「事件直前、須藤氏本紙に語る」という見出しで、須藤の談話をほぼそのまま記事にしていた。

それによると、福富事務所は新豊国開発の笠原との関係を断《た》ち、その間の責任を負って須藤が事務所から身を引くということだ。記事では明言こそしていないが、関係断絶の理由は新豊国開発側に不正に近いような疑惑があったためであることを匂わせている。福富一雄の政治理念と、そういった企業の利益誘導型の姿勢とのあいだにギャップがあったことで、福富や須藤が不快感と危機感を抱いたというニュアンスが感じ取れる。

記事は「事件の背景にはこのような事情があったものと考えられる」と締めくくっている。内容は総じて須藤に好意的に書かれ、そのインタビューの直後に、当事者の一方である木堂と会い、撃たれたということは、あたかも須藤が福富のクリーンイメージを守るために殉《じゅん》じたかのごとき印象を与える。

これがおそらく、須藤の狙いだったに違いない。浅見との会合からわずか半日足らずのあいだに、これだけの工作を行ない、自作自演の「暗殺」を導き出した須藤の才能に、浅見は底知れぬ驚異を感じた。

「あ、そうや、浅見さん宛に宅配便が届いちょった」

才賀はデスクに戻って、小さな荷物を持って来た。

「差出人が須藤さんの名前になっちょるので、よっぽど開けてしまおうかと思ったのやけど、やっぱり親展を開けるわけにいかんちゅうことで、浅見さんからの連絡を待っとったんですよ。まさか爆弾ちゅうことはないでしょうな」

「たぶんテープレコーダーだと思います」

「ふーん、分かっちょったですか」

才賀はまた疑いの目になった。

思ったとおりテープレコーダーであった。浅見はテープの頭まで巻き戻して、再生ボタンを押した。しばらくはノイズのような音がゴトゴトと聞こえた。ドアの開閉音、足音、「こんにちは、社長さんはいらっしゃいますか?」という須藤の声、やや遠くで「はい、お待ちしております」という女性の声……須藤が新豊国開発を訪れ、社長室へ行くまでの様子が、少し間《ま》の抜《ぬ》けた情景音で手に取るように分かる。

社長室に入る音、須藤と笠原が挨拶を交わす声、女性がお茶を出す音、須藤の「いただきます」という声などがして、女性の足音が遠ざかると、しばらく間があって、「姫島での計画は、その後、どないなってますのやろ?」と須藤が言った。

明らかに、須藤が仕掛けた盗《ぬす》み録《ど》りだ。浅見と才賀は固唾《かたず》を飲《の》んで聞き入った。

須藤と笠原の会話は浦本の事件の核心部分に触れてゆき、やがて木堂が呼び込まれ、須藤が去ったあと、木堂と笠原のあいだで須藤殺害の計画が語られる——。

そして、引き返してきた須藤が、「木堂さん、あんたと一度話したいのやけど、今夜、どこぞで会わんですか」と言い、エレベーターの音、「ほな、失礼します」と女性と交わす挨拶、ドアの開閉音などがあって、まもなく録音は終了した。

「こんなもんがあるのに、須藤さんはなんで木堂と会うたんやろ？　まるで死にに行きおったようなもんやないか……」

テープを聞きおえて、才賀は呆然とした顔で言った。浅見は答える言葉がなかった。須藤の言った「私かて、効果的な死に方を選びますがな」という言葉が頭の中にひびき渡っていた。

「……それに、なんでこのテープを浅見さん宛に送ってきよったんやろ？」

「…………」

「浅見さん、あんた何ぞ知っちょるんとちがいますか？　昨日、須藤さんと会うたときに、何ぞ約束でもしちょったのとちがいますか？」

まるで被疑者を詰問《きつもん》するような口調《くちよう》だ。

「この新聞記事のとおりだと思います」

浅見は悲しそうに言った。いや、本当に悲しかった。

「須藤さんは福富さんのために殉職《じゅんしょく》したのですよ」

「殉職……」

殉職は警察官の死に与えられる最高の敬称だ。それなのに才賀は顔をしかめた。その言葉があまり好きでないらしい。

「殉職ちゅうても、須藤さんはまだ死んだわけやないですがな」

あまり意味のないことを呟《つぶや》くように言って、黙った。

それはともかく、このテープが重要な証拠物件になることは間違いなかった。

中津署での取調べに対する木堂の供述によると、犯行の動機は、「浦本智文殺害は須藤に唆《そそのか》されて行なったものであったにも拘らず、須藤がシラを切り、すべての罪を自分一人になすりつけようとしたために、憎さがつのって衝動的に殺害した」ということになっている。

ところが、このテープでは、須藤は浦本を鯛生金山まで連れて来た事実はあっても、木堂に対して浦本殺害を示唆したものとは受け取れない。むしろ、笠原や木堂が、浦本を殺害した責任を須藤に転嫁し、自分たちの罪を軽減しようとした意図がはっきりしている。しかも、須藤殺害に関しては、「成功報酬」と取れる約束が笠原と木堂とのあいだで交わされており、笠原の教唆のあったことが明らかだ。

「浅見さん、このテープを中津署に送ってもよろしいですな」

才賀は硬い口調で言った。浅見に異存のありようがない。テープが笠原一味を断罪するために須藤が仕組んだ「罠」であると知りながら、それを警察が証拠として採用することに、浅見は目を瞑《つぶ》った。

須藤に浦本殺害の意志がなかったとは断言出来ない——と浅見は思っている。少なくとも浦本自身、鯛生金山に出掛けるに当たっては、死を覚悟していたふしがあるのだし、そのことは須藤も認めている。浦本が「さよなら」の言葉を残して、笠原のロールスロイスに乗り込んだときに、須藤はそれをあらためて確信したはずだ。それを承知の上で手を拱《こまぬ》いて、浦本を見送ったのは、一種の消極的な殺意と見ることも出来るだろう。

しかし、浅見はその「秘話」は自分の胸に秘めておくつもりであった。そうしなければ須藤の「殉職」は虚《むな》しいことになる。

須藤が善であったなどとは、とうてい、思えない。浦本の殺害など、たとえ須藤自身は手を下していなかったにせよ、そしてやむをえない事情があったにせよ、犯罪以外の何物でもない。そのことは須藤本人がもっともよく分かっていたに違いない。今回の自作自演の暗殺劇は、おのれの贖罪《しょくざい》をもっとも効果的にするために書かれている——と、浅見はせめてそう思いたかった。

録音テープを携《たずさ》えて中津署へ向かう才賀の車に、浅見は伊美港まで乗せてもらった。才賀の話では、木堂に関しては浦本智文殺害容疑および須藤隆に対する殺人未遂容疑で逮捕状が執行されたそうだ。須藤の容態《ようだい》いかんによっては殺人未遂が傷害致死容疑に切り替わる可能性がある。

また、笠原政幸に関しては、おそらくこのテープによって、今夜じゅうにも逮捕状が取れるだろうということだ。

「これで事件はひとつ、解決しましたね」

浅見は自らを元気づけるように言った。

「残るはひとつ、です」

「残るひとつちゅうと、属優貴雄さんの事件ですか？　浅見さん、そっちのほうでも何かやるつもりやないでしょうな」

才賀はハンドルを握りながら、チラッと気掛かりそうな目を浅見に向けた。浅見はかすかな笑みでそれに応えた。

3

ホテル新海のフロント係のおばさんは、浅見の顔を見て「あれまあ」と言った。

「またおいでんしゃったんですか」

「ははは、なんだか来てはいけないみたいですね」

「いいえ、とんでもない、そげえなことはないですよ。よい男衆はいつでも大歓迎です」

無愛想なおばさんも、三度目になって、ようやく軽口をきいてくれた。お客の入りは少ないらしい。「八月を過ぎれば、島は寂しゅうなります」と、おばさんはつまらなそうに言う。

属家に電話すると、直樹は自宅にいた。浅見がまた姫島に戻って来たことに、ホテル新海のおばさんよりも驚いた。

「東京へ帰られたのではないのですか」

「ええ、途中で気が変わりました。それに、優貴雄さんの事件のことで、重大な事実が分かりましたので、ぜひそのことをお話ししたいと思いまして」

「ほう、どういったことですか？」

「その件で、後ほど、八時ごろにお邪魔してよろしいでしょうか？」

「はい、それはもちろんです、お待ちしちょります」

ホテルの夕食は六時と決めて、荷物を置いて外へ出た。七月に来たときは六時を過ぎても日はカンカン照っていたのに、夕日はもう西の岬の達磨山に隠れ、とたんに辺りの風景からサーッと色が失われた。

ラ・メールのお客はちらほら程度だった。中瀬古夫人が一人、店にいた。浅見を見ると反射的に「あら」と嬉《うれ》しそうな笑顔になって、それからすぐ、なぜか当惑げにさえ見える複雑な表情を浮かべた。

「主人はいますぐ戻ります。ちょっと待っといてください」

浅見は家への土産《みやげ》を選びながら、中瀬古の帰りを待った。客は少ないが、途切れることなくつづいている。

食事時間の六時近くになっても中瀬古は戻らなかった。浅見は家への土産を三つ包んでもらった。

「八時ごろ、属さんのお宅へ行きますが、もしご主人のご都合がよければ、向こうでお会いしたいとお伝えください」

「すみませんなあ。そしたら、必ず行くように申します」

夫人は気の毒そうに言って、浅見が出口で振り返ると、物言いたげな目で、じっとこっちを見つめていた。やはり何か屈託《くったく》があるらしい。

午後八時の島は、若者たちが騒ぐ海岸付近を除けば、文字どおり火の消えたような寂しさである。ささやかな商店が並ぶ通りは、どの店も灯《ひ》を消して、家々の窓からはテレビの音声がかすかに洩《も》れてくる。

属家の近くで、向こうから美代と佳那子の親子がやって来るのに出会った。

「中瀬古さんはもう見えておられます」

佳那子が言った。

「うちの人が、今夜は男だけの話をするので、女どもは中瀬古さんのお宅で無駄話でもしておれちゅうて、おばあちゃんと二人、追い出されてまいりました」

「おじいさんはお体のほうは？」

「このところちょっと気持ち的に元気がないです。いまは、ご飯をいただいたあと、よう眠っちょるのでほって来たんです。どうぞ気にせんと、ゆっくりしていらしてくださ い」

佳那子は陽気だ。美代はただニコニコ笑っているばかりである。

属家の玄関先には、直樹が出ていた。「じいさんが寝ちょりますので」と、声をひそめるようにして挨拶を交わした。

広い屋敷の、蔵吉夫婦の寝所とは反対側の奥まった座敷に案内された。すでに中瀬古大志がいて、畳に手をついて挨拶した。

「うるさい女どもは追い出しましたので、お茶は出ないですが、代わりに軽くビールでよろしいですかな」

テーブルの上にビールとつまみが載っている。とりあえず乾杯などして、「さて」と直樹が言った。

「優貴雄の事件のことで、何か進展があったちゅうことやそうですが」

「ええ、どうやら解決出来たようです」

「というと、警察は犯人を突き止めたんですか？」

「いえ、警察はまだ何も分かっていません。謎を解明したのは僕で、そのことは誰にも話していません」

「はあ……」

直樹と中瀬古は顔を見合わせた。二人とも、浅見の言わんとしている意味が理解出来ない——という顔である。

「そうすると、笠原の仕業《しわざ》ではないちゅうことですかな？　きょうの新聞とテレビで、笠原のところの木堂ちゅう男が、福富さんとこの須藤さんを撃ったちゅうて、大変な騒ぎになっちょるが。噂では浦本さんが亡くなったのも木堂の仕業じゃちゅうことのようです。となると、やっぱり優貴雄を殺ったのも笠原の一味とちがいますのかな」

「警察はそう疑っているようですが、じつはそうではありませんでした」

「ふーん……なんだか、浅見さんは犯人を知っちょるように聞こえますな」

「ええ、知っているのです」

「何者です？」

「あなた方お二人です」

「なにっ？……」

「それに、中瀬古さんの奥さんも、ひょっとすると法律上、共同正犯ということになるのかもしれません」

二人の「被疑者」はまた顔を見合わせた。笑いはしなかったが、その代わり、怒ることもなかった。その静かな反応には、浅見のほうがむしろ戸惑《とまど》った。

「浅見さん、なんでそんなことをおっしゃるのです？」

中瀬古が静かに言った。

「われわれ二人とも、いや、私らの家族はみな、浅見さんのファンでして、もちろん朝子のこともありますし、これからも仲良くやっていっていただきたいと思うてますが、それに対してそんな理不尽なことを言われたら、まったく困ってしまいますなあ」

「理不尽ではありません。理論的に言って、そうなるのです。僕も残念でなりませんが、事実は事実として受け止めるほかはありませんでした」

「しかし浅見さん、私らにも警察の事情聴取が来ましたが、いずれも問題なしとして、それっきりになっておりますよ。それは確かに動機いうことでは私も直樹さんも、それなりのことはあるかもしれん。こんなことを言うたら、本庄屋さんには申し訳ないが、島の連中は誰かて多少の動機は持っております。そやからに、刑事はまだ島の中で捜査を進めておるわけです。けど、私と直樹さんには事件当日のアリバイいうのがはっきりしとったから、まったく問題ないと認められたのですよ」

「では、そのアリバイが崩れれば、警察の判断も変わることはお認めになりますか」

「それは……そんなことはありえんです」

「もしあればという、仮定でも結構ですが」

「そら、もしあれば、そういうことも考えられんことはないですがね。いや、それも可能性の話で、事実は違いますよ」

「事実はともかく、アリバイが崩れれば、動機の面から言って、あなた方がもっとも有力な容疑者になりうることは間違いないでしょう」

「それは、まあ、そうかもしれませんが……しかし、そういうアホみたいなことは考えるだけ無駄でしょう」

「そうですね、警察はそういう無駄を最初からネグって考えるから、重大な動機を持つお二人を見過ごすようなことになるのです。じつは、警察は当初から、優貴雄さん殺害の犯人は暴力団関係と見て、そっちのほうに捜査の重点を置いてしまった。おかげで、姫島内部における捜査は、所轄のメンバーをわずか数名当てただけというお粗末なことになりました。その原因となったのは、優貴雄さんの日頃の言動や、暴力団との付き合いなど、とかくの噂があったこともあります。しかも車の中からコカインが発見されたことが決定的な要因となりました。しかし、もしそのコカインが、犯人の仕掛けた罠だったとしたらどうでしょう。警察はまんまとその罠に引っ掛かって、初動捜査に致命的な誤りを犯したことになります」

「そうはいうても、罠でなく、もとから優貴雄さんがコカインを持っていたのかもしれないじゃないですか」

「それはそのとおりです。ただし、それらのことだけで、犯人を暴力団関係者と決めてかかったことは、やはり軽率《けいそつ》と言わざるをえません。ところが捜査を進めてみると、暴力団関係者のすべてにアリバイが成立している。もちろんアリバイ工作や口裏《くちうら》を合わせていることも考えられますが、それにしても、その日、姫島に暴力団員らしき人物が現われたという情報がまったく出てこないのです。そのいっぽう、姫島での捜査に当たっている才賀警部補以下の捜査員も、収穫を上げることが出来ないでいます。島の人々に犯行動機を持つ人は多いけれど、実行となるとまずありえないという。それは、島の歴史そのものといえる本庄屋さんに対する、一種のおそれがあるためだそうです。島の人々は本庄屋さんや優貴雄さんに対して歯向かうことはあっても、せいぜい悪口を言ったりする程度で、暴力で襲うとか、まして殺害するなどということは絶対に出来ないというのです。それは裏を返せば、島出身の人間でさえなければ、襲うのも殺すのも、抵抗なく行ないうるということにも通じるわけです。そうして、あなた方お二人はまさに余所者《よそもの》、島の因習《いんしゅう》に縛《しば》られることのない立場にあります」

「なるほど、確かにその部分では浅見さんの言われるとおりでしょうな。もちろん実際はそんなことはないが、まあ余所者であることは事実です。それは認めますよ」

「動機も十分お持ちですね」

「さあ、それはどうですかな」

中瀬古は属直樹の顔を窺った。

「それは、確かに優貴雄が当家の厄介者であったちゅうことは認めます」

直樹は当然のことのように頷いた。

「それは警察も島の人たちにいろいろと聞き込んできて、ある程度は分かっていたみたいでした。したがって、私もあえて隠すつもりはないです。とくに最近は笠原に操られ、うちの造船所の経営に笠原を参入させるような工作を行なおうとしたり、それ以前には本庄屋の屋台骨《やたいぼね》を揺るがすような無茶《むちゃ》をしおったりしちょりますのでね。けど、中瀬古さんのところはべつに何もないでしょう」

「さあ、それはどうでしょうか」

浅見は気の毒そうに中瀬古を見た。

「競艇選手時代のことを申し上げたほうがいいですか?」

「いや……」

中瀬古は一瞬、驚きの色を見せたが、じきに鬱陶《うっとう》しそうに首を振った。浅見が想像以上に事情に通じていることを認め、否定や抵抗を諦《あきら》めた——という思い入れであった。

「それには及びません。確かに、優貴雄さんからそのころのことでいやがらせみたいなことがあったのは事実です。どこで聞いてきたのか、たぶん笠原の入れ知恵やないかと思いますけど、まあカビの生えたような古い話です。というても、あまり名誉なことではないですので、困ったことやとは思ってましたが、しかし、それだからいうて殺すほどのことはないでしょう」

「単なるいやがらせ程度ならそうかもしれませんが、実際は脅し——恐喝《きょうかつ》に近いものがあったのではありませんか？　とくに朝子さんと引き換えに秘密を守るといった脅しには、中瀬古さんとしては我慢がならなかったのではありませんか？　僕が中瀬古さんの立場だったら、お嬢さんを守るためには手段を選ばないと思いますが」

「殺したりもしますのんか？」

「ええ、そのくらいの覚悟で臨《のぞ》むと思いますよ」

「ははは、浅見さんが本心からそうおっしゃってくれるんやったら、ありがたいことですけどなあ。親馬鹿で、朝子を浅見さんの嫁にしてもらえればと思いよったが、こういう過去を持つ親では失格ですな」

「なぜですか？　なぜお父さんの過去のことで、朝子さんの価値が変わらなければならないのですか？　少なくとも僕はそうは思いません。いや僕だけでなく、そう思わない男は数多くいると思いますが」

「いやいや、浅見さんはそう言われるが、世間一般にはそれは通じまへんのや。どこの

誰が、八百長やヤクをやっとった親父の娘を、まともに扱うてくれますかいな。それば
つかしやおまへん。このことが知れ渡ったりすれば、あのちっぽけな店かて、やってい
けんようになるのは目に見えております。そういうことが分かっとるさかいに、優貴雄
さんは私を脅して朝子をくれと……ははは、なるほど、それで優貴雄さんを殺す動機の
あるというわけでっか」
中瀬古は自嘲するように笑ったが、じきに仏頂面《ぶっちょうづら》になり、気まずい沈黙が流れた。
浅見も追及はしているものの、それだけの動機で殺人を犯すと決めつけるのには、無理
があることを認めないわけにはいかなかった。しかしそれはそれとして、彼らが疑わし
いという情況は変わらない。
やがて長い静寂の中から、直樹が思いあぐねたように言った。
「浅見さん、まあよろしい。われわれに動機のあることは認めましょう。けど、何度も
言うように、あの日は二人にははっきりしたアリバイがあるんですよ。その事実は動か
しがたいのとちがいますか？」
「確か、属さんはあの日、七時四五分の船で姫島に帰って来られたのでしたね」
「そうです。自宅に着いたのが八時三十分ごろでしたかな。それからもずっと自宅にお
ったし、そのことは何人もの証人がおってです」

「つまり、殺人の実行は不可能だったということは認めます。しかし、犯行の手助けは出来ましたね」

「手助け？」

「ええ、中津の岸壁に、モーターボートを準備しておくことは可能でした」

「……それが、何か？」

明らかに直樹の表情が変わった。

「そのモーターボートを使って、中瀬古さんが姫島に渡り、さらに下松港へ渡ったのですね。そうではありませんか？」

「そんなことはありえんでしょう。中瀬古さんご夫婦はあの日、寝台特急の『富士』に乗って東京へ行かれたんですよ。そんことは、あの日の帰りに、船で一緒になった朝子さんから聞きました。たったいま、宇佐まで車で送って来たところや言うちょったですよ。ご夫婦は機嫌よう、列車の窓から手を振っちょったいうことでした。浅見さんかて、翌朝、東京で会われたんではないですか？」

「それはそのとおりでしょう。乗るときと東京駅に降りたことは間違いありません。しかし、宇佐の次の中津で途中下車して、海を渡って下松へ行き、ふたたび列車に乗り込むことは可能です。時刻表で確かめたところ、『富士』は一八時一八分に中津に着いて、二一時一〇分に下松に到着します。所要時間は二時間五十二分——それに対して海路で行くのは前後の時間を入れてもせいぜい二時間十分から二十分——たっぷり余裕があります。どのくらいの余裕かといえば、途中、姫島に立ち寄って優貴雄さんを殺害出来る程度の余裕です。問題は下松駅で改札口を通過するときだと思っていましたが、なんと、その時刻、下松駅の改札はフリーパスなのですね。列車に乗り込むと、すぐに検札の車掌がやって来ますが、これも元の寝台にもぐり込んでいれば、確かめようがありません。要するに、物理的には犯行は可能だということです」

浅見が話しおえると、またしばらく沈黙の時が流れた。直樹はチラッチラッと中瀬古の横顔に視線を飛ばし、何か反論をするよう催促するのだが、中瀬古は弁解を諦めたように口を閉ざしている。

4

長い沈黙のあと、「ただ……」と、浅見は悩ましげに首を振り振り、言った。

「僕がどうしても分からないのは、属さんが僕に手紙をくださって、優貴雄さん殺しの事件を捜査してくれと申し入れたことです。警察が折角、見当はずれのことをやっていて、そのままいけば迷宮入りになりそうだというのに、なぜあえて危険を冒《おか》して僕に調査を依頼されたのか、そこがさっぱり理解出来ません。それとも、もしかして、僕には真相を解明するだけの能力がないと、見くびっておられたのでしょうか？」

「とんでもない」

直樹は弾かれたように言った。

「それはまったく逆です。私はかねがね浦本さんから浅見さんの探偵としての能力を聞かされとったんです。浅見さんちゅうのは、表面はルポライターをしているが、じつは事件捜査に驚くべき才能を発揮される——と、浦本さんは言っちょったんです。やけん、浦本さんが亡くなったときに、これはもう、ぜひとも浅見さんにお願いして、事件の真相を明らかにしていただかなならんちゅうふうに思いよったんです」

真摯《しんし》な気持ちを面上にあらわにして、言いつのる。

「じつはですな、浦本さんと知り合うたのは中瀬古さんのおかげなのです。三年ばかし前、浦本さんは姫島の盆踊り祭りの写真ば撮りに来られちょって、偶然、ラ・メールで中瀬古さんと再会された。浦本さんは競艇時代の中瀬古さんをよう知っちょられて、ほんま、懐かしがられたんです。もっとも、中瀬古さんのほうは、さっきも出た話のとおり、迷惑な再会やったわけですが、それは浦本さんのほうも承知しちょって、誰にも話さんちゅうことだったそうです。それからしばらくは、時候の挨拶程度やったのですが、この春になって、例の日出生台の基地問題が持ち上がって、浦本さんは基地誘致賛成派の側に立った取材をするために、あいついで大分に来られちょったんです」

「えっ？　ちょっと待ってください、浦本さんは基地問題には疑問を抱いていたのではありませんか？　僕と会ったとき、そういうニュアンスで話していたように思いますが」

「いや、それはたぶん正確ではないでしょう。浦本さんは基地誘致の是非にではなく、基地を必要としちょる安保条約そのものに疑問を抱いて、それを放置したまま、自分のところに基地が来るのは迷惑だと言いよるのはおかしい——ちゅうことを言うちょったんやと思いますがな」

「ああ、そういえばそうですね」

浅見もそのときの浦本の話を思い返して、頷いた。

「ただし、浦本さんが賛成派の側に立ったちゅうても、浦本さん自身が賛成しちょったわけではなく、たまたま取材の依頼主が賛成派ちゅうか、反対反対ばっかし言うちょったのではあかん、物事は解決せん——ちゅう、いわば公平な立場で基地問題を考える人やったちゅうだけのことなのです」

「その人というのは？」

「福富一雄さんですがね」

「あ……」

「福富さんは、かつて浦本さんが競艇の写真を撮っちょった時代にスポーツ記者として浦本さんと親交があったそうです。三年前に浦本さんの姫島の写真集が出たときに、いつか機会があったら、ぜひまた仕事をしたいと思っちょったので、今回の問題が生じたとき、すぐに浦本さんに取材を依頼することになったんです。浦本さんもそういうことであればと注文を受けられて、右にも左にも偏《かたよ》らん仕事をするつもりだったんです。ところが、そこに介在したのが、右でも左でもないが、おのれの利益ばかりを追求する人物やった」

「笠原氏ですか」

「そうです……」

直樹は汚ない物を吐き出すように言った。

「浦本さんは最初はそんなこととは知らず、笠原をただの福富さんのシンパ――それも表には出ないで、金を出し、いろいろと援助をしてくれる有力な支持者だと思っちょったようです。実際、笠原は浦本さんの仕事の便宜《べんぎ》を図《はか》ったりもしちょりましたのでな。

ところが、その仕事の合間に浦本さんは中瀬古さんを訪ねてみえて、その話をしちょるうちに、どうも基地誘致賛成派の背景に、笠原一味の策謀があるらしいちゅう話題が出たのです。そのことは笠原の性格ややり方を熟知しちょる私が、誰よりもよう知っちょった。しかも優貴雄を通じて、具体的に笠原が何を企《たくら》んでおるのか、手に取るように見えちょったんですよ。笠原は、基地誘致問題みたいなもん、どうせ政府が打ち上げたアドバルーン、絵に描いた餅、砂上《さじょう》の楼閣《ろうかく》じゃちゅうことを、ちゃんと分かっちょったんです。ただし、そういう話があるちゅうことは事実です。それを利用してひと儲《もう》け企むちゅう笠原の狡猾《こうかつ》な手口は、これまでにいやというほど見せつけられてきちょります」

「ああ、そのことは浦本さんも言ってましたよ。もちろん笠原氏という名前は出ませんでしたが、基地移転があるかないか、それを天秤《てんびん》のようにして儲けるとか、逆に基地移転にともなって米軍の保養施設を姫島に建設するといったデマを流して、不安定要素を作りだすといったような話でした」

「そのとおりです。それが笠原一流の狡猾《こうかつ》なやり口《くち》です。そうやって、落ち着いている地元に賛否両論を沸騰させる。米軍施設なんちゅうものは、どうせ最初から出来っこないと分かっちょるが、その話がつぶされたあと、代替案として、地元の活性化に繋がるような観光施設を――ちゅう話が降《ふ》って湧《わ》いたごとく出てくるはずです。具体的にはヨットやボートを中心とする海洋レジャー基地といったもので、すでに青写真の段階にいっとったことも事実です。その先鞭《せんべん》をつけるために、まず優貴雄が稲積に車エビの養殖場を作る話ば流布《るふ》しちょった。まさに優貴雄は姫島を売る策謀に加担しちょったんです」

「しかし」と、浅見は首をひねった。

「その観光施設ですが、かりにそれが笠原氏の策謀であろうと、そういうものが出来て、姫島の活性化に繋がるとすれば、それはそれでいいのではありませんか。もちろん、周辺の環境に及ぼす影響などについては別の問題として考えなければならないとしても、それは島の人たちの選択いかんでしょう」

「おっしゃるとおりです。現実の問題として、姫島の車エビといえども将来性に問題がないかっちゅうと、必ずしも安定したものではないですのでな。そのかぎりにおいては一概に反対するものではありません。しかし、笠原の計画にはじつは重大な秘密が隠されちょったことが判明したんです」

直樹は大きく息をついた。こみ上げる怒りを抑えようとしていることが、浅見の目にもはっきり分かった。

「その情報をもたらしたのは浦本さんです。彼は仕事の関係で、比較的自由に笠原のところに出入りしちょったのやが、その際《さい》、いま言うた青写真のようなものを垣間見《かいまみ》たり、笠原たちの不用意な会話を洩れ聞く機会があったんです。その中に驚くべきものがあった。なんと、笠原は正豊組ちゅう暴力団を通じて、某国のシンジケートと結び、密入国者を受け入れるシステムづくりの計画をしちょったんですよ。それが姫島であったかどうかまでは定かではないのですが、もし姫島に笠原の思い描くごとき施設が出来れば、その可能性は大いにあったと考えられます。もっとも、浦本さんはそれがまさか姫島であるとは思わんかったでしょうが、笠原の素性やひいては福富さんの理念について疑いを抱いたことは確かです。そこで浦本さんは、中瀬古さんを訪ねてその話をしました。驚いた中瀬古さんが私のことを紹介して、それがきっかけで、私から浦本さんにいわばスパイみたいなことを頼むちゅうことになったんです。そのときに浦本さんは浅見さんの話をしました。これまでに、警察がサジを投げたような数々の事件を解決した名探偵だ——と言うちょったんです。それで、私がぜひ浅見さんに調査を依頼してもらえないかと言うたら、浅見さんというのは、こういう政治運動だとか、経済事犯や暴力団関係の事件にはまったく関わらん男だから、それとなく話してはみるけど、たぶん無駄だろうと言うちょりました。もし私でも殺されるような事件になれば話は別だけれど——など、冗談も言うちょったとですが、それが現実のことになるとは、まったく、なんちゅうこつか……」

直樹は痛ましそうにため息をついて、「とにかく、そういうことですので、浅見さんには、ぜひともこん事件を解決してもらいたいのですよ」と強調した。

長い話であった。これが事実だとすれば、まさに驚くべき内容だが、そのことよりも、浅見は狐につままれたような気分だった。いったいこの男は何を言っているのだ――と呆れた。自分たちの犯罪を暴くために探偵を招き、真剣になって事件解決を――などと言っている神経がさっぱり分からない。この話からは、ただただ笠原や優貴雄に対する憎しみが浮き彫りになるばかりで、殺人の動機を補強しこそすれ、自分たちの関与を否定する要素は何ひとつありはしない。

わざわざ「浅見探偵」を招聘《しょうへい》したことといい、このような話をすることといい、属直樹は自ら墓穴を掘ろうとしているのだろうか――。それとも、ひょっとすると、自分が何か重大な錯覚を犯しているのだろうか――。

さすがの浅見も、この信じられない矛盾を前にして、頭の中がパニックになりそうだった。

「浅見さん」

それまで長いこと、じっと黙りこくっていた中瀬古が、ようやく口を開いた。

「いまとなっては、浅見さんの疑いを否定することは出来ませんな。まさにあんたの言われたとおり、私は中津駅で列車を降り、姫島へ渡って、下松でまた列車に戻ったことは事実です」

「じゃあ、あなた方の犯行であることを認めるのですね」

「いや、それは違う」

「えっ？　どういうことですか」

「確かに浅見さんが言うたとおり、われわれは優貴雄さんを殺害する計画を樹《た》て、それを実行に移しました。優貴雄さんを生かしておくわけにいかない事情についても、あんたの指摘したとおりと申し上げましょう。いや、それ以外にもやむにやまれぬ事情いうものが、私のほうにあったが、それが何であるかは死んでも言うわけにいきまへん」

中瀬古は険しい表情を浮かべて、ちょっと言葉をとぎらせた。

「あの日、私は優貴雄さんに電話で、夜七時半に灯台へ行くように伝えました。われわれ夫婦は東京へ行くが、朝子にその時刻に優貴雄さんに会いに行くよう言い含めておいた。多少、強引でもかまわんよって、朝子を口説いてみなさい——と言うたのです。もしそれで朝子が得心《とくしん》すれば、二人は結婚することになるやろ——とです。そうして夜、私は中津からボートを走らせ、灯台下に近い浜にボートを着けて、優貴雄さんを襲うべく灯台へと向かったのです」

中瀬古の口許を見つめる浅見を、中瀬古が見返した。

「ところが、約束の場所へ行くと、優貴雄さんはいなかったのですよ」

「えっ……」

「いや、嘘やありません。ほんまに優貴雄さんの姿はなかったのです。と言うても浅見さんは信じてくれはらしまへんやろな。けどそれは事実です。そやから私は、てっきり優貴雄さんにすっぽかされたか、それとも何かの事情で私の嘘がバレたかと思って、しかたなく下松へと向かったのです。そのときは、残念と思う気持ちより、これでよかったと思う気持ちのほうが強かったような気がします。あとで直樹さんに電話すると、直樹さんも同じことを言い、それが運命ちゅうもんだなと言うとったですよ。なあ直樹さん」

直樹は深く頷いた。

「翌朝、東京で浅見さんに会うたとき、私はまたほんまによかったと思うたです。人殺しの娘を浅見さんに推薦《すいせん》するわけにはいきまへんものな。もっとも、浅見さんのようなええ男で、ええ家のぼんぼんに、朝子みたいなもんを押しつけようとした身のほど知らずは、いま思うと冷や汗ものです」

「中瀬古さん、そんなことより、肝心な話のほうをしてくれませんか」

浅見は本気で怒鳴った。

「ああ、そうでしたな。それで、何も知らんと姫島に帰り着いたら、なんと優貴雄さんが殺されたという騒ぎでっしゃろ。これにはびっくりしました」

「そうなのですよ浅見さん」

直樹が言った。

「私は優貴雄が殺されたちゅうことを聞いた瞬間、中瀬古さんはああ言うちょったが、ほんまは殺《や》ったんじゃないかと思いよったんです。その後も、しばらくのあいだはそげえなことと思うちょったんですよ。ところが中瀬古さんはほんまに知らんちゅう。いったいこれはなんだ——と、これが嘘いつわりのない事実です。そうじゃからこそ、浅見さんに手紙を出して、事件の真相を解明してくれと……つまり、これはやはり笠原一味の犯行じゃと思いよったからです」

「そう言うても、浅見さんには信じられんことでしょうなあ」

中瀬古は浅見の顔を覗き込んだ。

「ええ、信じるわけにいきませんね。まるで神の手が中瀬古さんの代わりに優貴雄さんを殺したような話じゃないですか。そんなにうまい具合に偶然が起こるとは、断じて考えられません。むろん警察は頭から嘘だと決めてかかるでしょう」

「というと、これを浅見さんは警察に告発するつもりでっか？」

「…………」

浅見はにわかには答えられなかった。さまざまな思いが胸の中を去来する。この善良で不幸な人々を断罪する資格が、はたして自分にあるのかどうか。

「いえ、僕にはそのつもりはありません。もしあれば最初から才賀警部補にこの話をしていたでしょう。希《のぞ》ましいのは、あなた方が自ら進んで警察に行かれることです。この事件は十分に情状酌量《じょうじょうしゃくりょう》の余地《よち》がありますから、自首することによって、さらに量刑が軽減されるはずです」

「そう言わはるが浅見さん、現実に私らは殺っとらんのですよ」

中瀬古は当惑げに、顔を歪めた。

「それでも警察に行けいうのは、自殺せいいうのと同じやないですか。確かにわれわれは殺害計画を実行しようとしたことは事実です。動機はもちろん、さっきも話したように殺意もあったし、状況証拠も揃っておる。これを無罪にするためには、真犯人が捕まってくれるしかないのとちがいますか？　そんなことは、これまでの警察の捜査を見ても、絶対にありえまへんがな。いったん警察に出頭すれば、なんぼ事実や言うても信じてもらえまへんよ。警察に行ったきり、有罪に持っていかれるのは目に見えとる。これまでに警察はどれほど冤罪《えんざい》事件を作っとるか、浅見さんならよう知ってはるでしょう」

「あかんよ、中瀬古さん」

直樹が首を振った。

「なんぼ言うても、浅見さんは頭から信じてくれんのや。なんちゅうても、浅見さんのお兄さんは警察庁刑事局長さんやしな」

「そんなことを言わないでください」

浅見はほとんど泣きたい心境だった。兄のことを持ち出されるのがもっともつらい。とどのつまりは警察の手先だろう——ぐらいに思われるのが、やり切れない。かといって、ここまで事実を知ってしまった以上、このまま見過ごすのは犯罪に加担するのに等しい。

「しかたありまへんな」

中瀬古は諦めたように言った。

「浅見さんの口を塞《ふさ》ぐことはでけまへん。まさか殺すというわけにもいきまへんしな。どうぞお好きなようにしてもろて結構だす。これも身《み》から出《で》た錆《さび》いうもんでっしゃろ。

優貴雄さんを殺そう思うたんは、まぎれもない事実なんやからな」

浅見は何も言えなかった。

三人はみな俯《うつむ》いて、この悲劇的な状況に耐えているしかなかった。

廊下にミシリと音がして、人の気配を感じた浅見が振り向くと、蔵吉が佇んでいた。

「あっ、どうも、お邪魔しています」

浅見は狼狽《ろうばい》ぎみに向きを変え、ペコリと頭を下げた。

蔵吉は立ったまま「どうも」とお辞儀を返して、ゆっくり、足を引きずるようにして座敷に入った。金属バットを杖の代わりにしている。左半身に痺《しび》れがあるようだ。この前会ったときよりかなり痩せている。頬の辺りの肉がそげ落ち、顔といわず腕といわず、露出している部分の肌に生気というものがなく、まるで幽霊が歩いているようだ。いかにもけだるそうだが、そのくせ補助しようとする直樹の手を払《はら》い除《の》ける。そうして空《あ》いている床《とこ》の間《ま》を背にする位置まで行くと、不自由な仕種《しぐさ》で、どっかと尻を下ろした。

「お主《ぬし》らは、壁に耳ありちゅう言葉を知らんのか」

蔵吉は低い声で言った。直樹は中瀬古と顔を見合わせた。顔から血の気が引くのがありありと見えた。

「お父さん、聞いておられたとですか」

「アホなこつよの。こげえな年寄りに盗み聞きされても気づかんちゅうのか。もっとも、途中からじゃが、ちゃんと聞いちょった」

「すんません」

直樹はペタッと手をついて、畳に頭をこすりつけた。それに倣《なら》うようにして、中瀬古も頭を下げた。浅見は呆然としてすくんでいるほかはなかった。

「いい、いい、謝ることはない。悪いのはすべて優貴雄や」

「けどお父さん、優貴雄を殺ったんはわれわれと違います」

「分かっちょるちゅうに」

「は？……」

「浅見さん、こん者たちは優貴雄を殺してはおらんですよ」

「えっ……」

「優貴雄を殺したんは、このわしです」

「えーっ……」

三人は同時に声を洩らし、蔵吉の顔を凝視した。

「あの日の何日前やったかな、直樹と中瀬古さんが相談をしちょるのを、いまみたいに立ち聞きしたんです。まったく年寄りをコケにしよって、いつも寝よるもんとばかり思うちょって、こげえな秘密の話を聞かれちょる。なんちゅうアホや。まあ、しかし聞いたんがわしやったからよかった。わしが直樹や中瀬古さんの代わりに、優貴雄を亡き者にしてやることがでけたよってな。それがせめてもの慰めや。考えてみれば、ほんに優貴雄も不憫《ふびん》な倅《せがれ》やった。元を言えば、わしら夫婦の責任や。一人息子やって、甘やかして育てた報《むく》いや」

「あの、お父さん、それは本当のことですか?」

直樹は声を震わせた。

「本当のことよ。嘘や思うなら、このバットを調べるがいい。これは優貴雄の高校のときに買うたバットやが、これに優貴雄の髪の毛と血が少しついとる。生まれて初めてわしに殴られて、優貴雄は目《め》ん玉《たま》剝《む》いて、びっくりしちょった……」

笑おうとして、蔵吉はふいにむせび泣いた。右手で不自由な左手を抱くようにして、声を抑えて涙をこぼした。

しかし、悲嘆《ひたん》にくれる姿は、それほど長く見せはしなかった。やがて蔵吉は顔を上げ、浅見に穏やかな目を向けた。

「さて浅見はん、この年寄りを警察に連れて行きなされ」

浅見は蔵吉の目をじっと見返してから、言った。

「ひとつだけお訊きしますが、おじいさんは灯台までどうやって行ったのですか？」

「それは、ばあさんが車で送ってくれよったですよ。あれはほんまにようでけた女《おな》ごや」

蔵吉は、また泣きそうになって、慌てて天井を見上げた。魂の脱《ぬ》け殻《がら》のような、ただ悲しいばかりの老人であった。

エピローグ

属蔵吉の訃報《ふほう》を受け取ったのは、浅見が東京に戻って三日後のことである。直樹と中瀬古からの、いずれも速達であった。直樹の手紙に、父は「思い残すことなし」と笑って逝《ゆ》きました——とあった。

二人の手紙には共通して、浅見への感謝の言葉が綴《つづ》られていた。

(僕は姫島で何をしてきたのか——)

虚《むな》しい思いばかりがつのった。

浅見は結局、何もせずに姫島を離れた。あれからすぐ、床に臥《ふ》せった老人に対して、それ以上の何が出来るというのだろう。蔵吉老人を告発すれば、当然、共同正犯として美代も裁かれることになる。そうした結果、何が得られるだろう。あの人の好《よ》い老母が、息子を殺しに行く夫を乗せて、どのような想いでハンドルをにぎったのか——そのことを思うと、浅見は何もできずに、空しく引き揚げるしかなかった。しかし何もしなかった事実は事実として、浅見の胸のうちで燻《くす》ぶりつづけている。老人は死ぬことによって救われたのか、それとも罰せられたのか——いずれにしても、苦痛の幾《いく》ばくかを浅見に残して行ったことは確かだ。

須藤の容態はいぜん危機的状況にあるらしい。たとえ生命をとりとめたとしても、失血がひどかったために脳の機能が低下したまま、回復することはないだろうという。

今回の事件で、福富の支持率は上昇したそうだ。これで須藤が死ぬようなことにでもなれば、いっそう同情票が集まるに違いない。まさに須藤の書いたシナリオどおりの展開である。それを素直に喜べないことが、浅見は悲しかった。

月曜日の夕刻——浅見は浦本可奈を訪ねた。父親の最期と犯人が逮捕されたことを、詳しく報告するつもりだった。

「父が亡くなってから、明日でちょうど三十日になるんです」

可奈は両親の写真の前にコーヒーとケーキを飾り、浅見のためにもサイフォンでコーヒーを淹《い》れてくれた。おとなびた手つきが眩《まぶ》しくて、浅見は少なからず照れた。

コーヒーを啜《すす》りながら、浅見はポツリポツリ、いろいろなことを断片的に話した。

浦本が須藤と別れるとき、車の窓から「さよなら」と手を振ったことを話すと、可奈は涙ぐんだ。そして「ママのときとおんなじ」と言った。

「お母さんのときと？」

「ええ」

「同じって？」

「…………」

可奈はしばらく黙っていたが、濡れた睫毛《まつげ》をもたげるようにして、浅見を見つめた。

「浅見さん、秘密、守ってくれますか？」

「ん？　ああ、もちろんだよ。僕自身、いま大きな秘密を抱えているんですよ」

「あの……父が、これは誰にも喋るんじゃないよって、こっそり話してくれたんですけど、母は海に沈むとき、父に手を振って『さよなら、可奈をよろしく』って言ったんだそうです」

「……どういうことかな、それ？」

「母は癌《がん》だったんです。父は知らなかったんですけど、母はこっそりお医者さんに診《み》てもらって、癌だっていうことを聞いていたんです。母が亡くなって、ずっとあとになって、私が風邪でそのお医者さんにかかったとき、父はそのことを知ったそうです。保険が大嫌いだった父に叱られながら、母が無理して高い保険に入っていたわけが分かって、その晩、父はこの写真の前でいつまでも泣いていました」

「そう、そうだったの……」

もしかすると――と、そのとき浅見は、浦本自身もまた癌に冒されていたのかもしれない――と思った。可奈がいつか、「父の生命保険で大学を出るまでは、なんとか暮らしていけそう」と言っていた言葉が蘇《よみがえ》る。しかしそのことは可奈には言えなかった。可奈もうすうす察して、言えずにいるのかもしれなかった。

考えてみると、可奈の母親も父親も、それに優貴雄の父親・蔵吉も、我が子のため、家族のために身を捨てて、逝《い》った。なんという悲《かな》しい性《さが》なのだろう。親になることの責任とは、そういうことなのか――。このぶんではますます、浅見が親になる日は遠くなりそうだ。

家に帰ると朝子からのファックスが届いていた。

「浅見さんの真似をして、今度ファックスを入れました。まず浅見さんのところにお送りします。

このあいだは姫島で、父がいろいろとお世話になったそうですね。ありがとうございました。行き届かない父で、さぞかしご面倒をおかけしたことと思います。

そういえば、父が浅見さんのことは諦めたほうがいいかもしれないと言ってきました。親ってほんとに馬鹿ですよね。無視してやってください。

夕方など、涼風《すずかぜ》が立《た》って、ああこれが東京での最後の秋なのか――と思うと、少しジンときたりします。両親は帰って来なくてもいいと言いますが、私はやはり姫島に帰るつもりです。それまでに一度くらいは会ってくださいますよね。ではお元気で」

浅見はふいに、鼻の頭がツンとなった。

自作解説

これまでにおよそ百近い長編小説を書いているけれど、ごく一部（『鳥取雛《ひな》送り殺人事件』『はちまん』）を除くすべての作品で、僕はプロローグとエピローグを使った。この「方式」が僕の小説の特徴的な要素にすら思われているかもしれない。まだ素人《しろうと》同然の初期の頃は、なんとなく小説らしくてかっこいいかな——ぐらいの、ごくいいかげんな気持ちでそうしていたのだが、ある時期から、これが存外《ぞんがい》の効果を発揮《はっき》することに気づき、確信も抱《いだ》いた。

とりわけ推理小説においては「謎《なぞ》」の提示をいかに効果的に行なうかが、創作法の要《よう》諦《てい》でもあるわけで、その意味からいっても、プロローグの役割はきわめて重要だ。プロローグでなくても謎の提示は可能には違いないが、後続の文章とはまったく異質の語り口が許されるのは、プロローグという独立した「章」であればこそだろう。

また、エピローグは読後感の良否を左右するもので、読者をカタルシスに誘《いざな》う優《すぐ》れたデザートのような効果がある。作者がこの作品で何を言いたかったのか。登場人物の一人一人の思いを、しみじみと味わってもらう意味でも、エピローグの果たす役割は大きい。

本書『姫島《ひめしま》殺人事件』のプロローグとエピローグは、多くの著作の中で、僕がとくに気に入っているものの一つに挙げられる。

プロローグの「オレンジ色のパラソルを、雲ひとつない空に真っ直ぐにさして、若い女が足早に通りすぎる。」で始まる姫島の祭りの日の情景描写は、まるで中学生か高校生の作文のように即物的で、淡彩《たんさい》のスケッチ画のように素朴《そぼく》だが、その最後に至って、夜の海岸に漂着してくる、得体《えたい》のしれない「物体」が登場する。奇《き》を衒《てら》わない、たんたんとした文体が、かえって、これから始まる妖《あや》しい物語の幕開けにふさわしかったと思っている。その何気《なにげ》ない文章の中にいくつかの「伏線《ふくせん》」も用意されてあることも見逃せない。

じつは、このプロローグで描いた盆踊りは、残念ながら僕は見ていない。姫島の取材は盆踊りの少し前に行なった。プロローグで書いた姫島の風景や踊りの情景の描写のほとんどは、写真家・古家輝雄《ふるやてるお》氏の写真集『心の宴《うたげ》』を拝見して、それを参考にして綴《つづ》ったものである。

このときの取材は二泊三日だったが、当初の目的は姫島ではなかった。大分県の日出生台《ひじゅうだい》の西にある「鯛生金山《たいおきんざん》」と「耶馬渓《やばけい》」を中心に取材する予定で出掛け、事実、そのいずれも作品の中に登場している。しかし、最初の思惑《おもわく》とは違って、それらが主要な舞台になることはなかった。取材の過程で、たまたま姫島というところがあると知り、軽い気持ちで立ち寄ったことから、思いがけない展開になった。姫島がかの有名なキツネ踊りの島であることも、そのときに知った。

前記の「写真集」は、姫島に上陸して、たまたま入った土産物《みやげもの》店のご主人から、「よければお持ちなさい」と気前よく戴《いただ》いたものだ。おまけに車で、「姫島七不思議」など、島の中を案内していただいたりもした。その挙《あ》げ句《く》、土産物店のご一家を、作品の中で「重要な」登場人物のモデルに仕立ててしまった。もちろん、あくまでもフィクションだが、店の様子や、ご夫妻のほのぼのとした雰囲気《ふんいき》は作品の中に拝借《はいしやく》させていただいた。まことに感謝にたえない。

姫島では駐在所《ちゆうざいしよ》も訪問したが、あいにく駐在さんは留守で、代わりに夫人にインタビューした。僕の記憶違いでなければ、そのときに聞いたのだと思うが、かつて姫島に死体が漂着したことがあり、その死体がはるか西の門司《もじ》方面から流されてきたものだといったような話があった。それが、後に作品の中核をなす「仕掛け」のヒントになった。

姫島は車エビの養殖《ようしよく》で知られているが、その事業の初期の頃に、当時の著名人が数多く係《かか》わっていたことは、作品に書いたとおりである。この車エビ養殖事業の盛衰《せいすい》を物語の背景にもってきた。また日出生台が戦後、米軍の演習地に供与《きようよ》されていた歴史的事実なども、巧妙に取り込んだ。

ところが最近、沖縄の基地撤去問題を契機《けいき》に、日出生台でふたたび米軍の演習が行なわれるようになったのだから、戦後は決して遠くないことを、あらためて思わせる。

これらのことも含め、『姫島殺人事件』は舞台が姫島でなければならない必然性がすみずみまで行き届いた作品で、その意味では「旅情ミステリー」の理想的な典型といっていいと思う。とりわけ、列車トリックは創作の後半に至って思いついたものだが、これを成立させたのは姫島の地理的条件にほかならない。大阪の姫島《ひめじま》との関わりは競艇《きようてい》と結びつき、人物の過去の因縁《いんねん》にも繋《つな》がった。読者は本来の物理的な旅とともに、時間の旅の面白《おもしろ》さを満喫《まんきつ》されたのではないだろうか。

『姫島殺人事件』は、完全犯罪を構築しようとする犯人側と、浅見光彦《あさみみつひこ》との戦いをストーリーの根幹《こんかん》にしてはいるけれど、テーマは親と子の愛憎にあった。殺された浦本《うらもと》と彼の娘の可奈《かな》、属蔵吉《さつかくらきち》と息子の優貴雄《ゆきお》――それぞれの親子関係が、凄惨《せいさん》な殺人事件を悲しく美しく彩《いろど》っている。可奈の母親と父親が死を迎えたときの、流星のような一瞬のきらめきに思いをいたして、ともすれば陰気で殺伐《さつばつ》としがちな悲劇に救いを与えた。可奈の健気《けなげ》さにも涙をそそられた。

登場人物の中で好感を抱けたのは須藤隆《すどうたかし》であった。浅見と対立する人物でありながら、彼の奥行きのある男っぽさには、浅見も魅力を感じないわけにいかなかった。じつは「須藤隆」は浅見光彦倶楽部の会員と同姓同名だが、この作品に出演した（？）ことがきっかけで、そっちのほうの須藤氏は人生観が変わったそうだ。

実在の人物と同姓同名の登場人物は浦本智文《うらもとともふみ》もそうだし、このほかの僕の作品にも多く存在する。作品中で死んだ人間だけを拾っても、『札幌殺人事件』の白井信吾《しらいしんご》、『崇徳《すとく》伝説殺人事件』の小沢滋美《おざわしげみ》、『鄙《ひな》の記憶』の伴島武《ともしまたけし》、『藍色回廊殺人事件』の棟方崇《むなかたたかし》、『はちまん』の飯島昭三《いいじましょうぞう》等々、数えきれない。ここに紹介したのは、いずれも浅見光彦倶楽部会員で、殺されてもいいから名前を使ってくれという注文に応じたまでである。

作中人物の名前を考えるのは、けっこう難しいので、そうした希望者がいてくれるのは大いに助かる。それはいいのだが、彼らがときどき軽井沢《かるいざわ》のクラブハウスを訪れ、まるでゾンビのように蠢《うごめ》きまわるのを見ると、愉快でもあり、少し不気味でもある。

ところで、『姫島殺人事件』は一九九六年に刊行されているが、この年に出た作品はこれと『蜃気楼《しんきろう》』と『浅見光彦のミステリー紀行番外編2』だけである。前年の暮れに『華《はな》の下にて』で百作目を達成した気の緩《ゆる》みかもしれない。あまりの寡作《かさく》に編集者や読者から体調を心配されたが、僕自身、いまだによく理由が分からない。翌九七年のほうが帯状疱疹《たいじょうほうしん》を病《や》んで最悪だったのだが、それにもかかわらず、『崇徳伝説殺人事件』『皇女《こうじょ》の霊柩《れいきゅう》』『遺骨』など、比較的、重量感のある作品を出している。寡作か多作かは、体調よりもむしろ作家の創作意欲に左右されることが、これによって証明された。

内田康夫

一九九九年　春

参考文献

『姫島村史』（姫島村史編纂委員会刊）
『心の宴　古家輝雄写真集』（日本写真企画刊）

作品に登場する個人、団体等はすべてフィクションであり、実在するものとはまったく関係がありません。また、風景、建造物など、実際の状況と多少異なる点があることをご了承ください。

（著者）

一九九九年五月　光文社文庫
二〇〇三年八月　新潮文庫
二〇一六年九月　角川文庫

光文社文庫

長編推理小説
姫《ひめ》島《しま》殺《さつ》人《じん》事《じ》件《けん》　新装版

著 者　内《うち》田《だ》康《やす》夫《お》

2021年2月20日　初版1刷発行

発行者　鈴木広和
印 刷　堀内印刷
製 本　ナショナル製本

発行所　株式会社 光文社
〒112-8011 東京都文京区音羽1-16-6
電話 (03)5395-8149 編集部
8116 書籍販売部
8125 業務部

ISBN978-4-334-79156-8 Printed in Japan

組版　萩原印刷